書下ろし

月の剣

浮かれ鳶《とんび》の事件帖②

原田孔平

祥伝社文庫

目次

「月の剣」の舞台
吉原
入谷
浅草寺
長命寺
渋江村
神田佐久間町
田宮道場
向島
源森川
花川戸
吾妻橋
蔵前
本多家
横十間川
北割下水
柳橋
柳原
新シ橋
回向院
竪川
亀沢町
両国橋
大川
日本橋橘町
亀戸村
横川
日本橋
小名木川
八丁堀
永代橋
深川
片岡家

北
西
東
南
小石川養生所
伝通院
下谷広小路
根津権現
湯島天神
不忍池
神田明神下
万年堂
雑司ヶ谷
神楽坂
神田川
控次郎の長屋
おかめ
昌平橋
和泉橋
江戸城
赤坂御門
四谷大木戸
南町奉行所
溜池
渋谷川
六本木
増上寺
広尾原

地図作成／三潮社

序章

雨は相変わらず絹糸のごとき細さで降り続いている。

降り始めた時には、すぐにでも止《や》みそうに思われた雨だが、二刻半（約五時間）を経過した今も止む様子はなかった。そのせいか、いつもは百姓や旅人で賑《にぎ》わう水戸《みと》道も人の行き来は少ない。わずかに、陣笠《じんがさ》を被《かぶ》った三名の武士に率いられた大八車を曳《ひ》く一団が、雨に濡《ぬ》れそぼち、さして役に立たなくなった蓑《みの》笠に身を包みながら、江戸府内を目指して進んでいた。

ところどころ浮かび上がった水溜《たま》りに加え、師走《しわす》の冷たい雨が大八車を曳く人夫と押す者達の体力を奪う。男達の口からは、ひっきりなしに白い息が吐きだされるようになった。

「止まれ」

緩《ゆる》やかな上り坂に差し掛かったところで、陣笠を被った武士の一人が小休止を取らせるべく大八車を曳く者達に声を掛けた。どうやらこの男が指揮を執《と》っているらしい。

「暫《しば》し休みをとらせる。その間に草鞋《わらじ》に詰まった泥を取り除いておけ」

配下にそう命じると、命令を下した武士は積み荷を検《あらた》めた。窪《くぼ》みを乗り越えたはずみでずれたのか、大八車の荷台に掛けられた筵《むしろ》から人の足が覗《のぞ》いていた。

血と泥にまみれてはいるが、遺体は白足袋《しろたび》を履いていた。かなり身分の高い者らしく、筵を被せ直す武士の仕草にも敬意を払う様子が見受けられた。

指揮を執る武士は、遺体に向かって手を合わせると、配下の者達の回復具合に目をやった。

まだ、疲れは取れていない。それでも、指揮を執る武士は出立を告げた。

「暗くなる前に江戸へ入らねばならぬ。一刻も早く勘定吟味役様のご遺体を郡代《ぐんだい》屋敷に運び、郡代様に報告せねばならぬのだ。皆、性根を入れて車を押せ」

指揮を執る武士の声が雨空に響き渡った。

その時だ。雨でけぶる前方に、米粒程の人影が現れた。

陣笠を被った武士達は、その影が一つであることから、初めはさほど警戒する様子も見せなかった。

それが一斉に刀の柄《つか》に手を掛けたのは、こちらに向かって近づいてくる人影が、抜刀したまま駆けていることに気づいた為だ。

突然、それまで音を吸収しつくしていた灰色の世界が、思い出したようにぬかるみをかき乱す音を伝《つた》えた。毛皮を身にまとい、猟師のような出立ちをした男が、阿修羅《あしゅら》のごとき形相《ぎょうそう》で長刀を振りかざし駆け寄ってきた。

指揮を執る武士が相手を刺客《しかく》と見て身構えた時にはすでに遅かった。

「ちぇすとお」

刺客は裂帛《れっぱく》の気合いもろとも、指揮を執る武士の身体を真っ二つに斬り裂いた。

誰何《すいか》した残りの二名が刀を抜き合わせ、大八車を押していた軽輩とみられる男達も加わった。

「怯《ひる》むな、吟味役様をお護《まも》りするのだ」

陣笠を被った武士達は、互いに声を掛け合うと、軽輩を叱咤《しった》しながら大八車の遺体を護った。だが、所詮《しょせん》襲う者と襲われる者では勢いが違う。

守備側がいたずらに怒号をかきたてる中、刺客は稲妻《いなずま》のように隊列を斬り裂くと、その退路を断つように後方で両腕を広げた。

「何者だ。我らを勘定方と知ってのことか」

刺客の腕が尋常ならざることに気づいた陣笠の武士が、動揺する配下を落ち着かせるべく声を荒らげた。

だが、刺客は一人ではなかった。

突然、林の中から現れた二人の刺客が、軽輩には目もくれず陣笠を被った武士二人を矢継ぎ早に斬り捨てた。

指揮を執る三人の武士を失った男達の足並みは乱れた。いずれも腰砕《くだ》けとなり、互いに仲間の顔を見合っては引き時を探り始めた。

そんな軽輩達を、またしても三方から刺客が襲う。

水溜りが夥《おびただ》しい血で染まったとき、ついに軽輩達は大八車を放り出し、我先にと逃げだしてしまった。

刺客の一人が陣笠を被った武士の顔を検め、顔を覆《おお》った頭巾《ずきん》の中からくぐもった声を出した。

「悪く思うな。おまえら勘定組頭達に生きていられては困るのだ。折角《せっかく》勘定吟味役を始末しても、兄者がその役に就《つ》けなければ意味がないのでな」

「それにしても、斬り甲斐《がい》のない相手だ。こんな奴等を始末するために、俺達はわざわざ八王子《はちおうじ》の奥から出向いたというのか」

「文句を言うな。すべては兄者が勘定吟味役に就くためではないか。何はともあれ、これで俺達の役目はひとまず終わったのだ。次に兄者からお呼びがかかるまで、お前達は高尾《たかお》の山で腕を磨《みが》いておけ」

その言葉を機に、三人の刺客は二方へと分かれて行った。

火《ひ》の見櫓《みやぐら》の鉄火《てつか》娘

一

神田佐久間《かんださくま》町にある直心影《じきしんかげ》流田宮《たみや》道場。

門弟数優に三百を超え、この界隈《かいわい》では有数の剣術道場として知られていた。

連日、道場の中から聞こえる威勢《いせい》の良い掛け声と、木刀に比べはるかに響き渡る竹刀《しない》の音が荒々しい稽古《けいこ》の様子を伝え、それが道行く人の口の端《は》にのぼったことから、何時《いつ》しか「田宮道場は強い」という評判を得るようになった。

確かに余所《よそ》の道場に比べ、旗本・御家人の子弟が多く通っているし、剣術で身を立てようとする下級武士達も数多くいた。町人相手に門弟数を増やす道場が多い中で、田宮道場を別格と見る向きも強ち《あながち》的外《まとはず》れであるとは言えなかった。

その田宮道場に、杉山《すぎやま》流を名乗る道場破りが現れたのは、寛政《かんせい》六年（一七九四）秋のことであった。

「田宮石雲《せきうん》先生に是非とも一手ご指南頂きたく、参上いたした」

杉山流という聞いたこともない流派を告げた男は、聞き取りづらい声で自らを何某《なにがし》と名乗ったが、応対に出た師範代の矢島《やじま》はあえて名前を聞き返すこともなく、男を道場の中に招き入れた。これまでにも幾度となく道場破りを退《しりぞ》けてきた自信が、その鷹揚《おうよう》な応対ぶりに現れていた。

「生憎《あいにく》、先生は他出されておる。稽古をお望みとあらば、面籠手《めんこて》の防具を着けた上、竹刀で立ち合うのが当道場の決まりであるが、それでよろしいかな」

師範代の矢島が言うと、道場破りは黙って頷《うなず》いた。

そして、竹刀だけを受け取った。

「防具はいらぬと申されるか。確かに慣れぬ防具を着けての稽古は動きが悪くなるが、何分にも当道場の稽古は手荒い。場合によっては怪我をされることも覚悟なされよ」

矢島の物言いには、まだ相手を気遣《きづか》う余裕があった。

門弟の中から目録間近の者を指名すると、相手は防具を着けていないゆえ、耳や目に竹刀を当てることがないようにとの指示まで与えた。

だが、両者が道場の中央に進み、道場破りが珍しい左利《き》きであり、その足捌《さば》きが思いの外軽やかなことを見て取ったとき、矢島は自身の迂闊《うかつ》さに気づいた。

「てえーい」

対峙《たいじ》したと同時に、正眼《せいがん》に構えた道場破りが気持ち切っ先を下げたと感じた途端、強烈な突きが門弟の喉元《のどもと》めがけ繰り出された。門弟ははるか後方に仰向けの状態で吹っ飛んでしまった。

矢島の顔が怒りと後悔の念でみるみる硬直していった。

その表情には、相手のみすぼらしい身形《みなり》と杉山流という聞いたこともない流派を甘く見て、門弟を危険に晒《さら》してしまった自分を咎《とが》めている様子が表われていた。

矢島は、自ら立ち合おうとした。だが、それよりも早く、手加減無しの突きで仲間を打ちのめされたことに腹を立てた男が、竹刀と防具を摑《つか》み立ち上がった。

「次は拙者《せっしゃ》が相手をする。当道場で目録を受けた小沼《こぬま》と申す」

防具を着け終えた小沼が怒りを抑《おさ》えきれぬまま、床板を踏み鳴らしながら道場破りの前に立った。流石《さすが》にこのまま戦わせてはまずい。

「落ち着け。相手を見くびってはならぬ」

矢島は駆け寄ると小沼に小声で注意を促《うなが》した。

先程の門弟に与えた指示とは全く違い、相手が予測を超えた遣い手であること、さらに動きの読めぬ左利きを警戒することまで付け加えた。

だが、仲間を倒され、それも危険な喉元へ突きを見舞われたことで、小沼の怒りは頂点に達していた。矢島が目で、いくら「落ち着け」と合図を送っても効き目がない。そんな小沼に向かって、道場破りはにやりと笑った。

こちらは効いた。小馬鹿にしたような薄笑いに、小沼の顔がこれ以上ないほど真《ま》っ赤《か》に膨《ふく》れ上がった。そこへ、

「目録とは思えんな。濁酒《どぶろく》の間違いではないか」

道場破りが嘲《あざけ》りの言葉を放ったから小沼はますます激高した。獲物に向かって放たれた犬のごとく、小沼は眼前の敵しか見えぬまま打ち掛かってしまった。

「面」

凶暴な掛け声が小沼の口をついて出た。

道場破りは、渾身《こんしん》の力で打ち込んできた小沼の竹刀を難なく躱《かわ》すと、体勢の崩《くず》れた小沼の籠手を打ち据え竹刀を払い落としたばかりか、喉元にまたしても強烈

な突きを打ち込んだ。さらに、倒れて動けぬ小沼を容赦なく打ち据えた。

「止《や》めぬか。すでに勝負はついた。倒れている者を打ち据えるとは何事だ」

止めに入った矢島が道場破りを睨《にら》みつけた。

「ふん。こんなもので叩《たた》かれたくらいで騒ぎ立てるな。とはいえ畳水練《たたみすいれん》の稽古ばかりしているお前らには、命に関わるほどの大怪我と言えなくもないか」

道場破りは嘲笑った。

「貴様、当道場を畳水練と愚弄《ぐろう》したな。ならば、貴様が望む木刀で相手をしてやる。誰か、この男に木刀を渡してやれ」

矢島は門弟に向かってそう言い放つと、自らも木刀を用意させた。

無論、道場には素振りや型を身に付けるうえで木刀は置かれている。だが、木刀で立ち合うことは禁じられていた。それゆえ門弟達は躊躇《ためら》った。

すると、事を重く見た中堅どころの門弟が、年少の者に囁《ささや》いた。

「今すぐ、控次郎《こうじろう》先生を呼びに行くのだ」

「ですが、今日は十五日です。控次郎先生は来られないのでは」

「そんなことを言っている場合か。もし師範代の矢島先生が敗れでもしたらどうなる。なんとしても控次郎先生をお連れしろ。それまでは俺が時間を稼ぐ。早く行け」

急《せ》き立てられた門人は、もう一人の師範代本多《ほんだ》控次郎を呼びに走った。

朝から食事も摂《と》らず、控次郎は長屋に引き籠《こも》っていた。

今日は亡き妻お袖《そで》の月命日だ。

お袖が死んでからすでに七年近くが経《た》っている。なのに控次郎は、満月の前後三日は、仏壇の前から動こうとはしなかった。出歩くのは月が皓々《こうこう》と夜空に輝き始めた頃。思い出深い柳原土手《やなぎわらどて》を、控次郎は妻を偲《しの》び、詫《わ》びながら歩いた。

薬種問屋万年堂《まんねんどう》の一人娘として生まれたお袖が、親の反対を押し切って、控次郎の長屋に転がり込んできたとき、控次郎は所詮世間知らずの箱入り娘が、一時の感情で燃え上がっただけのことと捉《とら》えていた。それゆえ貧乏暮らしに耐え切れず、すぐにでも万年堂に帰るだろうと思っていた。なぜなら、その頃の控次郎は師範代になったばかりで手当ても少なく、二人が暮らしてゆくには甚《はなは》だ心もとない状態であったからだ。だが、お袖はそんな貧乏暮らしの中でも一度として辛《つら》そうな顔を見せることなく、自分の居場所は、生涯控次郎の傍《かたわ》らしかないと信じ込んでいた。米櫃《こめびつ》が底を突き、二日の間水ばかり飲んでいた時期も、お袖は笑顔を絶やさなかった。そんなお袖を控次郎もこの上なく愛《いと》おしい存在と感じていたものだ。

だが、幸せな夫婦生活は二年ともたなかった。

元々身体が丈夫でなかったお袖は、一粒種の沙世《さよ》を産むと、産後の肥立《ひだ》ちが思わしくなく、そのまま床から離れることができなくなってしまった。

お袖が控次郎に悲しい顔を見せたのは、乳の出が悪くなり、控次郎が沙世を抱いて乳貰《もら》いに駆けずり回った時、それが最初で最後であった。その翌日、お袖は帰らぬ人となった。


お袖は十五夜が好きだった。まん丸い月を見ているだけで、幸せな気持ちになれるのだといつも言っていた。

一度だけ、控次郎がその理由を尋ねたことがあった。

「少々欠けていたって、月に変わりはねえじゃねえか」

だが、お袖は嬉《うれ》しそうに笑うだけで、理由は言わなかった。

控次郎がその理由を知ったのは、床に伏せっていたお袖が、間近に迫った満月までの日数を数え始めた時であった。

「もう旦那様と柳原土手を歩くことはできそうもありませんね。旦那様、覚えておいでですか。私は行きも帰りも、旦那様の横顔が月の光を受けるのを見られるよう、絶えず月のある側を歩いていたのです。私は旦那様の横顔を見ているだけで、いつも幸せになったんだという気持ちになれました。満月になれば旦那様と夜道を歩ける。ですから、その日が近づくと私は毎日祈っていました。お願いだから、雨も雲も近づかないでと。でも、そんなわがままなお願いばかりしていたから、罰《ばち》が当たってしまったんです。旦那様、満月の夜になったら、少しでいいから私を思い出してくださいね」

その満月の日に、お袖は息を引き取った。まだ、月が昇らぬ時刻であった。

——すまねえ。おいらはおめえの最期を看取ってやれなかった
そのことが控次郎の中では、取り返しのつかぬ悔いとなって残った。

水が飲みたいといったお袖の為に、控次郎は水がめの水を汲《く》みに行った。それを湯呑に入れて、すぐに持ち帰ればよかったのに、控次郎自身も喉の渇《かわ》きを覚え、柄杓《ひしゃく》のまま水を飲んでしまった。わずかな遅れであったが、湯呑を口元にあてててやった時には、お袖は息を引き取っていた。

それ以来、控次郎は、祥月命日の前後三日の間は水すらも飲まなくなってい

た。

位牌《いはい》の前で手を合わせ続ける控次郎が、家に向かって走り寄る足音に気づいた。次いで「控次郎先生」と呼ぶ声が聞こえた。

腰高障子を開けてみると、そこには息せき切って駆け付けたらしく、田宮道場の門弟が、膝《ひざ》に手をやったまま小腰を屈《かが》め、苦しそうに喘《あえ》いでいた。

道場から長屋までは大した道のりではない。門弟がこれほど苦しそうにしているのは、目一杯駆け続けたからに違いなかった。

門弟は息を整えるのももどかしげに、一言「道場破りです」と叫んだ。

「道場破り？」

控次郎は訊き返したものの、すぐには状況を把握できずにいた。

今日はもう一人の師範代矢島が稽古をつけているはずだし、門弟の中には目録を受けた者達も幾人かいる。道場破りが矢島と立ち合うまでには、そういった高弟達を連破しなくてはならない。

——今時、そんな猛者《もさ》がいるとは思えねえがなあ

控次郎はそう思いながらも、刀を取りに家の中へと戻った。ついでに、お袖の

位牌に向かって、「行ってくるぜ」と呟《つぶや》いた。

道場の中庭から奥の着替え部屋に入った控次郎が、稽古着に着替えて道場に足を踏み入れると、それは今まさに、師範代の矢島が道場破りの武士と立ち合うところであった。

道場破りは月代《さかやき》も剃《そ》らず、伸び放題の髪を背中の辺りで束《たば》ねていた。身形も薄汚れていて、剣術修行に明け暮れていた古《いにしえ》の武芸者を彷彿《ほうふつ》させた。爛々《らんらん》と輝く眼光には、見る者を威圧する力があった。

背丈はおよそ五尺六寸（約百七十センチ）。矢島より上背があり、肩の筋肉が盛り上がって見えた。

どちらも木刀を手にしている。しかも防具を着けていなかった。

「矢島さん。道場の規則を破るおつもりですか」

控次郎は木刀での試合を止めるよう求めた。

田宮道場では、面、籠手の防具を着け、鹿皮の袋で包んだ竹刀を使うことになっている。木刀での立ち合いは、果たし合いと同じだ。だが、矢島は覚悟を決めているらしく、控次郎を振り向きもせずに言った。

「先生からのお叱《しか》りは甘んじて受ける。だが、俺はこの男だけは許すわけにはいかぬのだ。この男は門弟が倒れたにも拘《かか》わらず情け容赦なく打ち続けた。その上当道場の稽古を畳水練と罵倒《ばとう》したのだ。控次郎、それでもお前は俺を止めるか」

普段は温厚な矢島が、此処《ここ》まで怒りを露《あら》わにするのはよくよくのことだ。

控次郎は止めることを断念した。矢島の気持ちが十分わかったからだ。

門人達のいる前で道場を侮辱《ぶじょく》されたとあっては、師範代たる者、黙っているわけにはいかない。それは控次郎とて同じであった。

物心ついてからのほとんどをこの道場で過ごしてきたのだ。直心影流は心の支えであり、自分自身の生き様でもあった。

控次郎は門弟達が居並ぶ壁際の席に座り込むと、他の門人同様、矢島が無礼千万な道場破りを叩きのめしてくれることを願った。

矢島が相手に向かって一礼した。

田宮道場師範代としての品格を示したのだが、道場破りはそれさえも無視した。傲然《ごうぜん》と胸を反らしたまま、道場の中央に突っ立って礼も返さない。

矢島の眼に怒りの炎が宿った。

「てやあー」

正眼に構えた矢島の口から、相手の無礼を咎《とが》める甲高《かんだか》い気合いが浴びせられた。

いつもの冷静さは感じられない。目が吊り上がり、この野郎とばかりに道場破りを睨みつけていた。

対する道場破りは上段だ。しかも握りが逆だ。

――左利き？

そう感じた控次郎が門弟達に問い質《ただ》そうとした。だが、目録の門弟を倒した時もそうであったらしく、門弟達は左構えを気にかけることもなく、固唾《かたず》を呑んで勝負の行方《ゆくえ》を見守っている。

突然、矢島がするすると後方に下がった。

それはまさに、道場破りが打ち込みに入る気力を全身に漲《みなぎ》らせた時でもあった。

長年の稽古で培《つちか》った勝負勘が、矢島に敵の打ち込みを避けるよう教えた。

呼吸を整えた矢島は、燃え盛る怒りを抑え込むと、師の石雲が認める岩ほども堅い正眼に己《おの》が身体をしまいこんだ。

その見事さに、道場破りはにやりと笑った。

やっと本気の勝負ができそうだ。男の笑みはそう告げていた。

だが、それも一瞬のことで、自分に向けられる矢島の切っ先が、喉元から離れないことに気づくと、男の表情は険《けわ》しいものへと変わった。

時間だけが過ぎて行った。

息詰まる睨み合いの中、相手に変化が見え始めた。

矢島はともかく、道場破りの方は引き分けに持ち込まれる訳にはいかない。早いところ仕留めねばと、いきなり木刀を天井高く突き出した。

まだ十分に距離があると見てのことだが、わずかに生じた隙《すき》を矢島は見逃さなかった。一気に板敷を蹴《け》ると、間合いを詰めた矢島が面を打つと見せかけ、相手の籠手を襲った。

それを握り手から拳《こぶし》一つの所で躱した敵めがけ、なおも距離を詰めた矢島の木刀が、唸《うな》りをあげ再度の面を狙《ねら》う。

道場破りは受け止めるのがやっとだ。体勢は大きく崩れた。そこへ、電光石火《でんこうせっか》の突きが放たれたから堪《たま》らない。道場破りの身体は、壁際に座っている門人達の中へ、もんどりうって倒れ込んだ。

——決まった

誰もがそう確信した。当の矢島も相手の喉元に入ったと信じた。

だが、次の瞬間、道場破りは何事もなかったように起き上がった。再度、木刀を握ると、薄笑いを浮かべながら言った。

「なかなかやるな。もう少しで突きを食らう所だったではないか」

これには矢島も呆《あき》れるしかない。

「すでに勝負はついた。お主は敗れたのだ。立ち上がること自体信じ難いが、俺の突きが確実にお主の喉元を捉えたはずだ」

道場破りに向かって敗北を認めるよう促した。

すると、道場破りは驚いたような目で矢島を見た後、赤くなった右の掌《てのひら》を広げて見せた。

「笑わせるな。貴様の突きは俺の掌で吸収された。突きが決まっていれば、俺は立ち上がることなど叶わんはずだ。畳水練の稽古ばかりしているからそんなこともわからぬのだ。今一度立ち合え。真の打ち込みとはどのようなものか、俺が教えてやる」

たった今、門人達の中に飛び込むという醜態を見せたにも拘わらず、不敵にも道場破りはそう言い切った。

道場内は騒然となり、怒号が飛び交《か》った。

負けを認めぬこと自体見苦しい。誰もが矢島の勝利を主張した。ただ一人控次郎を除いては。

――その通りだ。矢島さんの突きは相手の喉元を捉えていない。崩れた体勢でありながら、この男は被害が少ない右掌で受けた

控次郎だけが、瞬時に右掌で木刀を包み込むように受け止めた道場破りの卓越した技量に気づいていた。

――この男は、未《いま》だ手の内を見せていない。甘く見たらやられる

わずかな隙を矢島に突かれはしたが、道場破りが上段に振りかぶった時の強烈な殺気は、控次郎をして心胆寒からしめるものがあった。

今一度立ち合えば、同じ手は通用しない。相手も矢島の技量はわかっただけに、今度は自分の方から仕掛けてくるはずだ。

それゆえ、再度の立ち合いに応じようとする矢島を控次郎は止めた。

「矢島さん。勝負はすでについている。貴方は倒れた相手を打ち据えなかっただけのことだ。あんな男の戯言《ざれごと》を聞く必要はない」

矢島自身も斬《か》くたる手ごたえを感じていなかっただろうと思いつつも、控次郎

はそう言った。

相手は金目当ての道場破りだ。そんな相手に矢島を危険な目に遭わせるわけにはいかないし、倒れた者を打ち据えなかったという自分の言い分は強ち間違っていないはずだ。それでも尚且つ相手が試合を望むなら、今度は自分が代わって立ち合えば良い。控次郎はそう考えていた。だが、矢島はそれをよしとしなかった。

周囲では、道場破りの暴言を腹に据えかねた門弟達がいきり立ち、制裁を期待している。矢島としては、師範代の面子《めんつ》にかけても引くわけにはいかなかったし、何よりも矢島自身の誇りがそれを許さなかった。

「控次郎、万が一、俺が敗れた場合には、お前が道場の威信を守ってくれ」

矢島は悲痛な面持ちで言い残すと、道場破りに対峙した。

「てやあー」

正眼に構えた矢島が己の闘志を奮《ふる》い立たせるべく気合いを発した。

未だ相手との距離は十分にある。矢島は小刻みに三歩間合いを詰めた。

先程と違ったのは、すでに道場破りが両腕を高く突き上げていたことであった。

摺《す》り足で矢島に駆け寄った道場破りの口から、道場内の空気を引き裂く甲高い声が鳴り響いた。

「ちぇすとー」

目にもとまらぬ一撃が矢島の頭上を襲った。咄嗟《とっさ》にそれを受け止めた矢島。だが、そのすさまじいまでの打ち込みは、木刀ごと矢島の頭部を強打した。

矢島の身体が崩れ落ちるように板の間に倒れ込んだ。

「矢島さん」

控次郎の叫び声に、門弟達も矢島の傍らに駆け寄った。

控次郎は矢島を奥座敷に運ばせると、道場破りの前に歩み寄り、相手の顔を睨みつけた。すでに、この男の流派はわかっていた。

示現《じげん》流。以前、控次郎の実家本多家の用人・長沼与兵衛《ながぬまよへえ》から聞かされた流派であり、与兵衛が実践して見せてくれた技であった。控次郎は不自然な程、静まり返った道場内を見渡した。

師範代の矢島が一合で敗れ去ったことで、動揺した門弟達は屈辱を嚙《か》みしめるように、一様に下を向いていた。

そんな門弟達の耳に、いつもと変わらぬ控次郎の物言いが届く。

「おめえさん、示現流だったのかい」

のんびりとした口調には余裕さえ感じられた。その言葉で、門弟達も一人二人と顔を上げ始めた。

控次郎は矢島が敗れた瞬間、隣に座っていた門弟に相手の名前と流派とを訊いていた。門弟は男が杉山流とだけ名乗っていたことを告げた。

「そうかい」

控次郎が喧嘩《けんか》を仕掛けるには十分な材料が整っていたのだ。

「こちらは看板に流派を掲げてある。五分に立ち合うつもりがあったのなら、初めに名乗るのが筋だったはずじゃあねえのかい。俺はなあ、おめえがさっき薄笑いを浮かべた時、こいつは本気の勝負ができるのを喜んでいると思ったんだよ。だがな、そうじゃなかったぜ。おめえは勝つためにはどんな手でも使う薄汚《うすぎたね》え溝鼠《どぶねずみ》野郎だった。流派を名乗らぬ以上、名も偽名だろう。大方、金目当てに道場破りを働こうとしたのだろうが、俺を倒さねえことには、金は手に入らねえよ。だがな、名前も持たねえ溝鼠なら、俺は相手にしねえぜ」

流石に道場破りも顔色を変えた。

溝鼠と蔑《さげす》まれたことも腹に据えかねるが、金が手に入らなければ元も子もないからだ。

「いかにも、元々の流派は示現流だ。どうやら、貴様が噂《うわさ》に聞く師範代で、浮かれ鳶《とんび》と呼ばれている男のようだな。よかろう、名を名乗ってやる。俺は杉山七《なな》海《み》、今は杉山流の師範だ」

道場破りは高らかに言い張った。

「そうかい。木こりの親方だったかい。道理で腕っぷしだけは強い訳だが、やはり木こりは山を降りちゃあいけねえぜ。木屑《きくず》が飛び散って、町の者が迷惑すらあ」

「はん。呆《あき》れるくらい口の悪い奴だ。だが、言葉には責任を持たねばならんぞ。貴様は今、金目当てだと言った。その通り、俺は金を必要としているのさ。ところで貴様が敗れた時にはいくらくれるのだ」

「五両だな。生憎それしか持ち合わせがねえ。何しろ先生の許可を頂いてねえんでな。それでいいなら立ち合ってやるが、どうだい」

「承知」

杉山七海が後方へと退き、意外にも板の間に座り込んだのを見ると、控次郎は門弟から木刀を受け取り、相手と向かい合うように座った。

「へえ、まるっきり礼儀を知らねえ訳でもねえんだな」

それには答えず、

「いざ」

掛け声とともに立ち上がった杉山七海は、左八双《ひだりはっそう》に構えた。それを見た控次郎が矢島と同様正眼に合わせる。

七海の右膝が徐々に折れ始めた。それにつれて上体が後を追うように前に出てきた。さらに、両腕を伸ばし、木刀の先が天井を突き破るほどに高々と上げられた。

まさに攻撃態勢に入ろうとした瞬間、控次郎が後方に数歩下がった。

矢島に倣《なら》い、相手の気を削《そ》いだようにも見えたが、控次郎にはそれなりの狙いがあった。

示現流は力任せに打ち込んでくる。その打ち込みの速さは諸流派の中でも異彩を放つ。しかもひたすら立木に打ち込む稽古のせいで、速さに加え重さが加わる。だが、それも得意とする間合いを外せば威力は弱まる。

控次郎は七海の眼を見ながら、通常より気持ち、柄を握る手の間隔をあけた。

両者の気が高ぶった。

「ちぇすとー」

走り寄った七海が、強烈な一撃を控次郎の脳天めがけ振り下ろした。同時に、控次郎も前へ出た。そうすることで、敵の木刀が威力を発揮する位置を変えた。

「がっ」

鈍い音を立て、両者の木刀が空中で弾けた。

「何」

驚いた七海が我が目を疑った時、控次郎の木刀はすでに返しの動作に入っていた。慌《あわ》てて木刀を引き寄せたものの、控次郎が斬り上げた一刀は、七海の木刀を弾き飛ばしたばかりか、柄頭を握っていた右手の指三本を強打した。弾かれた七海の木刀は、道場の床板に転がった。

「まだやるかい」

七海の喉元に木刀を突き付けながら控次郎が問いかけると、七海は悔《くや》しそうに控次郎を睨みつけた後で、ものも言わずに立ち去ってしまった。

道場の中は蜂の巣を突ついたような騒ぎとなった。それまでの緊張が一気に解かれたのか、門弟達は歓喜の雄叫びを上げ、控次郎の周りに集まった。

「なんだい、なんだい。さっきまではしゅんとしていやがったじゃねえか。それに俺一人で勝ったわけじゃねえんだぜ。矢島さんが身をもって教えてくれたお蔭《かげ》さ。相手が示現流と知らずに立ち合えば、俺も負けていたさ」

控次郎は矢島を気遣って言ったが、女ならともかく門弟達に憧憬《しょうけい》の眼で見られるのは、それほど気分が良いものではないらしく、門弟達の騒ぎが収まると、隙を見て道場を抜け出してしまった。

道すがら、控次郎は忌々《いまいま》し気《げ》に与兵衛の言葉を思い出していた。

「このご時世でございます。真剣での立ち合いなど滅多にあるものではございません。ですが、もし示現流と木刀で立ち合うことになったなら、敵の攻撃が最大になる位置で受けてはなりません。こちらから敵の胸元に飛び込み、相手の威力が不十分なところで弾き飛ばすのです」

与兵衛は常々言っていたものだ。

とはいえ、どこか勝ち誇ったような与兵衛の物言いは、やはり控次郎には癪《しゃく》に障《さわ》るものでしかなかった。

二

江戸城を中心として、その四里四方に収まる範囲を御府内という。

その基準は、すべての大名が江戸屋敷から登城、下城する際にかかる片道分の時間を考慮して定められたと言われている。

そしてこの枠内から、一回り小さくした範囲内が江戸町奉行の支配下となる。中には、目黒《めぐろ》のように御府内でもないのに町奉行所の支配とされる場所もあるが、基本的には、江戸城に近い範囲は町奉行所が支配し、それ以外は寺社・勘定奉行の支配とされた。

ただし、寺社奉行とは、老中を目指す若手譜代《ふだい》大名が奏者番《そうしゃ》として経験を積み、その上で優秀と見られる四人が選ばれる役職でもある。よって、三奉行に位置づけられてはいても、旗本の中から選ばれる町奉行や勘定奉行とは格式からして違った。その為、町奉行所の支配が及ばぬ御府内の一角は、寺社に関わること以外の面倒な仕事は、実質勘定奉行に押し付けられた。

一方、仕事を押し付けられた側の勘定奉行にも金座・銀座・朱座等の他に幕府の米蔵などを管理する役割がある。その上、郡代、代官を指揮し、幕府財政をつかさどるという役割もあったから、寺社奉行の尻拭《しりぬぐ》いのような仕事は、当然のことながら後回しにされることになった。穿《うが》った見方をすれば、捨て置かれた状態になっていたとも言えた。

四谷《よつや》御門から南西に半里（約二キロ）程行ったところに、広尾《ひろお》原という一面野原に囲まれた場所がある。

近くには渋谷《しぶや》川が流れ、見た限りでは米作りに適した農村地帯と思えるのだが、点在する農家は御府内とは思えぬほど少なかった。

それほどこの辺り一帯は手つかずの土地が残っていて、草深く、芒《すすき》に覆われた辺鄙《へんぴ》な場所であった。

その草に埋もれた道を武芸者風の男が二人、川沿いにぽつんと建つ一軒家を目指して歩いていた。

いずれもがっちりとした体軀で、年の頃なら三十前後といった男達だ。

家の前に立った二人が、声を掛けることもせず、建付けの悪い戸を開けると、

「甚八《じんぱち》、藤十《とうじゅう》。遅かったではないか。何をしていた」

いきなり、家の中から怒鳴《どな》り声が聞こえた。

声の主は、入ってきた二人が思わず顔を見合わせるほど、不機嫌そうな表情で睨みつけていた。男達もいきなりこのような応対をされるとは思っていなかったらしい。

上がり框《かまち》に腰を下ろした一人の方が不満げに言った。

「久しぶりに兄弟が顔を揃《そろ》えたというのに、随分な挨拶《あいさつ》だな、七海。これでも俺達は親父殿からの連絡を聞き、急ぎ駆け付けてきたのだ。俺達が組打ちをすると、土地の者が怖がるのでな。それゆえ、高尾の山中に籠って修行をしていたのだ。お前と違って、俺達は立木の稽古では満足できぬ。その分、連絡を聞くのが遅れたのだ。ところで親父殿の話では、また俺達の腕が必要になったということだが、本当に俺達を呼び寄せるほどのことがあるのか」

兄弟ということだが、年恰好に差は感じられなかった。そのうえ、甚八と呼ばれた男の物言いには棘《とげ》があった。だが、七海はわずかに顔をしかめただけで、咎めようとはしなかった。こと剣術に関する限り、甚八という男の技量に自分は及ばないと、七海自身が認めていたからだ。

「俺もそう思うぞ。刀の扱い方も知らぬ江戸者相手ならば、お前で十分のはずだろうが」

　もう一人の藤十という男も、七海を見下す言い方を用いた。

　三人が揃ったことで、この家の主源助《げんすけ》が台所から提げて来た鍋を囲炉裏《いろり》にかけた。鍋はすでに竈《かまど》で温めてあった。

「さあさ、坊ちゃま方。何もございませんが、こちらに来て召し上がってください」

　源助は額《ひたい》の赤痣《あかあざ》が気になるのか、気持ち顔を左に向けて言った。足も不自由なようで、絶えず右足を引きずっていた。

　三人は囲炉裏の前に座ると、源助が差し出した椀と箸《はし》を両の手で受け取った。

　ところが、七海だけは左手で受け取った椀を囲炉裏の縁に置いた後で、再び同じ方の手で箸を受け取った。右手は懐《ふところ》に入れたままだ。

「七海、手をどうした」

　甚八が気づいた。甚八は答えようとしない七海の表情から訝《いぶか》しさを感じたらしく、荒々しい手つきで、懐にしまい込んだ七海の右腕を無理矢理引き出した。

　包帯というにはあまりに粗末な布切れが、腫《は》れ上がった中指から小指にかけて巻かれていた。甚八は七海が右手を隠していたことから、この傷が立ち合いによるものと見て取った。

「誰にやられたのだ。いや、そうか、そのために俺達を呼んだということか」

甚八は早合点した。それほど前回と比べ、今回の父親からの呼び出しが急を要していたせいもあった。

「そうではない。この傷はお前達を呼んだこととは関わりがない」

「関わりがないだと。一撃必殺の示現流が柄頭を握る手を打たれたということではないか。しかも怪我の具合から見て、獲物は木刀だ。言え、誰にやられた」

自分の流派が後《おく》れを取ったと知り、甚八は猛《たけ》り狂った。

何が何でも聞き出してやる、という意気込みさえ感じられた。七海は諦《あきら》めて口を割った。

「お前達が侮《あなど》る江戸者にやられたのだ。金を稼ぎに道場破りを働いたのだが、三軒目の道場で後れを取った」

「どこの道場だ。流派は」

「佐久間町にある直心影流の道場だ。だが、行くことはならんぞ。すでに兄者からの指令が届いているのだ。お前達二人を亀戸《かめいど》村へ差し向けろとな。甚八、お前が示現流の名を汚され、屈辱《くつじょく》を晴らしたい気持ちはわかるが、それは俺とても同じことなのだ。まずは命じられた役目を果たすのだ」

七海の言葉を聞いた甚八は、無念そうに頷いた。


囲炉裏の火を取り巻くように、串に刺さったうぐいが突き立てられている。竹串を伝わるうぐいの脂《あぶら》が、ほどよく焼き上がったことを告げていた。

屈強な兄弟達には、先ほど食した汁ばかりの鍋など腹の足しにもならない。そこで源助は、やむなくうぐいを饗応《きょうおう》することにしたのだ。

うぐいは、川から引いた水を流し込んだ池に放っておいたものだが、源助にとっては非常食ともいえる食料だ。

藤十がそれを矢継ぎ早に食べるのを、恨めしそうに見ていた。

「源助、いつもこのようなものを食しているのか」

甚八が訊いた。うぐいもそうだが、具の少ない汁ばかりの鍋から、源助の暮らしぶりが気になったのだ。ところが、

「申し訳ございません。今年は実りが少なく、その上畑の作物も獣にやられてしまったのでございます」

源助は、粗末な食事を咎められたと受け取った。

「お前が詫びることではない。俺達を呼び寄せた以上、兄者からの金が届けられたのではないのかと思ったのだ」

甚八もまた、自分が余計なことを言ったばかりに、源助を傷つけたのだと思った。それゆえ、

「届いていないのだな。ならば仕方がないではないか。兄者も金に困っているということだ」

源助を諭《さと》しながら、甚八は自分にも言い聞かせ、話を打ち切った。

兄からの冷遇は慣れているが、それでもやるせなさは残った。そんな思いを知られまいと、囲炉裏のうぐいに手を伸ばした為に、甚八は何か言いたげな源助の表情を見落としてしまった。

翌日になって、杉山七海は一人で青山《あおやま》にある兄岩倉正海《いわくらまさみ》の屋敷に出向いた。

甚八と藤十の二人が、亀戸村のやくざの元へ向かうのを確かめてからのことであった。

七海の顔を見た門番は、すぐに用人を呼びに走った。

ところが、門番は戻って来たが、用人はなかなか姿を見せない。

——腹違いとはいえ、兄弟ではないか。いつまで待たせるのだ
約束の時刻に来たにも拘わらず、門前で足止めを食わされ、流石に七海も腹を立てた。

取次に手間取っているのかもしれないが、自分は兄の為に命懸けで働いているのだ。誰のお蔭で勘定吟味役になれたのだと、七海は腹の中で毒づいた。そうでなくても近頃の兄は、勘定吟味役に出世したことで、妙に格式張り、自分達を疎《うと》んじるようになったと感じていたからだ。

「甚八と藤十が来たとしても、わしからの命令はお前が伝えれば良い。くれぐれも屋敷に連れてきたりはするでないぞ」

先日も兄はそう言った。あれほど兄の為に人を殺し続けた甚八と藤十を、煩《わずら》わし気に遠ざけたのだ。七海の中に、兄に対する疑念が蘇《よみがえ》った。今まで、幾度となく感じた兄への疑念であった。

小半時（約三十分）ほどして、やっとのこと用人が通用口から顔を出した。それも、幾度となく外の様子を確かめ、誰もいないことを確認してから、七海を手招きした。

戸惑《とまど》いつつ近寄ると、用人は七海の耳元に顔を寄せ、小声で囁いた。

「本日は内密の用向きゆえ、拙者は同道いたしませぬ。杉山殿、殿の警護をお願いいたす。では殿、人目につかぬうちにお行きなされませ」

用人は、背後にいる岩倉に向かって一礼すると、手に持っていた風呂敷包を七海に託した。風呂敷包には何やら折箱のようなものがくるまれていた。


無紋の黒羽織を着た小柄な岩倉正海の後を、七海は一間（約一・八メートル）ほど離れて付いて行った。兄弟達は皆体格が良いというのに、岩倉は五尺（約百五十センチ）にも満たなかった。

兄は父親似だ。幼い頃より七海はもちろんのこと他の兄弟達はそう刷り込まれていた。他の兄弟達が皆体格に恵まれているにも拘わらず、兄の正海だけが小柄なのは、父親に似て頭脳が明晰《めいせき》だからと言い聞かされていた。それゆえ、七海も兄弟達も、父が自分に似た兄だけを可愛がるのだと捉えていた。

自分もそうだが、妾《めかけ》である母が父から優しい言葉を掛けられるのを見た記憶がなかった。一度だけ、兄が出世すれば、お前達も取り立てられるはずだと言った父の言葉だけが正海を兄弟と感じさせる唯一のものであった。

七海がそんなことを考えていたとも知らず、岩倉は振り向きもせず一間先を歩いて行った。

すでに新橋《しんばし》を過ぎ、江戸城の東側へと差し掛かっていた。右手は八丁堀《はっちょうぼり》だ。その八丁堀を迂回《うかい》するように、岩倉は日本橋《にほんばし》を渡ると永代橋《えいたいばし》へと向かった。

——いったいどこへ行く気なのだ
風呂敷包を提げた七海は、油断なく周囲に目を配った。重さからして折箱の中身は金であることがわかっていたからだ。

着いた場所は、永代橋の袂《たもと》にある船宿であった。岩倉が宿の奥を覗き込むと、応えるように桟橋の方から人が顔を出した。

出迎えたのは、年配の武士であった。

「こちらの御仁《ごじん》は」

岩倉に向かって問い質《ただ》した武士は、口振りからして岩倉より優位に立っていると感じられた。

「身共《みども》の家来でございます。今日は御前《ごぜん》に手土産《てみやげ》をお持ちいたしましたので、用心のため連れてまいりました」

そういうと、岩倉は七海に風呂敷包を手渡すよう命じた。

「確かに預かった、御前は桟橋の先端に繫《つな》がれている舟でお待ちだ。先程から早く釣りをなされたくてうずうずしておられる。早く行くがよい。供の者はこちらで待っておれ」

武士は中身を検《あらた》めもせず、岩倉を急かした。


江戸湾に出た舟は、岸寄りに行徳《ぎょうとく》方面へと進み、通称三枚洲《さんまいす》と呼ばれる釣り場に到着した。ここで釣れる魚は多種に亘《わた》っており、江戸人が好む鱚《きす》の他に鰈《かれい》や蛸《たこ》も獲れる。船頭は餌《えさ》としてゴカイを用意していた。狙いは鱚か鰈だ。蛸ならば、鉄製のてんやが使われるはずであった。

御前と呼ばれた男は、待ち侘《わ》びたように二本の竿《さお》を出した。その間も、岩倉は胴の間に座ったまま、じっと傅《かしず》いていた。

「岩倉」

なかなか当たりが来ないことに焦《じ》れたか、御前の方から口を利いた。

「わしの耳には、未だ騒動が持ち上がったという知らせは届いておらぬが」

「ご案じなさいませぬよう。計画の方は着々と進んでおります」

「ならば良いが、十二名の勘定組頭の中からお主を見込んだのはこのわしだ。あまり長いこと待たされては、わしに人を見る目がないと思われるからな」

「そのことならば重々心得ております。すでに大柴欣生《おおしばきんしょう》なる勘定組頭に行動を起こさせております。町奉行所の支配が及ばぬ葛飾《かつしか》一帯から若宮《わかみや》村を、彼《か》の者に好き放題に荒らし回らせております」

「ほう。して、その者の口は堅いのであろうな」

「わかりませせぬ。なれど、事が終わり次第、口を閉ざすつもりでおります」

「ほっほ、いつもながら、その方の物言いは簡潔で心地良い。その手配りさえ怠《おこた》らなければ、その方が遠国《おんごく》奉行、勘定奉行になる日もそう遠くはあるまい。だが、それには勘定奉行久世広民《くぜひろたみ》、ついては老中松平信明《まつだいらのぶあきら》を引きずり下ろさねばならぬ。定信《さだのぶ》の息がかかった者は、幕閣に置いておくわけにはいかぬのだ。岩倉、わしがその方に期待するのは、久世を追いやることだ。わかっておるな」

「はっ、誓って久世広民様を追い落として御覧に入れます。関東郡代の所領を任されて以来、久世様は関東一帯の行政にかかりっきりのご様子。まさか、足をすくわれようとは、思ってもいないはずでございましょう」

岩倉がそう答えた時、御前の置き竿が激しく動いた。

素早く手持ちの竿を置き、置き竿に持ち替えた御前が、その手ごたえを楽しみながら魚を舟の中に取り込んだ。

釣れたのは腹を大きく膨らませた河豚《ふぐ》であった。

「これは珍客じゃ。岩倉、河豚を食したことはあるか」

「いえ、未だに味わったことはございませぬ」

「この河豚は別格なのじゃ。毒は強いが、身を食す分には問題ない。わしは、この河豚が大好きでな、いつもこの船宿から運ばせておるのじゃ。お前も騙《だま》されたと思って、一度食してみるがよいぞ」

御前の掌で、斑《まだら》模様の河豚はいつまでも膨れていた。

三

南割下水《みなみわりげすい》の中程から北へ向かって路地を少し入ったところに、直参旗本二百石本多元治《もとはる》の屋敷はある。だが、この辺りはどこを見回しても似たような旗本屋敷ばかりで、おまけに表札が掛けられていない為、初めて此の地を訪れる者は例外なく、思いもよらぬ散策を強いられる羽目になった。

今も一つ路地を間違えて入って行った年配の武士が、冠木門《かぶきもん》の外から中の様子を窺《うかが》い、首を振り振り通り過ぎては、次の路地をもう一度南割下水の方に引き返して行った。それでも、なんとか目指す屋敷を探し当てたらしく、武士は屋敷の中を覗き込んだ後で間違いないとばかりに頷いた。それほど、この日に限っては、その屋敷には他とは違う整然とした雰囲気《ふんいき》が漂っていた。

門から玄関に掛けて敷き詰められた玉砂利には泥ひとつなく、庭の隅々まで丁寧《ていねい》に掃《は》き清められていた。玄関脇では用人が小腰を曲げながら出迎えていた。

「ようこそおいでくださりました。さあさ、こちらへ」

すでに還暦《かんれき》を過ぎていそうな用人だが、まだ足腰の方はしっかりしているようで、幾度となくお辞儀を繰り返しても、しゃんとした姿勢を崩さなかった。

老用人は客を玄関の中に案内すると、次の客を迎えるべく、持ち場である玄関脇へと戻って行った。久しく訪れる人がいなかったせいか、この日ばかりは老用人の顔もどこか晴れがましさが感じられた。

今日は嫡男嗣正《つぐまさ》が支配勘定から、一つ上の勘定役に進んだ昇進祝いだ。

さして広くない大広間には祝いの大鯛が祭られ、親戚一同に混じって、勘定方からも上司の勘定組頭三名が列席していた。祝儀を出さねばならない親戚筋とは違い、こちらは逆に多額の祝儀を貰《もら》えるとあって、招待した二名の他に、余計ないた。

人間まで顔を揃えていた。列席者達の視線の先には、この日の主役である嗣正が緊張した面持《おもも》ちで座していた。

硬かった座も祝いの口上を終え、宴《うたげ》の時を迎える頃には次第に和《なご》み始めた。

「嗣正殿は幾つになられたのかな」

「年が明ければ、確か三十二かと」

彼方此方《あちらこちら》でそんな会話が囁かれるようになっていた。

無理もない。旗本の嫡男が三十二まで独り身だというのは、この時代では極めて異例のことだ。そんな思いが言外に込められていた。

突然、祝い客達の目が、目の高さまで酒膳を掲げて広間に入ってきた二人の娘に釘付けとなった。一人はこの屋敷の娘あまるであり、親戚筋の者もそれなりの器量の良さは知っていた。だが、その後に続き、牡丹《ぼたん》を思わせる一際艶《あで》やかな女性を認めた時には、列席者達は身を乗り出すようにして好奇の目を向けた。

「あちらの女性はどなたじゃ」

「何と、臈長《ろうた》けた美しさよのう」

「まさか、嗣正殿の……」

「いやいや、嗣正にそんな甲斐性《かいしょう》はあるまい。おそらくは次男控次郎の妻女であろうよ」

嗣正の叔父である年配の男が、両隣の者に訳知り顔で言って聞かせていた。

それほど、この日の主役である嗣正は、女に無縁と思われていた。

幼い頃より学問一筋に励んでいた為、女性に対しては若干奥手の感もあったが、それでも、やがては嫁を貰い、必ずや本多家を隆盛に導いてくれるものと、父親の元治は無論のこと、親戚一同もその将来を期待していたものだ。

ところが、いつまで経っても嫁を貰ったという話は伝わってこない。代わりに聞こえてきたのは女嫌い、それも女性恐怖症という何とも情けない話であった。

それだけに、列席者達はこの娘の存在が気になるらしく、娘が席に着いた場所から、その正体を推し量ろうとした。

娘の座った場所は、見たこともない夫婦の隣であった。ただ、さらに娘の隣に座している本多家の三男七五三之介《しめのすけ》を認めると、列席者達もその娘の素性に得心が行ったらしく、「はーん」といった表情を見せるようになった。

七五三之介の婿入り先が南町奉行所の与力だと聞かされていた親戚の者達は、

一様にその娘を、七五三之介の嫁だと思い込んでしまったのだ。

だが、そうではない。

七五三之介の嫁佐奈絵《さなえ》はすでに身重であり、この場に居合わせてはいなかった。おまけに、大事な初孫の出産を数か月後に控えているため、次女である百合《ゆり》絵《え》をその世話にあたらせていた。よって、この座にいる美貌の女性とは、片岡《かたおか》家の長女雪絵《ゆきえ》なのである。


「兄上、大丈夫ですか」

七五三之介が、隣にいる控次郎に小声で囁いた。だが、言うほどに心配している風はない。その証拠に目が笑っていた。

「心配はいらねえよ」

控次郎が前屈みの姿勢で答えた。

屋敷に来てからというもの、控次郎はずっとその姿勢を取り続けていた。

理由は、身に着けている羽織袴にあった。

祝い事と聞いた控次郎の剣術の師、田宮石雲が貸してくれたものだが、どこもかしこも丈《たけ》が短く、羽織は控次郎がうっかり手を上げようものなら、肘《ひじ》の部分が露《あら》わになった。

袴の方も思いっきりずり下げ腰骨辺りで結んでいるのだが、普通に歩くと脛《すね》の部分がやけに目についた。そこで膝《ひざ》を曲げて歩くことで、何とか丈を誤魔化《ごまか》していたのだが、それも座ってしまえば意味がない。控次郎は飛び出した脛を尻の下にしまい込む為、世の中で一番嫌いな正座をし続けていた。

いつもは粋《いき》な着流し姿の控次郎だけに、その縮《ちぢ》こまった姿には七五三之介もおかしさを堪《こら》えきれないでいた。

急に、控次郎が顔を歪《ゆが》め始めた。

慣れぬ正座で、早くも足が痺《しび》れだしたようだ。もぞもぞと尻の下にしまった足を動かすと、何とか爪先《つまさき》の神経を蘇らせようとあがきだした。

ついには肘で七五三之介の上腕付近を小突いた。

──膝を崩すと脛が見えちまうんだよ。おめえの羽織で隠しちゃあくれねえかという意味合いを込めたのだが、七五三之介は気づかないのか、逆に目で嗣正の方を見るよう促してきた。

控次郎が嗣正を見た。格別変わった様子はない。

──どういうことだい

控次郎が目で問い返すと、七五三之介は小声で囁いてきた。

「大兄上は、先ほどから微動だにしておりません。大丈夫でしょうか」

嗣正には、後ほど客を送り出すという大事な役目が控えている。七五三之介がそれを懸念していることは控次郎にもわかった。

なにしろ、馬鹿がつくほど生真面目《きまじめ》な嗣正だ。足が痺れようが、耐え抜くことが武士だと頑《かたく》なに思っている。

流石に控次郎も気になってきた。七五三之介と共に、心配そうに嗣正の様子を見守り始めた。

祝いの宴はまもなく終了の時刻を迎えようとしている。

客達の前に並べられた料理も、あらかた食べ尽くされていた。

列席者達が誰彼となく顔を見合わせ、頃合いを見計らっている様子も、控次郎と七五三之介に伝わってきた。

ついに、嗣正の上役である勘定組頭の一人が、元治に向かって祝いの言葉をかけ、立ち上がると、それを機に、列席者達も腰を上げ始めた。当然のことながら、それを見送らねばならない嗣正も立ち上がった。

本人にしてみれば、すっくと立ち上がったつもりなのだろう。ところが、意に反し、膝ががくっと折れた。体勢は大きく傾いた。

――まずい
嫌な予感が的中し、控次郎と七五三之介が同時に目を瞑《つむ》った時だ。

いつの間に、傍《そば》に駆け寄っていたのか、嗣正の背後から身体を支えた雪絵が右手で嗣正を先導するよう手を握り、素早く左の腕を嗣正の脇に潜《もぐ》らせた。

さらに、

「そのまま、お歩きなさいませ」

動揺する嗣正に向かって、にこりと微笑《ほほえ》みかけた。

その様子は広間を去ろうとしている客達にはわからない。気づいたのは控次郎と七五三之介、そして生真面目な嗣正の気性を気遣い、心配そうに絶えず嗣正の動向を窺っていた母のみねだけであった。

動揺している間に、足の痺れも少しは解消したのか、嗣正もなんとか自力で歩けるようになった。

列席した人達一人一人に謝辞を述べ、なんとかその場を乗り切ることができた。

客達を送り出した後、嗣正はきまり悪そうに雪絵を振り返った。

礼を言おうとしたのだが、間近に見る雪絵の美しさは半端なものではない。そこへ持ってきて、嗣正は面と向かって女と口を利いたこともなければ、まともに顔を見ることさえできない男だ。思わず口籠ってしまった。ところが、

「御立派でございました。女の私でさえ、足の痺れに耐えきれず、絶えず足を動かしておりましたというのに、嗣正様は最後まで辛抱しておられました。その生真面目な御気性に、私はまばゆいほどの感動を覚えました」

雪絵は嗣正を気遣ったばかりか、心憎いばかりの賛辞を口にした。


「やれやれ、やっと思う存分酒を飲むことができるぜ」

まだ片付けが終わっていない自分の席に陣取ると、控次郎は銚子《ちょうし》を取り上げ、自分の 盃《さかずき》 を満たし、羽織の袖からにゅうっと腕を突きだして、七五三之介の盃にも酒を注《つ》いだ。

「お疲れになったでしょう。やはり田宮先生と兄上では背丈が違い過ぎるようですね」

七五三之介の言葉に、控次郎は首を振りながら答えた。

「俺が笑われる分にゃあ構わねえが、先生の御厚意に傷をつけるわけにゃあいか

ねえからな。七五三《しめ》、何とか客達には気づかれなかったみてえだな」

「はい、誰一人気づいたようには見えませんでした」

七五三之介はそう言うと、改めて控次郎に向かって微笑んだ。

他人は自分を優しい人間だという。だが、七五三之介は、すべてが控次郎に倣《なら》ったものだと受け止めていた。

そんな七五三之介の思いを知らぬげに、控次郎は部屋の一方を見詰めていた。視線の先が部屋の隅、それも客達が座っていた席ではなく、開け閉めされる襖近くに向けられていた。

すでに客を送り出したらしく、そこには与兵衛がちょこなんと座っていた。与兵衛は泣いていた。それればかりではない。妹のあまるも、母のみねまでも目頭を押さえていた。

「良かったな。嗣兄《つぐに》いもめでたく昇進されたんだ」

控次郎は目を逸《そ》らすことなく喜びを表した。だが、実のところ先程までは、勘定組頭ならまだしも、勘定役ではさしてめでたくもあるまいと思っていたのだ。

勘定役は勘定組頭の一つ下の役職ではあるが、元々は勘定組頭同様、定員が十二名と決まっていた。それがいまでは二百名を超えている。

つまりは賄賂《わいろ》により人数が膨らみ切った役職と言えるのだが、そんな役職でも、昇進祝いには上役に祝儀を渡さなければならない。

母のみねが、この日のために生活を切り詰め、祝儀を捻出した苦労を思うと、控次郎には、たかが勘定役への昇進ではないかとしか映らなかったのだ。

それでも、涙を流して喜ぶ家族や与兵衛を目《ま》の当たりにすると、若気の至りとはいえ、勝手に家を飛び出してしまった自分は、こんなにも大切な人達を傷つけていたのだなと、改めて己《おのれ》の軽挙を恥じる控次郎であった。

四

その翌日、小石川養生所《こいしかわようじょうしょ》勤務を終えた片岡七五三之介が屋敷に帰ってくると、身重の佐奈絵が身体を揺らしながら迎えに出てきた。

「佐奈絵、出迎えは無用と申したではないか。身体に障るぞ」

他の者が同じことを口にしたなら咎め立てているようにも聞こえるが、七五三之介の言い方には、相手を気遣う気持ちが満ち溢《あふ》れている。

佐奈絵は三つ指をついたまま、七五三之介の顔を嬉しそうに見上げた。

一緒に迎えに出た百合絵が、あてられたように「またか」といった顔をしたが、佐奈絵は気にもならないらしく、七五三之介から手渡された刀を両袖でくるむと、いそいそと自分達の部屋へ入っていった。

七五三之介の着替えが済むのを待って、佐奈絵は嗣正の来訪を告げた。

「えっ、大兄上が」

控次郎ならまだしも、嗣正が訪ねてくるなどとは思ってもみない。そこで、思わず訊き返してしまったのだが、佐奈絵の表情はなにやら楽しげだ。

「今、お父上と将棋を指されておいでです」

いたずらっぽい目を向けることで、佐奈絵は来訪の目的を七五三之介に伝えた。

だが、

「将棋？」

相変わらずこの手の反応は鈍い。しばらく考えた末、七五三之介はようやく思い当たった。

昇進祝いの後、控次郎と話していた七五三之介は、嗣正が身を乗り出すようにして人と話しているのを驚きの眼で見ていた。未だかつて、嗣正がまともに人と接しているのを見たことが無かったからだ。

それも相手は玄七《げんしち》だ。七五三之介にとっては舅《しゅうと》であり、かつては南町奉行所の年番方を務めたほどの元辣腕《らつわん》与力でもある。七五三之介が婿入りした時に、嗣正も会ってはいるが、その時は一言も口を利いていないはずの相手だ。

――そういうことだったのか
今更ながら、七五三之介は己の迂闊《うかつ》さに気づいた。

あの場面を目撃していたにも拘わらず、自分は嗣正の変貌ぶりに気づいていない。なのに、あの場に居合わせなかったはずなのに、佐奈絵は嗣正の来訪理由を見抜いていた。

――まだまだ私は未熟だ。吟味方へ進むには、御奉行が言われたように、もう少し経験を積まねばならぬ
鈍感な自分を戒《いまし》めると、七五三之介は、嗣正がいる居間へと向かった。

そこには真剣な表情で、食い入るように盤面を見つめる嗣正と、余裕を持って七五三之介を手招きで迎え入れる玄七がいた。

「大兄上、ようこそおいでになられました」

七五三之介がそう挨拶すると、嗣正はぎごちない笑顔で応えた。

どこか気恥ずかしそうにも思える。

嗣正が七五三之介から視線を逸らすように、再び盤上に目を移した。

戦況の方は、七五三之介がみる限り、優劣の差は無いに等しい。

違いは生真面目な嗣正が神経を研ぎ澄ましているのに対し、玄七の方はさほど勝敗にこだわっていないことだ。

――勝負に対する執着が違いすぎる。このまま進めば、おそらく大兄上が勝ちを収めるだろう
と、七五三之介が胸の中で嗣正の勝利を予測した時だ。

粛然《しゅくぜん》と、目の高さまで酒膳を掲げた雪絵が部屋に入ってきた。

今までどこに隠しておいたのか、雪絵は同居する七五三之介が見たことのないしとやかな仕草で銚子を取り上げると、気持ち手を震わせるようにして嗣正の盃を満たした。

白魚のごとき指先が、朱塗りの銚子に映えた。

嗣正に緊張が走る。さらには頰《ほお》にうっすらと赤みが射した。暫時遅れて、雪絵もまた恥ずかしそうに横へと顔を背《そむ》けた。だが、これは嘘臭い。

雪絵の頰には、赤みの欠片《かけら》もなかった。

――なるほど。これでは気がつかない方がおかしい
呆《あき》れる七五三之介が目を逸らした時、突然勝敗は決まった。盃を口に運んだ嗣正の目が、盗み見るように雪絵に向けられたところで、雪絵の目にしっかりと捕えられてしまったのだ。
動転した嗣正が持ち駒の角を盤面に張った、というよりは置いてしまった。女と接したことの無い嗣正が動揺していたことは、察するに余りある。だからと言って、相手の角道に角を張ることはなかった。
――ひどい
思わず七五三之介が肩を落とすほどの大悪手であった。

七五三之介は嗣正を送って屋敷を出た。
提灯《ちょうちん》を提げた七五三之介が先導する形で歩いて行く。いくら兄弟とはいえ、嫡男である嗣正には、幼い頃から距離を置くようしつけられていたからだ。七五三之介の方から話しかけることは躊躇《ためら》われる。そこへもってきて、嗣正はもともと口数が少ない。黙ったまま、二人は海賊《かいぞく》橋から江戸《えど》橋を渡った。小網《こあみ》町を右に折れて真《ま》っ直《す》ぐに行き、左手に少し歩けば、両国《りょうごく》橋はもう目と鼻の先だ。

「七五三之介」

意外にも嗣正の方から話しかけてきた。

「はい」

七五三之介が答えると、嗣正はめずらしく情感を感じさせる言葉を口にした。

「良き家に婿入りしたな」

さらに、七五三之介に向かって、笑顔を見せると、

「お前は昔から変わらぬ。一途で真っ直《まず》ぐだ。私は今宵《こよい》、片岡の家がありのままのお前を受け入れてくれていると知り、嬉しく感じたぞ」

嗣正は言った。

生まれて初めて嗣正から兄弟の情を示された七五三之介は、感動のあまり言葉に詰まってしまった。

そんな七五三之介に、嗣正は二度目の笑顔を見せた。

「もうこの辺りで良い。両国橋からは目を瞑ったままでも屋敷に戻れる。佐奈絵殿を心配させてはならぬ」

そう言うと、嗣正は提灯を受け取ることもなく、早足で両国橋を渡って行った。

七五三之介は嗣正の姿が小さくなるまで見送っていた。

これまでこんな風に感じたことは無かった。次兄の控次郎とは違い、嗣正は兄弟でも遠い存在であった。

七五三之介は、今一度嗣正が言った言葉を思い返してみた。

兄が弟を労《いたわ》る、ごく普通の言葉なのかも知れない。それでも、七五三之介は感じていた。黙ったまま歩き続けていた時、嗣正が自分に向かって幾度となく話しかけようとしては躊躇っていたことを。

——やはり大兄上も、淋しかったのだ。私や兄上、そしてあまるが情を交わし合うように、本当は大兄上もそうしたかったのだ
七五三之介は、佐奈絵が仄《ほの》めかしていたように、雪絵との仲がうまく行くことを願わずにはいられなかった。


片付けを手伝っていた雪絵が部屋に戻ると、次女の百合絵がふくれっ面《つら》で待ち構えていた。美貌の姉雪絵を差し置いて、八丁堀小町の名を恣《ほしいまま》にしてきた百合絵だが、その気の強さは半端なものではない。

「姉上」

眉を吊り上げて言った。

「おお、怖い」

雪絵は大げさに怯《おび》えた振りをして見せた。

「白々《しらじら》しい。まだ芝居を続けるおつもりですか」

「芝居などと、私はいつもと変わりませぬのに」

「その言葉遣いからして、いつもとは別物ではございませぬか。姉上、ようも一度しかお会いしていない人に、あのような態度がとれるものでございますね」

「私がどのような態度をとろうが、お前に文句を言われる筋合いなどないでしょう。それに、一度しか会っていないというのならば、佐奈恵と七五三之介殿はどうなのです。確か花見の帰りに、お前と佐奈絵がならず者に襲われたところを、七五三之介殿と控次郎殿に助けて貰ったのが縁でしたよね。だいたいお前にしたところで、控次郎殿に気のない素振りを見せていたのは初めのうちだけで、近頃では控次郎殿を見る目つきも、どことなく艶《つや》めいている気がしますよ」

「そのようなことはございません。何であのような浪人者風情《ふぜい》に、私が心を奪われなくてはいけないのですか。そんなことよりも私が言いたいのは、嗣正様は七五三之介殿の兄上様だということです。三女の佐奈絵が三男の七五三之介殿と夫婦になったというのに、今また長女の姉上と長男の嗣正様が一緒になりでもしたら、世間がどんな目で見るかお考えにならなかったのですか」

「世間の目など、今の私には気になりません。何せ出戻りでございますから」

「まあ、ぬけぬけと……」

憚《はばか》る風もなく開き直ってみせる雪絵に、百合絵は一瞬言葉を失った。それでも生来の負けん気の強さが、百合絵を執拗《しつよう》に食い下がらせた。

「だとしても、七五三之介殿の兄上様ですよ。少しは気になって然るべきかと思いますが」

「そうですよ。だからです」

「なんですって?」

「嗣正様が七五三之介殿の兄上様だからだと言ったのです。百合絵、お前はあんなにも幸せそうな佐奈恵を見て、何も感じないのですか。私は一度嫁《とつ》いだ身です。ですから殿方《とのがた》の身勝手さ、傲慢《ごうまん》さを厭《いや》というほど味わわされました。ですが、七五三之介殿にはそのようなところが全くありません。それで私は、そんな七五三之介殿の兄上様なら、御気性の方もきっと穏やかであろうと思ったのです」

「呆れた。それしきの理由で」

「お前はわかっていませんね。これほどの理由がどこにあるというのです。他人のことをあれこれ詮索《せんさく》する暇《ひま》があったら、お前も控次郎殿との仲が進むよう努力したらどうなのです」

「余計なお世話です。先ほども言いましたが、私は浪人者などに興味はありませぬ」

百合絵は頑《かたく》なに言い張った。

五

師範代の矢島が負った傷は、思いの外深かった。

医者からは、頭蓋骨《ずがいこつ》に罅《ひび》が入っている可能性がある為、暫《しば》しの間立ち稽古は控えるようにと言われたらしいが、傷もさることながら、門弟達の前で道場破りに後れを取ったことが、矢島を精神的に追い詰めていた。

その日、控次郎は師である田宮石雲から、七つ（午後四時）時に、小舟《こぶな》町にある料亭「澪木《みおき》」に来るよう言われた。

仲居に案内され、控次郎が座敷に出向くと、すでに石雲は座に着いていた。武人とは思えぬ柔和《にゅうわ》な顔立ちだ。性格も温和で、控次郎は入門してから今に至るまで、石雲が声を荒らげるのを聞いたことがなかった。

だが、一たび竹刀を握れば、五尺三寸（約百六十センチ）の身体が山のように聳《そび》え立つ。控次郎をして、生涯かけて追い求めても辿《たど》り着けぬ、と言わしめたほどの巨星、それが田宮石雲であった。

芸者のいない座敷の中は多少の堅苦しさが感じられる。それでも前に置かれた膳には、見たことも無い豪華な料理が並べられていた。

これまで石雲から料亭に呼ばれたことなど一度もなかったし、こんな料理も初めてだ。

当惑した控次郎の様子を、石雲は慈愛《じあい》を含んだ目で見つめた。

入門当時から、その天性の才能に石雲は気づいていた。旗本の子弟だというのに、それを鼻にかけることもなく、長ずるに及んでは、持ち前の明るさと洒脱《しゃだつ》な人柄から、門弟だけでなく若い娘達まで虜《とりこ》にしてしまった。

その控次郎が妻を亡くした時には、流石に石雲も、これにより控次郎の為人《ひととなり》に変化が生じるやもしれぬと案じたものだ。だが、心の内はともかく、他人に対しては、些《いささ》かも変わることなく接し続けていた。

石雲は、自分の膳に置かれた銚子を取り上げ、盃に酒を満たしてから言った。

「控次郎、今日、お前を呼んだのは、矢島が道場を去るかもしれぬと伝える為だ」

「えっ」

「今朝方、矢島の内儀《ないぎ》がそう知らせてきた」

「…………」

「道場の規則を破った。矢島はそのことに拘《こだわ》っておる」

「でしたら、私も同罪です。私も規則を破りました」

「それについても矢島は言っておった。自分はかっとなり、木刀で立ち合ったが、控次郎は年長である自分の頼みに逆らえなかっただけだとな。だがな、控次郎。確かに規則は規則だが、わしは弟子をたった一度の過ちで失う気など毛頭ないのだ。それゆえ、矢島の申し出は断るつもりでおる」

「先生、私からもお願いいたします。矢島さんはこの道場に必要な方です」

「わかっておる。だが、それも矢島の気持ち次第だ。道場を辞める理由が、果たして矢島の言った通りの理由であればよいのだが」

石雲は、矢島の気持ちに気づいていた。矢島は、自分が敗れた相手を弟弟子の控次郎が打ち破ったからといって、そのことで妬《ねた》みを抱いたり、面目を潰《つぶ》されたと考えるような男ではない。むしろ弟弟子が自分を超えたことで、後進に道を譲ろうとしていると、石雲は捉えていた。

「先生、どうか矢島さんを説得なさってください。もし矢島さんが道場を去ると言うのなら、私一人がおめおめと道場に残ることはできません」

控次郎は重ねて言った。

石雲は暫くの間、腕組みをして考え込んでいたが、気持ちの整理がついたと見え、控次郎に向かってこう言った。

「二人しかおらぬ師範代に去られるというのは、そもそもわしに徳がないからだ。情けない師ではあるが、それでも責任の取り方ぐらいは心得ているつもりだ。控次郎、お前が道場を去ると言うのなら、わしは道場を畳む。矢島にもそう言うつもりだ。それでも矢島が道場を去ると言ったならば、その時は我ら三名、同じ罰を受けようではないか」

矢島の気持ち、さらには控次郎の心根までも知り尽くした石雲の言葉であった。堪らず控次郎が師に向かってひれ伏す。

「お許しください。本多控次郎、私情に囚《とら》われ大罪を犯しました。何で先生に咎がありましょうか。今のお言葉を伺《うかが》い、ただただ恥じ入るばかりです。先生の御厚恩この身に沁《し》みました。愚かな私をどうかお許しください」

「ならば、前言を撤回してくれるな、控次郎」

「はい」

「有難い。実に有難い。お前の心根、田宮石雲しかと受け止めた。この上は、是が非でも矢島を説得するつもりだ」

石雲の顔に、並々ならぬ決意が表れていた。

石雲に続いて、控次郎は部屋を出た。

控次郎の心は満たされていた。

一時の感情に負け、師や門弟達のことを忘れた自分を、石雲は己の不徳に置き換えてまで正してくれた。

——剣だけではない。自分はまだまだ未熟だ

目の前を行く師の背中を見ながら、控次郎は自分に言い聞かせていた。

それゆえ、こんなところで、立て続けに顔見知りの人間と鉢合わせになるとは

思いもしなかった。

廊下を右に曲がった所で、二人の芸者がこちらに向かって歩いてくるのが見えた。

控次郎が、まずいと感じた時にはすでに遅く、一方の芸者が控次郎を認め、顔を輝かせていた。

「控次郎、見知った芸者のようじゃな。わしは先に帰るから、お前はゆるりとしていくが良い」

石雲は気を利かせた。すると、石雲の言葉が聞こえたのか、芸者はたおやかに科《しな》を作ると、笑顔で石雲に辞儀をした。

控次郎が慌てて石雲の後を追おうとした。確かに見知った者には違いないが、芸者遊びをしていると思われるのは心外であったからだ。

だが、しっかりと袖を芸者に摑まれていた。

「先生、往来で会ったのなら素通りもよござんすが、お座敷で会った以上、素通りは芸者の顔を潰すってことなんですよ」

芸者は艶っぽい目で、控次郎を睨《にら》みつけた。

「乙松《おとまつ》、俺は先生に呼ばれて来ただけなんだぜ。何も来たくて来たわけじゃあねえんだ」

控次郎は次第に遠ざかる石雲の後姿を見ながら、何とか振り払おうとしたが、乙松の力は思いの外強く、無理矢理引き離そうとした途端、袖が「びっ」と破れる音がした。控次郎が諦めたように力を抜くと、乙松は嬉しそうに顔を近づけてきた。

「だったら、あたしと同じですねえ。あたしだって、お座敷ってところには仕事だから来ているんですよ。桃《もも》ちゃん。済まないけど、一足先に行っててくれないかい」

妹分らしき芸者にそう言い残すと、乙松は控次郎の手を引きながら、玄関の方へと歩きだした。一寸見《ちよつとみ》には、芸者が客を送り出しているようにも見える。

「明日は三日じゃないですか。月に一度だけお沙世ちゃんと会うことを許されている日なんでしょう。だったら、お昼頃神田明神《みようじん》にお沙世ちゃんを連れて来てくださいな。遠目でもいいから、一度だけお沙世ちゃんの顔が見たいんですよ。それにね、先生は忘れているかもしれないけど、今一緒にいた桃太郎《ももたろう》という芸者、あの妓《こ》もあたしの代わりに乳貰いに走ったことがあるんですよ」

駄目を押すような乙松の口振りに、控次郎は頷く他はなかった。

お袖を亡くし、乳飲み子の沙世を抱え、控次郎が乳貰いに駆けずり回っていた時、見るに見かねて、代わりに乳貰いに行ってくれたのがこの乙松であったからだ。その結果、長屋に芸者を引き込んだと、舅である万年堂の長作《ちょうさく》に誤解され、控次郎は沙世を万年堂に引き取られ、月に一度しか会うことを許されなくなった。初めは沙世を手離した控次郎に憤慨した乙松も、やがてその事実を妹分の芸者に聞かされるや、責任を感じ、四年の間控次郎の前から姿を消すという経緯があった。

「約束ですからね」

乙松が嬉しそうに微笑んだ時、まさに右手の座敷から、芸者に囲まれた通人《つうじん》気取りの年寄りが顔を出した。

年寄りは、控次郎の顔を見るなり、可哀そうなくらいうろたえた。

途端に控次郎の眼が輝く。

「与兵衛じゃねえか。奇麗どころに囲まれて随分と楽しそうだが、無理をすると身体に障るぜえ」

つい今しがたまで自分自身がうろたえていたというのに、実家の用人である長沼与兵衛の顔を見た途端、控次郎はからかわずにはいられなくなった。貧乏旗本の用人をさせておくには、もったいなさすぎる剣の遣い手だが、行き倒れた自分を助けたことで、暫くの間、芋ばかり食していた元治夫婦に必要以上の恩義を感じ続ける与兵衛が、控次郎には可笑しくもあり、好ましい存在であったからだ。

与兵衛はつき従っていた芸者衆を追い払うと、無残なほど萎《しお》れてしまった。

まずいところで、というよりは、やはりこうなったか、と自分に言い聞かせているような表情だ。

傍《そば》で見ている乙松も流石《さすが》に気の毒に思えたらしく、控次郎達を残し座敷に向かって行った。その姿が見えなくなるのを待って、控次郎は与兵衛に尋ねた。

「何だっておめえがこんな所にいるんだい。まさか富籤《とみくじ》でも当たったっていうんじゃあるめえな」

すると与兵衛は観念したように口を割った。

以前、卯之吉《うのきち》という悪党から仲間に誘われ、百両もの金を受け取ったのだが、その卯之吉がお縄になったことで、金を返すことができなくなり、一年もの間押し入れに隠していたのだと言った。

「最初は、お殿様の為に使うつもりだったのですが、あの清廉潔白《せいれんけっぱく》な御気性を考えると、どうにも言いだすことができず、かと言って、百両もの金を受け取ったなどと奉行所に申し出れば、事情を訊かれ、与兵衛はともかくお殿様に御迷惑がかからぬとも限りません。控次郎様、この金をどうすればよいでしょう」

与兵衛は縋《すが》るような目を向けた。

忠義者で貧乏暮らしに慣れた与兵衛が、使い道に困った末のことだとは控次郎にもわかった。

控次郎は萎れている与兵衛に向かって言った。

「いいんじゃねえか。おめえが此処にいるってえことは、使い道を見つけたってことだ。どうせ奉行所に届けたところで、誰かしらの懐《ふところ》に収まっちまうだけだ。構うことはねえ。使っちまいな」

「控次郎様、では、使うのを手伝っていただくわけにはいきませんでしょうか」

「生憎《あいにく》だな。おめえと違って俺はまだ若いんだ。無駄遣いの癖が身に付くと、この先苦労するばっかりだ。すまねえが、その相談にゃあ乗れねえな」

がっくりと肩を落とした与兵衛を尻目に、控次郎は楽し気な表情で料亭を後にした。

毎月三日は、控次郎が娘の沙世に会うことを許されている唯一の日だ。

亡き妻の実家である薬種問屋万年堂に、沙世は物心つく前から引き取られていた。

長屋へやってきた沙世は、つき従ってきた女中に礼を言い、丁寧にお辞儀をした後で「父様《ととさま》」と呼びかけた。

控次郎が家の中へと招き入れると、沙世は懐かしそうに見回した。

そして、箪笥《たんす》の上に載っている小さな仏壇に手を合わせた。

さほど長くはなかったが、仏壇に向かって拝む沙世の表情が、母への想いを精一杯伝えていると控次郎は感じた。

あれ以来、沙世が棚の上に置かれた行李《こうり》に目をやることは無かった。自分がこの行李を見つけたことで、遺品を見た控次郎を苦しめてしまったと、沙世はずっと気にしていたからだ。

中には母の思い出が詰まっているが、沙世は控次郎を気遣い、ことさらそれを見ようとはしなかった。

それは、控次郎には甚だ辛いことでもある。

七歳の沙世が、自分を悲しませまいと気を遣っている。

――済まねえなあ。一番悲しいのはおめえだぜ。俺はお袖の顔をおめえに見せ

てやることもできなかったっていうのによお
控次郎は沙世の小さな背中に向かって、心の中で詫び続けた。

程なくして、母への挨拶を済ませた沙世は控次郎の方へ振り返ると、いつも通りの笑顔で言った。

「父様、一昨日《おととい》、私は七五三之介叔父様のお屋敷に遊びに伺ったのです」

「そうかい。良かったなあ。で、七五三《しめ》は居たのかい」

「叔父様はお仕事で、私がいる時には帰ってこられませんでした。でも、佐奈絵様と百合絵様、それから雪絵様に遊んでいただきました。百人一首というかるたで、雪絵様は、それはそれはお強いのです。沙世は百合絵様と一緒になって戦ったんですが、雪絵様は読み手の佐奈絵様が少し詠《よ》んだところで、お札をお取りになってしまうのです」

「ありゃあ、句を覚えていねえと勝負にならねえからな。俺も昔、上の句を詠んだところで札を取る兄上とよく喧嘩をしたもんだ。卑怯《ひきょう》じゃねえかってな」

控次郎の言葉に沙世は笑いだした。子供の頃の控次郎が頭を過《よぎ》ったらしく、いつまでも笑い転げていた。

「ところで、俺は三首しか覚えていなかったが、沙世はどのくらい知っているんだ」

本当はもう少し知っているのだが、句を知らないであろう沙世の気持ちを考え、控次郎は訊いた。だが、あっさりと言われた。

「沙世は二十首くらいです。でも、百首覚えなくては雪絵様にはとても敵《かな》いません。そこで百合絵様とお約束したのです。お正月にもう一度対戦することになっているので、それまでに二人でしっかり覚えましょうと」

控次郎は沙世を連れて神田明神へと向かった。

まもなく昼になる。乙松は待っていることだろう。控次郎は沙世には告げず約束の場所を目指したのだが、ほどなく神田明神というところで、沙世が帯の間から千代紙を取り出した。

「何を折るつもりなんだい」

千代紙は三角に折られていた。控次郎にしてみれば、まだまだ幼く思える沙世だ。きっと、途中で折り方がわからなくなったのだろうくらいに考えていた。だが、とんでもなかった。

にっこり笑った沙世は、親指と人差し指で三角になった千代紙を摘《つま》むと、底辺をもう一方の手のひらに置き、それを目の高さにかざした。

「父様、沙世はあそこに植えてある木の高さを測っているのです」

「えっ」

驚く控次郎を尻目に、沙世は三角形の底辺を地面と平行にしたまま、目の位置と斜辺の先が木のてっぺんに来るように歩を進めた。

千代紙は二等辺三角形だ。さすがに控次郎も気づいた。

学問にさほど興味を示さなかった控次郎とはいえ、子供の頃は一応塾へ通わされたものだ。それゆえ、そのくらいはわかる。

つまり、三角形の頂点と木のてっぺんが重なった場所を探せば、木の高さを測れるのだ。重なった場所から木までの距離は、沙世の目の高さから木のてっぺんまでと同じだ。

「なるほどな。ここから木までの距離を歩数で調べ、そこに沙世の背の高さを足したら木の高さってことか」

控次郎が感心したように言うと、

「なあんだ。父様はご存じだったのですね。いつも学問は苦手だっておっしゃっていましたから、沙世はびっくりさせてあげようと思っていたのに」

沙世は、がっかりしたような顔をして見せた。

それでも控次郎とのやりとりが嬉しかったらしく、沙世は控次郎にしがみつきながら歩き始めた。

遠くの方で、こちらを眺めていた女が二人、物陰に身を寄せるのを控次郎は目の端で捉えていた。

六

酒と醬油《しょうゆ》でほどよく煮込まれた蛸の匂いが、店内ばかりか暖簾《のれん》の外まで漂っていた。匂いにつられて初めて暖簾をくぐる客もいたが、居酒屋「おかめ」は常連達が足繁《しげ》く通う店であった。

肴は主に蛸料理だが、味の良さもさることながら、三人の女達が醸し出す暖かな雰囲気が常連客に受けていた。

四十を過ぎたというのに、未だ色香の残る女将《おかみ》お加代《かよ》と、美人とはいえないまでも適度に愛嬌《あいきょう》があるお夕《ゆう》とお光《みつ》の娘達。仕事を終えた職人達が一日の疲れを癒《いや》すにはもってこいの飲み屋といえた。

店内には丸太を割って作られた四つの卓があり、三つの卓には椅子代わりの縁台が並べられている。一番奥の卓だけが縁台ではなく、椅子代わりの樽《たる》が置かれているのだが、常連客達は心得ていて、込み合わない限りその卓に座ろうとはしなかった。

奥の席には着流し姿の控次郎が一人だけ座っていた。別に恐れられているとか、嫌われているといった様子はない。その証拠に、店にやってきた常連達は皆、親しげに声をかけていた。

それでも相席を躊躇うには、理由があった。

それは、六つ（午後六時）過ぎになった頃、決まってここに顔を出す人間のせいだ。普通ならば先に来た者が座っても当然だが、この人間に関しては、誰もが遠慮がちになった。

高木双八《たかぎそうはち》という八丁堀定廻り同心で、幼い頃から田宮道場に通い続ける控次郎の弟弟子だ。

常に街中で目を光らせている定廻りは、仕事が引けた後でもその名残《なごり》が目つきに出る。いくら楽しげに振る舞っていても、一度機嫌を損ねると厄介《やっかい》なことにならぬとも限らない。それが酒飲みからは敬遠された。

額《ひたい》と髷《まげ》の境目がわからない、いわゆる小銀杏髷《こいちょう》に結った高木がやってきた。高木は控次郎の正面に座り込むと、不機嫌そうに女将を呼びつけ、一言、

「飯をくれ」

と言った。

「どうしたい、双八。随分と機嫌が悪そうだな。役人がそんな風に怖《こわ》い顔をして店にやって来ちゃあいけねえぜ。危うくおいらも逃げ出すところだったじゃねえか」

控次郎が冗談交じりに言うと、双八と呼ばれた同心は気持ち眉をしかめた。自分では、そこまできつい顔つきをしているとは思っていなかったようだ。

「そんなに機嫌悪そうに見えますかねえ。これでも店に入る前に、一旦顔を作り直してから入ってきたんですがね。控次郎先生、それにしてもあの辰蔵《たつぞう》というのは何なんですか。お役目中だというのに、わざわざ私の方から声をかけてやったんですよ。なのに、ちらっと私の方を見ただけで、早足で立ち去って行きやがった」

「おめえだと気づかなかったんじゃねえのかい」

「違いますよ。私としっかり目があったんですから。ありゃあ、きっと何かやま

しいことをしているからです」

「辰《たつ》がかい。確かにあいつは調子が良くて助平《すけべえ》なところはあるが、やましいことをするようには思えねえがなあ」

控次郎が庇《かば》っているとも、けなしているともつかぬ言い方をした。

「助平なところまでは認めますがね。でも、やましくないと言われたら、甚だ疑問ですよ。あの野郎、そろそろここへ来る頃じゃねえかな。理由によっちゃあ、ただじゃあすまさねえ。おい、女将、飯はまだか」

いまだ機嫌が治まらない高木は、女将に向かってそう叫んでしまったが、どっこい、ここの女将は役人など屁《へ》とも思わない。

つかつかと歩み寄ってきたかと思いきや、無愛想な表情で、高木の前に湯気《ゆげ》の立つ飯と味噌汁だけを「どん」と置いた。

「お、うまそうだな」

慌てて高木が世辞を言ったが後の祭りだ。

他におかずが無いまま、高木は飯を食う羽目となった。

椀の飯に味噌汁をぶっかけると、それを勢いよくかっ込む。

そんな高木を呆れたように見ながら、控次郎は辰蔵が逃げた理由を当たっていた。

――辰が高木を無視する理由などねえと思うがなあ。だが、待てよ……

控次郎は昨日、道場からの帰り、やけに背の高い娘と話している辰蔵を見かけていた。背の高さは控次郎と同じく五尺八寸（約一七六センチ）くらいはありそうだ。辰蔵はその娘を見上げるようにして話していたのだが、その顔が必要以上ににやけていたことを、控次郎は思い出した。

――あいつには節操《せっそう》ってものがねえからなあ

元々女に惚《ほ》れっぽい辰蔵だが、何もあそこまで不釣り合いな娘にちょっかい出すこともあるまいに、と考えていると、

「控次郎先生、何か心当たりがあるんですか」

高木に見抜かれてしまった。この辺りはさすが同心だ。

「いや、そんなこともねえが」

と控次郎が惚《とぼ》けた所へ、噂の主、辰蔵が店に飛び込んできた。

辰蔵は地本問屋播州《ばんしゅう》屋の手代をしていて、乙松の弟でもある。

高木を見つけた辰蔵は、一瞬不味《まず》そうな表情を見せたが、今更引き返すわけにもいかず、覚悟を決めると、高木の横を避け控次郎の隣に座った。

「辰、てめえどういうわけだ。俺が声をかけたにも拘わらず無視しやがって。それとも何かい。町方を避ける理由でもあるってことか」

早速、高木が吠《ほ》えかかる。

「すいやせん。急な用事を思い出しやして。ですが、わちきも旦那に悪いと思ったんで、こうしてお詫びに上がったんで」

「この野郎、町方を舐《な》めるんじゃねえぞ。入ってくるなり、俺を見たおめえの顔が、『しまった』と告げていたじゃねえか」

「へい、その通りで。わちきとしては、旦那より先に来てお叱《しか》りを待つつもりだったんですが、生憎旦那の方が一足早くお着きになったようで」

ぬけぬけと言ってのける辰蔵に、高木はもう一言言いたそうであったが、控次郎にやんわりと制されてしまった。

「双八、辰もこうして謝っているんだ。その用事っていうのが、必ずしも仕事とは限らねえが、やむにやまれぬ用事であることは違いなさそうだ。だよな、辰」

「へい」

辰蔵は神妙な声を出した。

その上で、目の前にあった徳利を取り上げると、高木の湯呑に残っていた茶を土間へ捨て、それになみなみと酒を注いだ。

呆れるばかりの調子良さに、高木の顔もついつい緩《ゆる》んだ。

「おめえにゃあ感心するぜ。先生に救いの手を差し伸べて貰ったっていうのに、その先生の酒を使って、機嫌を取ろうとするんだからな」

うまくしてやられた格好の高木だが、湯呑の酒を飲み干した時には、機嫌も多少和《やわ》らいでいた。辰蔵同様、控次郎の徳利を摑むと自分の湯呑に注いだ。

酒があまり強くない高木は、みるみるうちに顔を真っ赤に染め、「お先に」と言い残し帰ってしまった。

どうやら辰蔵はそれを狙っていたらしい。

高木の姿が見えなくなると、辰蔵は急に前屈みとなり、控次郎に顔を寄せてきた。

「先生、明日はお忙しいでござんすか」

「明日かい。まあ、いつも通り道場に顔を出すくらいだが、何かあるのかい」

「へい、実は日本橋　橋《たちばな》町で珠算《しゆざん》合戦があるんですが、これが意外と面白いらしいんで、よかったらご一緒にどうかと思いやして」

「算盤《そろばん》かい。あんまり興味がわかねえなあ」

と答えた控次郎だが、内心では、どうせ女絡みだと思っていた。

「そういやあ、おめえ、昨日やけに背の高い娘と一緒にいたじゃねえか」

知っているんだぜ、と言いたげな目つきで問いかけた。

「ああ、火《ひ》の見櫓《みやぐら》のことでござんすね」

辰蔵は一瞬、ぎくっとした表情を見せたものの、すっ惚けて見せた。

だが、惚けるにしても、その言い草が控次郎には気に入らない。

「辰、相手は若い娘じゃねえか。娘っていうのはな、自分の姿顔立ちに何かしら引け目を感じているもんだ。きっとその娘も背の高さを気にしているはずだ。たとえ世間の奴がそう呼んでいたとしても、おめえまで一緒になってそう呼ぶことはねえんじゃねえかい」

珍しく真顔《まがお》で窘《たしな》められてしまった。

「すいやせん」

高木のように、面と向かって罵倒《ばとう》してくる相手にはそれなりの図太さを見せる辰蔵だが、穏やかな控次郎に意見をされると妙に素直になるところがあった。

結局、その夜は珠算合戦に行くことを断った控次郎であったが、翌朝、血相を変えた辰蔵が長屋へ呼びに来ると、すぐさま前言を翻《ひるがえ》すこととなった。

「先生、大変だ」

「何だい、朝っぱらから」

寝起きの顔で、楊枝で歯を磨《みが》きながらの控次郎が煩《わずら》わしそうに答えた。

だが、外は目を瞬《しばたた》かせるほどに眩《まばゆ》い。控次郎が時刻を気にすると、

「もう五つ半（午前九時）でござんす。道場へ行くにしても遅すぎる時間ですよ。でも、そんなことはどうでもいいこってす。例の珠算合戦に、なんとお沙世ちゃんが出ているんです」

辰蔵は一度橋町へと出向いた後だった。そこで、鉢巻き姿の沙世を見つけ、大慌てで控次郎を呼びに来たのだと言った。

「何だと、辰。てめえ今、沙世が出ているって言ったな」

そう叫ぶや、控次郎は家の中へと取って返すと、水がめの水を手で掬《すく》い、顔を二度ほどこすった後、刀架にあった刀を腰に差しながら家を出た。

辰蔵が手拭《てぬぐい》を振り回しながら追いかける。

「顔を拭《ふ》かなくてもいいんでござんすか」

それに向かって、控次郎が走りながら答える。

「走っているうちに乾く。それより、もたもたしていねえで、さっさと案内しねえか」

七

毎年、春秋に行われる珠算合戦。

二つの算法道場が、珠算技術の研鑽《けんさん》を目的として行っていた。この頃の珠算は、算盤を必要とする商家が仕事を終えた丁稚《でっち》達に教えることを常としていた為、高度な技術を教える珠算塾というのはほとんど存在していなかった。わずかに算法道場が、算法を学習する前段階として珠算を教えていたくらいのものだ。

控次郎が駆け付けた時には、すでに合戦が行われる道場の庭は、塾生の親達で溢れかえっていた。

今しがた競技の説明が行われたらしく、紋付き袴姿の道場主が検分役である年長の塾生を従え、競技が行われる室内に戻ったところであった。

開け放たれた部屋には、文机《ふづくえ》が片側五脚ずつ置かれ、紅白に分かれた鉢巻き姿の塾生が端座していた。

いずれも算法を学ぶ前の塾生と見え、顔には幼さが残っていた。

その中にあって、一際小さい沙世の姿があった。

沙世は山中《やまなか》算学塾の一員として、紅い鉢巻きを締めていた。

塾生達は一つの文机に二名ずつ座っていたが、その文机には算盤のほかに、おそらくは答えを記すのであろう筆記用具と半紙が載っていた。

塾生達が一斉に墨を摺《す》り始めた。この墨が摺り終わると、いよいよ競技の開始だ。

「おい、沙世は算盤を手にしていねえぜ。どういうことだ」

控次郎が異変に気づいた。

娘を案じる父親にしてみれば無理もないが、珠算合戦など見たこともない控次郎には、沙世の文机に算盤が置かれていないことは気になる。そこで、彼方此方見回したところで、不可解なもう一つの異変に気づいた。

「辰、部屋の後ろに敷いてある座布団は何だ。おめえ知っているか」

見ると、そこには塾生の数とほぼ同数の座布団が敷かれていた。

「おかしいですねえ、誰も座る様子はありやせんが」

辰蔵が不審そうに言った時だ。

控次郎の前にいた白髭の爺《じじい》が振り返って言った。

「あの席は間違えた者が退いて座る席じゃ」

「何だと」

控次郎は驚き、完全に色を失った状態となった。

――そんな、それじゃあまるで晒し者じゃねえか
どう見ても周りの子供は十歳くらいだ。まだ七つの沙世が一人だけその席に座らせられた時のことを思うと、控次郎は居ても立ってもいられない気持ちになった。


「一両は五千二百四十文と心得るべし」

突如、甲高《かんだか》い女の声が響き渡った。

控次郎がその方角に目をやると、それまで障子の蔭《かげ》に控えていたのであろうが、今にも天井に頭がつかえそうなほど背の高い女が現れた。どうやら、この女がもう一方の道場主であるらしいが、その背の高さに見覚えがあった。

――あっ、あの時の娘だ
控次郎は思い出した。先日、辰蔵と話していた娘だ。

――なるほど、それで辰の野郎が此処《ここ》へ来たがったてえことか
ようやく控次郎が辰蔵の意図に気づいた時、読み上げが開始された。読み手は沙世が通う山中算学塾の塾長山中秀太郎《ひでたろう》。年の頃なら、三十を過ぎたかどうかといったところだ。

「上げては、一両三分二朱二千六百文也、二十五両二分一朱七百十三文也」

立て続けに金額が読み上げられる。

普通商家での読み上げでは、「願いましては」と始まる所だが、算法道場では、そうは言わない。何故教える側が、教わる側にお願いしなくてはならないのだ、という小うるさい理屈によるものだ。

控次郎にもその辺りは理解できたが、間違えた者を晒し者にするやり方は納得がいかない。憤懣《ふんまん》やるかたないといった控次郎が見守る中、最初の読み上げが終わった。終了しても尚、塾生達が算盤を弾いているのは、それぞれの単位を切り上げる為であった。

一両は四分、一分は四朱、そして初めに娘道場主がことさら一両は五千二百四十文と断ったのは、この時代の貨幣流通が金、銀、銅の三貨制をとっていた為、三貨間の価値が変動していたことによるものだ。鎖国政策をとったお蔭で、日本

の金と銀の価値比率が銀に傾いていることを知った諸外国が、まず金を持ち出した。銀によって金を買う。そして銀相場が安くなると、銅によって銀を買った。

その結果、日本の金銀は海外に流出したが、日本人の算勘能力は向上した。人は必要に迫られると頭を使う。計算ができなければ損をする仕組みになっている以上、誰でも必要な計算力は必死で身に付けるものだ。確かに複雑な三貨制度は、万人に適したものではないが、この三貨制が日本人の数学力を高めたのは、紛《まぎ》れもない事実であった。


塾生達が答えを半紙に書き記すと、検分役である兄弟子達が、その答えを見て回った。全員正解。

控次郎がほっと息を吐きだしたところで、読み手が娘道場主に代わった。

橙《だいだいいろ》色の小袖に、紫の袴を付けた姿が異彩を放つ。

どこからか溜息ともつかぬ声が上がった。

「いつ見ても、野原《のはら》道場のおひろさんは凜々《りり》しいですな」

確かに褒《ほ》め言葉としては、この辺りが妥当だろう。女らしさを称えるには若干無理がある。的を射た賛辞に、思わず微笑んだ控次郎であったが、読み上げが始まった途端、暫し茫然となった。

立て板に水どころではない。さながら豪雨のような読み上げが轟《とどろ》くばかりで、一音さえも聞き取ることができない。

そこで、他の観客達はどうなのだろうと周りを見渡してみた。なんとほとんどの者がうっとりとした顔つきで、読み上げに聞き惚れていた。

あきれ返った控次郎が、持ち前の性根の悪さを発揮する。

――だったら、この娘と一度口喧嘩をしてみりゃあいい。一言でも言い返すことができりゃあ、おめえらを認めてやるぜ
控次郎がそう言いたくなるくらい、おひろの口はよく回った。

だが、答え合わせが終わった途端、観客達を待っていたのは、驚愕《きょうがく》の光景であった。

野原算法道場の塾生十人が全員居残る中、何と山中算学塾は沙世一人を残し、九人が後方へと退いてしまったのだ。白の鉢巻きが居並ぶ中、紅の鉢巻きはたったの一本。

「何だい、まるで勝負にならねえじゃねえか」

控次郎が呆れたように言った途端、またもお節介《せっかい》な白髭爺が振り返った。

「仕方が無いのじゃよ。山中さんの所は周作《しゅうさく》先生が隠居してしまい、倅の秀太郎さんが後を継いだのじゃ。算法の才は優れているらしいが、算勘となるとのう」

算勘とは、平たく言うと数の勘定、すなわち計算を意味する。

お節介な爺だが、こちらの疑問に素早く答えてくれるのは有難い。そこで控次郎は訊いてみた。

「爺さん、その山中さんの所の一人だけ残った小さな子だが、あの子は算盤を使っていねえように見えるんだが、どうなんだい」

「ああ、あの子かね。あの子は春の時も暗算で臨《のぞ》んでいた。まあ見ておれ。読み上げ算も、次の読み上げ暗算も、制するのはあの子じゃ」

意外な返事が返ってきた。

控次郎はこの訳知り顔で答える白髭爺が、急に好ましく思えるようになった。

そして、爺の言う通り、沙世は読み上げ算を制したのである。

「やった。先生やりましたぜ。お沙世ちゃんが勝ち残りやしたよ」

辰蔵は控次郎以上に、興奮していた。

沙世の名を連呼し、飛び上がって喜んだ。

その喜びようは沙世の目にも留まり、隣にいる控次郎の姿をも気づかせることになった。

控次郎が見に来ていることを知った沙世は、嬉しそうに目を輝かせた。だが、すでに読み上げ暗算は開始されていた。

沙世は最初の数を聞き逃してしまった。

一人だけ後方に退いた沙世を観客達は同情の目で見ると、その要因となった大声の主がいる方角を睨みつけた。そこには控次郎がぼさっとつっ立っていた。張本人の辰蔵がしゃがみこんだ為、観客達は声の主を控次郎と思い込み、ついには野原算法道場のおひろまでが、厳しい目で控次郎を睨みつけたのである。

沙世はその様子を、居たたまれない気持ちで見ていた。

自分に向かって叫んでいた声は、控次郎のものではないと気づいていたからだ。だが、自分に向かって、「済まねえな」と両手を合わせる控次郎の顔が、いつも通りの優しさを伝えた時、沙世は嬉しそうに微笑んだ。

その後、競技は開平《かいへい》、開立《かいりゅう》種目へと進んだ。

開平とは出題された数の平方根を求める計算で、開立は立方根を求めるものだ。

現在ではほとんど使われなくなったが、上位の数から求めて行く計算方法は、開平法はまだしも開立法における独創性には目を見張るものがある。この時代の数学者は遊びの一環として行っていたようだ。

簡単に言えば、開平、開立とも乗法公式に則って求めて行く計算である。開平で言うならば、十進数には平方すると、桁《けた》数が元の数の二倍、もしくはそれより一つ少ない桁数になる性質から、一の位から二つずつ区切って行き、一番上の区画から初根を求めて行く。後は根の二倍で割って行き、次根の平方を引けば解は求められるというやり方だ。

開立も三乗の乗法公式を用いるが、こちらは少々ややこしい。

特に、求める立方根が三桁以上になると、初根はいいが、次の根は初根の三倍で割り、尚且つもう一度初根で割り、次根の二乗を引き、さらには次の区画から三乗をも引き去った後、余りを掛け戻すという手間が生じる。ところが、これを算盤で行うと、いともたやすく答えが出るのだ。

珠算合戦に戻す。

初めは開平。塾生達の前に、紙に書かれた五つの数字が張り出された。

「始め」の合図と共に、塾生達が一斉に算盤を弾き始めた。

この競技は早さが問われる。

一問解く度に半紙に筆で答えを書いて行く。五問答えを書き終わった沙世が、素早く手を上げた。三つを数えずして、野原道場の二人が手を上げた。

検分役が真っ先に沙世の元へ駆けつけ、答えを合わせた。

「全問正解です」

検分役の声が響き渡った。同時に、観客席から歓声が上がった。

手を取り合って喜ぶ控次郎と辰蔵が見守る中、沙世は見事に開平部門を制したのである。

残るは最後の種目開立。

ここまでは沙世のいる山中算学塾が二勝一敗と勝ち越している。

固唾をのんで控次郎が見守る中、沙世は脇に置かれた袋の口から算盤を取り出した。

「あれ、先生。沙世ちゃん算盤を使うみてえでござんすよ」

「そのようだな。どうやら開立ってえのは、算盤を端から端まで使うらしい」

「そうなんですか。でも、沙世ちゃんが算盤を使ったら、それこそ鬼に金棒でさあ。こいつも貰ったようなもんでござんすぜ」

辰蔵がそう言った時、競技は開始された。

一斉に算盤が弾かれる。

ぱちぱちなどという音ではない。まるで笊《ざる》の中で小豆《あずき》が踊っているような音だ。

その中にあって唯一算盤を払う音だけが、進捗状況を告げていた。

白の鉢巻きを締めた塾生の手が、一本、二本、三本と上がる。

その後、暫くして沙世の手が上がった。

観客達の間からどっと溜息が漏れた。

それは二勝二敗となったことを安堵《あんど》する溜息もあったが、大半は一番小さな子が、一人奮闘し、最後は刀折れ矢尽きた状況を惜しむ溜息でもあった。

拍手が鳴りやまぬ中、野原算法道場のおひろが沙世の傍らに行き、何かを語りかけていた。

――よくやったぜ

控次郎は沙世の後姿に向かって、そう呟いた。

隣では感動のあまり辰蔵が、目を潤ませていた。

そんな二人に、またもお節介な爺は振り返って言った。

「あの子は簡便法を知らぬようじゃ。お前さんら、もう少し見て行った方がよいぞ。ほれ、おひろさんがあの子に手ほどきをしておるではないか。開立は簡便法を用いないと極端に遅くなるのじゃ。それに珠算合戦とは、勝ち負けを競う場ではない。互いに競い合うことで、自らの技量を高める場所なのだ。その証拠に、おひろさんは他所の塾生だというのに、あんなにも一所懸命教えているではないか」

控次郎は、あまりにも事情通なこの爺が、単なる見物客ではなく、山中算学塾の周作ではないかと思うようになった。

八

辰蔵が一旦播州屋に戻るというので、控次郎は珠算合戦での沙世の活躍をお袖に報告するため長屋に帰った。

仏壇に手を合わせた控次郎は、まるでお袖がそこにいるかのように話しかけた。

「おめえにも見せてやりたかった。沙世は立派だったぜえ。いつのまにか、おいらなんかより遥かに賢くなっちまった。算盤がうまくなっただけじゃあねえ。周囲にゃあ、子供達の母親も大勢来ていたっていうのによう、あいつはこれっぽっちも寂しそうな顔をしやがらねえ。おいらも負けずに強がってみせたけど、正直、あいつが嬉しそうに笑った時、おいらは堪らなかったぜえ」

自分を見つけた時の沙世の救われたような顔が、今も控次郎の瞼《まぶた》に焼き付いて離れなかった。

他の子供達には、この日の晴れ姿を見守ってくれる母と父がいる。だが、沙世に付き添ってくれたのは祖母のおもとだけなのだ。

母の顔も知らず、父親の自分には月に一度しか会えない沙世が、独り寂しさを噛《か》みしめ、気丈に振る舞っていた気持ちが、控次郎には痛いほどわかった。

「済まねえな、お袖。おいらは未だに独りぼっちの沙世を救ってやることもできねえんだ。けどなあ、あいつが万年堂で暮らすより、おいらと一緒に暮らした方がいいなどとは、到底思えねえんだよ」

控次郎はお袖の位牌に向かって詫びた。

気がつけば、辺りはすでに暮れかけていた。

そろそろ辰蔵が「おかめ」に着く頃だ。

刀架の刀を摑むと、控次郎は普段と変わらぬ表情で長屋を後にした。浪人とはいえ、元は旗本だ。それも自分から好んで長屋暮らしを選んだのだ。他人に弱身を見せるわけにはいかなかった。


控次郎が居酒屋「おかめ」へとやってきたのは、暮れ六つ（午後六時）を少し回った頃であった。

「先生、いらっしゃい」

下の娘お光が嬉しそうに迎え入れてくれ、控次郎はいつもの席に座った。

その背中をお光は特別な思いで見詰めていた。

まだ小さかった頃、人さらいにかどわかされそうになった自分を、父親の政五《まさご》郎《ろう》とともに捜し回り、救い出してくれたのが控次郎なのだ。以来、この店では控次郎はお光だけではなく、親爺と女将からも恩人と崇《あが》められていた。

すでに酔いが回り、上機嫌となった常連が未だ酒の運ばれていない控次郎の為、自分の徳利と湯呑を持って酒を注ぎにきた。

それを笑顔で受け止めながら、控次郎は応えた。

「すまねえなあ、留《とめ》さん。いつも馳走になってばかりでよ」

「何を言っているんです、酒の一杯ぐらい。先生がいるから、この店の雰囲気は良くなるんだ。いくら女将と娘に愛嬌《あいきょう》があるったって、糞《くそ》親爺に仏頂面《ぶっちょうづら》されちゃあ、酒がまずくなる。そんな親爺を和やかにさせることができるのは、先生お一人なんですからね」

留と呼ばれた男は呂律《ろれつ》の回らぬ言葉で控次郎をおだてあげると、自分の酒を受けてくれたことに満足したのか元の席に戻って行った。

女将が徳利と控次郎専用の盃を運んできた。

「今日は酢蛸《すだこ》がいい具合に漬《つ》かっていますよ」

女将は今日のお薦めを伝えた。

「そいつはいいな。それを貰おうじゃねえか」

二つ返事で女将が板場に注文を告げに行くと、控次郎はなみなみと盃に酒を注《つ》いだ。それをぐっと呷《あお》ったところで、店の隅で一人酒を呑んでいる男に気づいた。

男は嫌なことでもあったのか、暗い表情をしていた。

どこかで会った気がしたが、その時は控次郎も思い出せずにいた。

男の正体がわかったのは、仕事を終えた辰蔵がおかめに来てからのことであった。

目端が利く辰蔵はすぐに気づいた。

「先生、あそこで飲んでいるのは、先程珠算合戦で見かけた山中算学塾の秀太郎さんじゃねえですか」

「そう言われてみりゃあ確かにそうだ。俺もどこかで会ったような気はしていたんだが」

「間違いござんせんよ。それにしても随分と元気がありやせんねえ。まるで女に振られたみてえでござんすねえ」

「そうなのかい。まあ振られることに関しちゃあ、おめえほどの達人はいねえからな。だがな、見ていると、さほど自棄《やけ》になっているような飲み方じゃねえぜ。何かしら考え込んでいるような飲み方だ。辰、どうせ客も少なくなったんだ。おめえの調子の良さで、こっちへ誘ってみな」

控次郎に言われ、辰蔵が声をかけると、意外や秀太郎は酒と湯呑を持ち素直にこちらの卓へと移ってきた。しかも、律儀《りちぎ》に頭を下げた。

「および立てして申し訳ねえ。先程珠算合戦を見てきただけに興奮冷めやらなくってねえ、できれば一緒に飲みてえと思ったもんで」

控次郎の口の利きようは普段と変わらない。一瞬驚いたような目をした山中だが、すぐに相手の眼が穏やかに笑っていることに気づくと、先程までの暗い表情が嘘のように親しみやすい顔つきになった
「そうですか。私の方こそ気づかずにいて申し訳ないことをしました。貴方《あなた》方のことは見覚えております。武家の方がお見えになるのは珍しいことですから」

「その珍しい奴が、とんだ邪魔をしちまっては合わせる顔もねえが、まずは顔繋ぎに一献行こうじゃあねえですか」

「有難く頂戴いたします。私も初めて入った店で、見知った方とお会いするとは思ってもみませんでした」

山中の物言いは、どこか七五三之介を彷彿させた。

しかも初めて口を利いたというのに、人好きのする笑顔が微塵《みじん》も気まずさを感じさせなかった。

それは板場で包丁を振るっていた親爺が、思わず板場の縄暖簾を掻き上げ、こちらを覗き見る様子からも驚きのほどが伝わってきた。

控次郎の方から初対面の人間に話しかけるなど、滅多になかったからだ。

女将や娘達も最初は異様に感じたらしいが、控次郎がすっかりこの一見の客と意気投合している様子を見ると、やがて自分のことのように顔をほころばせた。

話は弾み、いつしか子供の頃の話になった。控次郎が佐久間町の剣術道場に通っていたと聞くや、山中は自分も以前は平右衛門《へいえもん》町の塾に通っていたから、もしかすると顔を合わせたことがあるのではと答えた。

すると、先ほどから一人忘れられた格好になっていた辰蔵が、横から口を差し挟んできた。

「えっ、でも山中さんは親父さんの塾を継いだんでしょう。だったら、何も他の塾に行くことはねえんじゃござんせんか」

事情を知らぬ者なら、当然抱く疑問だ。

「それが私の父が申すには、自分の息子ほど教えづらいものは無いということで、私は最上《もがみ》流上原如水《うえはらじょすい》先生に教えを請うようになりました」

山中は、人によって態度を変えるようなところが無く、辰蔵に向かっても丁寧な口の利き方をした。

辰蔵が満足気に頷くのを待って、控次郎は尋ねた。

「上原如水の名なら聞いたことがある。確か俺の兄貴が通っていた塾だぜ。山中さん、つかぬことを訊くが、本多嗣正っていう男を知らねえかい」

すると山中は目を丸くし、驚いたように言った。

「嗣正殿ですか。あの方は大変優秀で、私など足元にも及ばない方でした」

「それほどのこともねえと思うがなあ」

「嗣正殿は、その後仰高門東舎《ぎょうこうもんとうしゃ》へ進まれたと聞きます。私のような貧乏御家人の倅《せがれ》では、束脩《そくしゅう》が高いこともありましたが到底入れぬ所です」

「今、御家人と言われたが、お父上は算学塾をやられているんじゃねえのかい」

「そうなのですが、父は生来欲が無く、私の叔父に家督を譲ってしまったのです。御家人などという家門に縛られず、気ままに生きる方が良いと」

「なるほどねえ、よくわかるぜ。それで秀太郎さんもお父上に倣《なら》って、自由な道を歩きたいと考えたのかい」

控次郎が尋ねると、山中は一瞬言葉に詰まった。どうやら、この話には触れられたくなかったようだ。それでも隠し事をするのは嫌いと見え、気持ち表情を引き締めると言いづらそうに話し始めた。

「実は、私は父とは違い、一時は勘定方に勤めたことがあるのです。ですが、すぐに向かない場所だとわかりました。それで二年前に父の塾を継ぐことにしたのですが、こちらもやはり私には向いていないようです」

「勘定方に向かない？　そりゃあ、勘定方ってえところは人が多すぎるきらいはあるが、滅多《めった》やたらに入れる所じゃねえぜ。もったいねえ気がするなあ。いったいどのくらいでけりをつけたんだい」

「五年ほどです」

「五年も勤めりゃあ、それなりの役職にも就けただろうに」

「一応、勘定役までは進みましたが、勘定組頭になるまでにはかなりの歳月を要します。それに私には能力が備わっておりませんので、一生組頭にはなれないと思ったのです」

控次郎は驚いた。さっきまで嗣正の足元にも及ばぬと言っていた割には、山中は少なくとも二年前には勘定役に進んでいたことになるからだ。

——一体うちの兄貴は何をやっているんだか
控次郎は先日、嗣正の昇進祝いで家族の者が涙を流し喜ぶ姿を見て、若気の至りを悔《く》いた自分が、なにやら馬鹿らしく思えてきた。

そこで、勘定方を辞めた理由について訊いてみたのだが、山中は「自分が無能なためです」の一点張りで、多くは語らなかった。

「山中さん、どうやらあんたの方が年長のようだが、俺は万事こんな調子だ。失礼極まりない男だが、今更直せるもんじゃねえ。こんな男相手でも呑む気になったら、またこの店にやって来ちゃあくれねえかい。あんたは他人の気がしねえぜ」

山中が店を出る際、控次郎は己の口の悪さを詫びた。

珠算合戦を見る限り、確かに教え方はお世辞にも上手いとはいえない。だが、控次郎は舅《しゅうと》の長作が、何故沙世を山中算学塾に通わせたのかがわかった気がした。

九

控次郎が辰蔵から相談を受けたのは、まもなく小雪《しょうせつ》（新暦の十一月二十三日頃）を迎えようとする寒い晩のことであった。

それでも居酒屋おかめの中は、蛸を醤油と酒で煮た旨そうな匂いに加え、鍋から立ち上る湯気が立ち込め、外の寒さを忘れさせるほどに温かい。

控次郎が一人で飲んでいる所へ、辰蔵がやってきた。

夜風の中を歩いてきたせいか、店の中に入ったというのに、辰蔵は身体をぶるっと振るわせた。だが、どこか変だ。

いつもは多弁な辰蔵が、口を開くのを躊躇《ためら》っている。

何か言いたげで、それでいて一向に用件を話さない辰蔵を、控次郎は言いたくないのならいいさとばかりに、取り合うこともせず酒を飲み続けた。

さすがに辰蔵も気づまりを覚えたらしい。

「近頃は大分冷え込んできやしたねえ」

と似合わぬ世間話で、話のきっかけを探る。

控次郎は自分の徳利を取り上げ、黙って辰蔵に注いでやった。

「すいやせん。今、わちきの分も頼みますんで」

恐縮したように言ったが、これも辰蔵とは思えぬ言葉だ。

控次郎も面倒臭くなってきた。

「俺に用があるんならさっさと言ったらどうなんだい。さっきからもじもじばかりの繰り返しだ。箱入り娘ならともかく、おめえにそんな真似《まね》をされたんじゃあ、気色悪くていけねえ」

「そんな、わちきは生来遠慮深い性分なんでござんすよ。ですから、先生の前に出ると、出かかった言葉も飲み込んじまう有様で。おっと、酒が来ましたんで、先程の分をお返しいたしやす」

　辰蔵はお夕が運んできた徳利を摑みあげると、控次郎の盃に酒を注いだ。

「で、用件は何なんだ」

「えっ、用件とおっしゃいやすと」

「そうかい。それじゃあ、金輪際《こんりんざい》おめえの頼みは聞かねえからな。あっち、行け」

　控次郎に突き放された辰蔵は、瞬時に態度を改めた。こういった調子の良さが辰蔵の持ち味でもあった。

「すいやせん。わちきが心得違いをしておりやした。本当の所は先生にお願いしてえことがあるんですが、先生もここん所お忙しいようなんで」

「いいから言ってみな」

「へい、では申しやす。実は先日珠算合戦でお会いしたおひろさんのことなんですが」

「ああ、おめえの惚れている娘だな」

「またまた、何をおっしゃいますことやら。わちきはおひろさんに下心なんぞ抱いちゃあおりやせんよ。ですが、頼まれちまったからには、相談に乗らねえわけにはいかなくなっちまいやして」

「ほう、相談を持ちかけられる所まで行ったたって訳かい」

「先生、御願《ねげ》えですから真面目に聞いて下さいな。わちきは別におひろさんのことをどうこう思っているわけじゃねえんですから。実はですね、数日前からおひろさんの姉さんっていうのが、おひろさんの家に身を寄せていやしてね。それがどうも訳ありで、どうやら勘定方からつけ狙われているらしいんでござんす」

「勘定方？　そいつは穏やかじゃねえなあ。一体何をしたんだい」

「それがおひろさんの話では、姉さんの嫁ぎ先は若宮村の名主をしていて、お咎めを受けることなど何一つしていないというんでござんす」

「だったら、きっぱりそう言ってやりゃあいいじゃねえか」

「わちきもそう思いやしたよ。ですがねえ、ちいっとばかり様子がおかしいんで」

「どういうことだい」

「へえ、それがですねえ。近頃になっておひろさんの家の周りを人相の悪い奴らがうろつき出したんでございやす。そうなると、塾生といってもおひろさんのところは子供ばかりですから、怖がって近寄れねえ。それで相談されたわちきが様子を見に行ってみたら、確かに人相の悪い連中がうろついていたんで。ありゃあ、どう見てもやくざ者としか思えねえ。それでもやくざ者だけだったらわちき一人で何とかなるんでやすが、背後には浪人者が三人おりやして、これではわちきひとりではどうにもなりやせん。そこで」

「俺にそいつらをやっつけてくれっていう訳か。確かに妙だな。勘定方がやくざ者や浪人を使うはずはねえからな。とはいえ、こいつはちいっとばかり無理な相談っていうもんだぜ。俺の弟は町奉行所の与力だ。勘定方との揉《も》めごとは、兄貴として起こすわけにはいかねえんだよ」

「それくらいはわちきも心得ておりやす。ですが、先生も言われた通り、いくら評判の悪い勘定方でも、やくざ者や浪人者を使うわけはねえじゃねえですか。先生、お沙世ちゃんに手ほどきをしてくれたおひろさんの為に、ここは一つ、様子だけでも見てやっちゃあいただけやせんか」

「わかったよ。おめえが言うように、そいつらが勘定方の名を騙《かた》ったあくどい奴らだったら、懲《こ》らしめてやらなくちゃあならねえからな。だがよ、そんな人助けをするんだったら、おめえはどうして言い渋っていたんだい」

控次郎にそう言われた途端、辰蔵は言葉に詰まってしまった。

いくら辰蔵でも、言えぬ訳があった。

辰蔵が思うに、姉の乙松もそうだが、一度控次郎に関わった女達は必ずと言っていいほどその魅力の虜《とりこ》となってしまうからだ。しかも始末が悪いことに、控次郎自身は全くその自覚が無い。

辰蔵にしてみれば、おひろを控次郎に会わせることは、一抹の不安どころかなりの不安を伴うことでもあったのだ。


橘町は郡代屋敷に近い。

控次郎はひと先《ま》ず辰蔵におひろの家へ向かわせると、自身は郡代屋敷の様子を窺った。今は勘定奉行の役屋敷にもなっているが、ここに詰める役人達は、江戸城内の御勘定所に勤めることができない、つまりは出世の望めぬ者達なのだ。それゆえ、辰蔵の話が本当ならば、悪い了見を持った勘定方役人が加担しているかもしれないと控次郎は読んだのだ。だが、郡代屋敷にそんな様子は見られなかった。

そこで、急遽《きゅうきょ》おひろの家へと向かったのだが、すでに辰蔵はやくざ者達に絡まれていた。

その傍には、頭一つ抜け出した長身のおひろがいた。

どうやら辰蔵がやくざ者に因縁をつけられ、騒ぎを聞いたおひろが家から飛びだしてきたようだ。

「あんた達、お役人を呼ぶわよ」

やくざ者に向かっておひろが言った。

「おっと、でかい姐《ねえ》ちゃん。俺たちゃあ何もしちゃあいませんぜ。この野郎が勝手にぶつかってきたから、人の道ってえ奴を教えていただけですぜ。おい、兄ちゃん、人様にぶつかった時には、きちんと頭を下げ、その上で、お詫びかたがた何がしかの銭を握らせるのが人の道っていうもんだぜ」

辰蔵の胸倉《むなぐら》を摑んでいたやくざ者が言った。

対する辰蔵の方はというと、胸倉を摑まれてはいるが怯《おび》えた様子もなく、やくざ者の背後を見回している。浪人者がいるかどうかを確認したのだが、すぐに物陰から顔を出し、こちらに向かって手招きしている控次郎に気づいた。

辰蔵は胸倉を摑んでいたやくざ者の腕をひねり上げると、おひろに向かって、控次郎張りの笑顔を見せた。

「心配することはねえやな。こいつらはおいらに任せて、おひろちゃんは家に入っていいぜ。やい、てめえら。ここは子供たちに算法を教える神聖な道場だ。おめえらの言う人の道を教えて貰うには、ちいっとばかり不釣り合いな場所なんだよ。おめえらが望む場所まで付いて行ってやるから、さっさと案内しやがれ」

物言いまで控次郎を意識した辰蔵は、何とか腕を外そうともがき続ける男を仲間に向かって突き飛ばすと、たった今案内しろと言ったことも忘れ、先に立って歩き出した。

やくざ者達は顔を見合わせた。一瞬どうしようかという弱気な表情を見せたが、それでもこんな三下野郎に舐められるわけにはいかないと気持ちを切り替えたのか、兄貴分が目配せを送ると、最後尾にいた男が仲間を呼びに走った。

辰蔵は前を向いたまま、気持ち肩をいからせて歩いていたから、そんなことには全く気づかない。

控次郎に指示されたとおり、郡代屋敷の前を通り過ぎて行った。

もしやくざ者が郡代屋敷に向かって何かしらの合図を送ったならば、勘定方に雇われた者とみて間違いない。奴らをどうするかは、それを確かめてからだという控次郎の言葉を守ったのだ。

柳原土手についたところで、辰蔵は足を止めた。

やくざ者達の方を振り返ると、

「おや、一人足りねえじゃねえか。そうかい、案外利口な奴もいるってことかい。お前らも見習って逃げだしゃあよかったのになあ」

今気づいたという割には余裕のある態度で言った。だが、些《いささ》か勝手が違った。男達は辰蔵を小馬鹿にしたような薄笑いを浮かべていた。

「目出てえ野郎だ。女にいいところを見せたくて粋がったようだが、少々調子に乗りすぎたぜ。もうじき仲間がやってくる。殺さねえまでも二度としゃしゃり出てくる気が起きねえように手足の一本でもへし折ってやるぜ」

あっという間に、辰蔵は駆け付けてきた男達に退路を断たれてしまった。

浪人者が三人、そしてもう一人は呼びに行った男だ。

それでも辰蔵に怯《ひる》んだ様子は無い。自分を取り巻く男達を悠然と見渡すと、土手の端に植わっている松の木に向かって叫んだ。

「先生、お待たせしやした。薄汚え雁首《がんくび》が揃ったようですぜ」

「そのようだねえ」

松の木の方から返事が聞こえ、ゆっくりと控次郎が姿を現した。

「あっ、浮かれ鳶」

やくざ者の一人が素《す》っ頓狂《とんきょう》な声を上げた。男は思わず、控次郎が巷《ちまた》で噂される「浮かれ鳶」だと叫んでしまった。

「へえ、お前、俺を知っているのかい。だったら二度目ってことだな。俺はなあ、言って聞かない奴は好きじゃねえぜ」

そう言うと、控次郎は浪人達が刀に手をかけているのも構わず、すたすたとやくざ者の前に歩み寄った。

「まずいなあ。おめえの顔は覚えているぜ。確か赤蝮《あかまむし》とかいうやくざの親分と一緒にいた奴じゃねえのか。あれほど堅気《かたぎ》の衆に悪さを仕掛けちゃいけねえって言って聞かせたのになあ」

実に穏やかな物言いだ。周りにいる男達も、まさかいきなり投げ飛ばすとは思っていない。目の前を何かが過《よぎ》ったと感じた時には、男はすでに辰蔵の足下で大の字になって伸びていた。

「やや、こ、こ奴、乱暴だぞ」

水際立った投げ技に度肝を抜かれた浪人者は、訳もなく叫びたてた。

慌てて刀の柄《つか》に手をかけたが、すでにその動きは控次郎に見切られている。

「やめておきな。おめえらの腕じゃあ、俺には勝てねえよ。どうしてもと言うんなら、相手にならねえでもねえが、損だぜ」

控次郎は諭すように言った。

この者達はさほど荒《すさ》んだ目をしていない。それに、袴には繕《つくろ》った跡があった。おそらくは女房子供の為、心ならずも用心棒を引き受けたのだろうと控次郎は見た。

「おめえらには、まだ恥を知る心が残っているようだ。罪もねえ者をいじめるくらいなら、いっそ軽子《かるこ》にでもなることを選ぶべきじゃねえのかい」

そう言うと、控次郎は浪人達に背を向け、その間成り行きを見守っていたやくざ者達の方へと近寄って行った。こちらの連中には自らを悔いる気など毛頭なかった。目は荒み、完全に良心を失っていた。

控次郎は粋がる兄貴分の胸倉を摑むと、力任せに男の頬げたを殴りつけた。火の出るような拳骨《げんこつ》に、やくざ者は悲鳴を上げ仰向けにひっくり返った。それを今一度引き起こすと、もう一度拳を振り上げた。

「やめてくれ。わかった。二度とおめえさんには逆らわねえ」

やくざ者は、たったの一発で粋がることの無意味さを痛感した。

しかも意気地なく、手で顔を守る仕草までしている。

「気に入らねえな。俺に逆らう云々《うんぬん》じゃなく、二度と阿漕《あこぎ》な真似をしねえって誓うのが筋だろうよ。おめえには反省する気持ちっていうのが足りねえや」

青ざめるやくざ者に、再度鉄拳を浴びせると、控次郎は仕上げに入った。

泣きっ面となり許しを請い続ける兄貴分の男と、その傍で次は自分達の番かと怯える二人のやくざ者を睨《ね》めつけた上で言った。

「おめえらが、金輪際人様に嫌がらせをしねえと誓えばそれでいい。だがな、金欲しさに再びこの地を踏むようなことがあったら、その時は俺に会わねえようにするこったぜ。そんな面でも、首の上にあった方が何かと便利だからな」

翌日、辰蔵は足取りも軽くおひろの家へと向かった。

家の周りをうろつくやくざ者の影も形もなかった。

小鬢《こびん》の辺りを唾《つば》で整えると、辰蔵は玄関の戸を開けた。

「おひろさん、いらっしゃいやすか。辰蔵でござんす」

すぐさま、おひろが奥からすっ飛んできた。

「随分と怖い思いをしなさったことでしょうが、もう心配はいりやせん」

辰蔵はさぞかしおひろが感激してくれているものと期待した。

ところが、おひろは礼こそ述べたものの、辰蔵の顔は素通りしただけで、玄関の外を気にしている。

「誰かいるんですかい」

辰蔵はおひろが塾にやってきた子供を気にしたのだと捉えた。だが、

「昨日の御浪人さんよ。ならず者達を退治してくれたでしょう。だからお礼を言おうと思ったのよ」

「えっ、じゃあ、おひろさん、あの時俺達の後を尾《つ》けていたんですか」

辰蔵は不安げに訊いた。

「当たり前でしょう。辰蔵さんがいくら強くても、大勢が相手では無理よ。だから、心配になって追いかけたんじゃない。それにしても、あの御浪人さん恐ろしく強かったわねえ。辰蔵さんが、任せておけっていった意味がわかったわ」

「さようでござんしたか。まあ、あのお人も結構やりますからねえ」

「ねえ、今度連れてきてよ。いえ、そうじゃない。あたしの方からお礼に伺うのが筋ね。辰蔵さん、あの御浪人さんに会わせて頂戴ね」

「そんじゃ、ついでのときにでも」

そう言っておひろの家を後にしたものの、辰蔵はすっかり元気をなくしてしまった。「御浪人さん」と口にするたびに、おひろの眼が輝きを増したことに気づいてしまったのだ。

十

小石川養生所からの帰り道、お供の茂助《もすけ》を従えた七五三之介が昌平橋《しょうへいばし》を渡り終え、須田《すだ》町の通りに入ったところで、道端でうずくまっている男に気づいた。

男は腹を押さえ、額には脂汗《あぶらあせ》を浮かべていた。

「大丈夫ですか」

七五三之介が尋ねると、男は顔を歪めながら首を縦に振った。

大丈夫だという意思を伝えたつもりだろうが、男の表情に返事をするのも辛そうに見えた。

「この近くに医者がおります。肩をお貸ししますから頑張って歩いてください」

七五三之介は男に肩を貸しながら、湯島《ゆしま》横町にいる医師堀江順庵《ほりえじゅんあん》の元へと運んだ。堀江順庵は、七五三之介が本草学を学んでいた頃教えを受けた医者の一人であるが、今は市井《しせい》にあって医療に従事していた。

順庵は患者の手当をしていた。だが、七五三之介の運んできた男の様子を一目見るなり、それまで手当をしていた病人を娘に任せ、男の診察にあたった。

「お前さん、今までにもこれほどの痛みを感じたことはあったかな」

ひと通り男の身体を触診した上で、順庵は男に訊いた。

「はい、今日のような痛みは初めてですが、これまでも時々腹が痛くなることはありました」

男は未だ痛みが引かないようであったが、順庵に問われると丁重に答えた。

問診はその後も続いた。

七五三之介は順庵の表情が、最初に男の容態を見た時とはかなり違っていると感じた。先ほどまでの表情が、容易ならぬ事態を告げていたのに対し、今は落ち着きを取り戻したようにも見えた。七五三之介はそれを順庵が病巣を探り当てたせいだと期待した。ところが、

「わしの診立《みた》てでは、癪《しゃく》じゃ。薬を出しておくから、煎《せん》じて飲み続けなさい。それと暫くは飯も柔らかめのものを摂る方がよいぞ」

順庵の診断はあまりにも漠然としていた。

七五三之介は思わず順庵の顔を見た。

この時代、癪とは急な差込みや痙攣《けいれん》といった一過性のものをさす場合もあるが、今でいう胆石《たんせき》や胃癌《いがん》にまで及ぶ危険性を孕《はら》んでいたからだ。

順庵は七五三之介と目を合わせようとはしなかった。黙ったまま引き出しから薬を取り出すと、七五三之介に言った。

「この患者を送って行ってもらえるかな」

「はい、そのつもりでおります」

「良い心掛けだ。すべからく役人はそうでなくてはならぬ。では任せたぞ」

順庵は男を送り出した後で、改めて七五三之介を正視した。順庵の眼が、男の症状が思わしくないことを告げていた。


七五三之介が郡代屋敷の裏を通り、家まで付き添って行くと、男は是非とも家に立ち寄って欲しいと申し出た。そのうえで、男は、自分は橋町で算学塾を開いている山中秀太郎という者ですと名乗った。

七五三之介は応じた。先ほど順庵に言われた言葉が引っ掛かっていたが、一方で、家の者がここまで悪くなっていることに訝しさを感じていたからだ。だが案に相違して、玄関を開け、呼びかけた声にすぐさま反応して現れたのは、顔立ちからして温かみを感じさせる細君であった。その後ろから、五、六歳と見られる女の子を筆頭に、二人の妹達がちょこちょことくっついてきた。

山中は一番小さな子を左手で抱き上げると、他の娘達も右手で抱きかかえながら、細君に七五三之介を紹介した。

「途中腹痛を起こしてな。そこをご親切なお役人に助けていただいたのだ。お前からもよくお礼を申し上げてくれ」

助けてもらうほどの腹痛と聞いた細君は一瞬驚いた顔になったが、すぐに言われたとおり七五三之介に礼を述べた。その後で、改めて七五三之介の身形に気づいたらしく、恐る恐る尋ねてきた。

「あの、もしや貴方様は与力様ではないのでしょうか」

七五三之介が頷くと、細君は気の毒なほどうろたえた。

庶民からしてみれば、鬼より怖い同心を顎《あご》で使うのが与力という認識がある。いくら七五三之介が温和な顔立ちをしていようが、町奉行所の与力と聞いただけでそうは見えなくなったのだ。

「すみません。驚かせてしまったようですね。私はご主人をお連れしただけなので、これにて失礼いたします」

七五三之介も慌てた。手を振り振り、自分がすぐに立ち去るつもりであったことを伝えた。その慌て様は、細君が抱いていた与力像とは、あまりにかけ離れていた。

細君は見違えるほど和《なご》やかな表情になった。

「小さな子が多いゆえ散らかってはおりますが、どうぞお上がりくださいませ」

細君に勧められた七五三之介は、外に控えていた茂助に、先に帰るよう言いつけると家の中へ上がった。

家には、山中の父親と思われる老人がいた。

山中の細君から事情を聴いた白髭の老人は、与力の七五三之介が息子を医者に連れて行ってくれたばかりか、家まで付き添ってくれたことに感激し、幾度となく礼を言った。その上で、老人は七五三之介に奥方がいるのか、また子供がいるのかなどと、立ち入ったことにまで触れてきた。

そして七五三之介のお役目が養生所見廻りとわかるや、老人は手を打って喜んだ。

「なんと喜ばしいことだ。貴方のようなお方が養生所見廻りでおられる限り、江戸庶民は安心して暮らせると言うものです」

過分すぎる褒め言葉であったが、七五三之介はその言葉を戒《いまし》めとして聞いた。

半年ほど前、養生所は悪事を働いた看病中《ちゅうげん》間と賄《まかな》い中間を解雇し、新たな中間達と入れ替えていた。だが、安い賃金で働かされる看病中間と賄い中間達が、いつまた少ない実入りを埋める為に、不正を行わないとも限らなかったからだ。

それゆえ七五三之介は、老人の喜び様が、養生所の医師や看病中間だけでなく、自分達役人に対する不信感の表れであると受け止めていた。

本来ならば、七五三之介は、舅で元年番支配の片岡玄七と奉行の間で取り交わされた約定から、養生所見廻り職を解かれ、吟味方へ進むことになっていたのだ。それを養生所肝煎《きもいり》である小川又右衛門《おがわまたえもん》が、養生所が本来の役割を取り戻すまで、七五三之介に養生所見廻りを続けるよう、南町奉行池田筑後守《いけだちくごのかみ》に願い出た。その結果、肝煎に貸しを作りたい奉行が、得意の二枚舌を使い、七五三之介を留任させてしまったという経緯があった。

与力の屋敷は旗本並みに冠木門であり、敷地も同心に比べ三百坪と広くなっている。中には屋敷の一部を人に貸し出す者もいたが、押し並《な》べて与力は裕福であった。八丁堀と呼ばれるこの辺り一帯は、商家がほとんどなく、間借りをする住人も医者や儒者が多かった。したがって、江戸市中でありながら人の往来は少ない。訪ねてくる者といえば、御用聞きか公事方訴訟における袖の下を包む訴訟人くらいのものだ。

そんな与力の屋敷を、総髪姿の男が訪れた。

刀は帯びていない。まったくの無腰だ。

男は門を潜りかけては足踏みを繰り返していたが、このままでは埒《らち》が明かないとでも思ったか、覚悟を決めると庭先に足を踏み入れた。

そこで少女の姿を認めた。

「あれ、沙世ちゃん？」

その声に気づいた少女が振り返った。

「あっ、秀太郎先生」

少女が自分に気づき、駆け寄ってきたことで、男も少女の方に近寄ってしまったが、生憎少女の後ろには妙齢の美女がいた。山中は無断で足を踏み入れたことを詫《わ》びた。

「沙世ちゃん、こちらの方はお知り合い？」

口振りは尋ねているようにも聞こえるが、目の尖《とが》り具合からして、無断で屋敷に足を踏み入れたことを咎めていた。山中がぶるっと身体を震わせた。

「百合絵様、この方は私が算法を習っている山中秀太郎先生というお方です。千代紙を三角に折って木の高さを知る方法は、秀太郎先生が教えてくれたものなのです」

どうやら沙世は、百合絵にもそのやり方を教えたようだ。

相手の素性を知った百合絵は山中にお辞儀をしたが、山中の方は何故沙世がこの屋敷にいるのかがわからない。それゆえ山中は尋ねた。

「どうして沙世ちゃんが片岡七五三之介殿のお屋敷にいるのかな」

「七五三之介叔父様はお父上の弟なのです」

その間も、百合絵は二人のやり取りを邪魔しないよう配慮を心掛け、距離を取っていた。無関心を装い、しっかりと聞き耳を立てる。

「えっ、では沙世ちゃんのお父上もお役人だったのかい」

「違います。でもお父上は珠算合戦を見にいらっしゃっています。秀太郎先生はお気づきになられませんでしたか」

沙世に言われ、山中は考え込んでいたが、やがてはたと思い当たった。

「まさか、沙世ちゃんの父上とは控次郎殿なのか」

「はい、そうです」

沙世は嬉しそうに頷いたが、横を向いていた百合絵の方はいきなり控次郎の名を聞かされたことで、思わず振り返ってしまった。

「何という奇遇だ。私が今日ここへ参ったのは、片岡七五三之介殿にお礼を申し上げる為だったのに、まさか控次郎殿とご兄弟とは」

度重なる偶然に、山中は信じられぬといった顔をしていたが、やがて何かに気づいたらしく百合絵の方を見た。

沙世と一緒にいるということは、この娘も控次郎と関わりがあるのではと思ったのだ。

山中は百合絵に向かって改めて一礼すると、自分の素性を告げた。その後でいまだ七五三之介、控次郎との関係が定かでないこの娘に、どう接するべきかと模索していた。だが、先を越された。美形の娘に躊躇《ためら》う様子はなかった。

「山中様は控次郎様とはどういう間柄なのでしょうか」

「友人です。実は片岡殿にお礼を申し上げたら、その足で控次郎殿のところに伺うつもりでした」

山中はそう答えたが、内心では本来の目的である七五三之介への礼が、いつの間にか後回しになっているなと感じていた。すると、

「七五三之介殿に礼を述べられるとのことですが、何か役向きのことでしょうか」

与力の娘だけに、百合絵は山中の顔に浮かんだ微妙な変化を感じ取り、訊き返してきた。

「役向きとは関係ありません。実は癪で苦しんでいたところを七五三之介殿に助けていただいたのです。しかも七五三之介殿は治療後も私を家まで送ってくれました。私は与力ともあろうお方が、行きずりの人間に下されたご厚情に心から感じ入ったのです。お役向きを考え、手土産《てみやげ》も持たずに参りましたが、七五三之介殿には、私が心から感謝していることを、どうしてもお伝えせずにはいられなかったのです」

「わかりました。ですが、お帰りになられるのは七つ半（午後五時）を過ぎると思います。それまでお待ちいただいてはこちらも恐縮いたしますので、貴方様がお見えになったことは私がお伝えしておきます。幸い、貴方様は控次郎様のご友

人ということですから、直接お会いする機会もあることと思います。ですから、今日のところはお引き取りくださいませ」

最後は木で鼻を括《くく》ったような言い方で、百合絵は山中を追い返そうとした。

正直、この後で控次郎の所へ向かう山中に妬《ねた》ましさを感じてはいたが、百合絵にすれば半年もの間、何の連絡もしてこない控次郎が許せなかった。

――何よ。あの時の感じでは、すぐにでもお嫁に欲しいと言いそうだったくせに
半年前、沙世と一緒にかどわかされた百合絵は、控次郎が助けに来る間も、必死に悪党一味から沙世を守り抜いたのだ。沙世を抱いた自分を見て、控次郎は感謝の眼で自分に近寄ってきた。生憎《あいにく》、肩は抱かれなかったが、それでも百合絵は、この恋が必ず成就すると信じた。

それが、半年もの間、梨の礫《つぶて》だ。

「ふん」

不機嫌そうな百合絵に気づいた山中は、沙世に向かって言った。

「沙世ちゃん、私はこれからお父上に会いに行く。一緒に行くかい」

沙世はにっこりと微笑んだ後で、百合絵を振り返った。

「百合絵様もご一緒に行きましょう」

沙世としては、気を利かしたつもりだ。だが、

「私は行きません。関係ありませんから」

ぷいっと横を向いたきり、百合絵は口を尖らせた。

そのまま、暫くは胸の中で不満をぶちまけていたのだが……。

自分に向けられる視線が、妙に悲し気に感じられ百合絵は振り返った。

沙世が悲しそうな目で百合絵を見詰めていた。


山中が沙世と百合絵を伴って、控次郎の長屋を訪れた時には、すでに八つ半（午後三時）を回っていた。

長屋に控次郎はいなかった。

まだ道場から戻っていないのかと思い暫く待ったが、一向に控次郎が帰ってくる気配さえなかった。

沙世と百合絵が残念そうな顔を浮かべるのを見た山中は、二人を「おかめ」に案内した。居酒屋おかめは八つ半から店を開けている。控次郎がこの時間まで家に戻らないのは、直接おかめに向かったからだと山中は考えたのだ。

果たして百合絵は躊躇った。女の身で、しかも沙世を連れて居酒屋に入ることなどできるはずもなかった。

「大丈夫です。ここで待っていてください」

今にも帰りそうな百合絵を説き伏せ、山中は一人おかめの暖簾をくぐった。

やはり控次郎はいた。山中が控次郎に、沙世を外に待たせていると告げると、控次郎は大層驚いた。

「何だって、沙世が来ているって」

山中と再会した喜びも束の間、沙世が来たと知らされたのでは酒を飲んでいるわけにもいかない。慌てる控次郎に山中は言った。

「私は、ここで酒を飲みながら待っておりますので、沙世ちゃん達を送ってあげてください」

「達？」

控次郎は意味不明のまま、店の外に出た。

通りの向こう側で、嬉しそうに顔を輝かせる沙世と気持ち強張《こわば》った表情の百合絵が立っていた。

沙世は控次郎に縋《すが》りつくと、控次郎の手を取ったまま歩き出した。歩きながら、今日起こった出来事を控次郎に話した。沙世の隣では百合絵が、つまらなそうな表情で歩いている。

そんな百合絵を気遣い、沙世は幾度となく話しかけた。返ってきたのは断片的な返事でしかなかった。沙世の努力も実らず、あっという間に万年堂に着いてしまった。おかめのある湯島横町から、相生町の万年堂までは、いくらも離れていないのだ。

沙世は心配そうな眼で百合絵の顔を見た。ここまで百合絵は控次郎と一言も口を利いていない。この状態で、百合絵が控次郎と二人きりになっても大丈夫なのだろうかと沙世は案じていた。

和泉《いずみ》橋を渡り終えても、百合絵は控次郎から距離を置いたまま歩き続けていた。

せっかくの機会だというのに、敵に仕掛けてくる様子はない。

――男なんだから、そっちの方から何とかしなさいよ

百合絵が胸の中で叫んだ時、突然前を行く控次郎の足が止まった。

控次郎は百合絵が近づくのを待って言った。

「すまねえな、百合絵さん。いつも沙世の相手をしてくれて」

その物言いには若干の遠慮があった。だが、百合絵を見る目に、そこはかとない優しさと寂しさが込められていた。

――この人は、どうしてこんな目で人を見るの
百合絵は眩暈《めまい》がするほどの衝撃を受けた。その証拠に、気がつけば、自分でも柄ではない言葉を口にしていた。

「私は両親や姉妹に恵まれて育ちました。だから思うのです。もし私が沙世ちゃんと同じ境遇で育ったならば、あのように素直で人を思いやれる気性でいられたでしょうかと。控次郎様、私は沙世ちゃんが愛《いと》おしくて堪らないのです。ですから、私に遠慮なさる必要などないのです」

思い描いた展開とは、まるでかけ離れていた。それでも口にしてしまった以上、あとは控次郎の出方次第だ。百合絵は控次郎の口から吐かれる、次なる言葉を期待した。だが、控次郎は何も言わず、くるっと背中を向けた。

夕闇が宵闇へと移行し、夜空には星がぽつりぽつりと浮かび始めた。

百合絵は小走りとなり、控次郎の傍らを離れまいと歩いた。

幾筋もの路地を抜け、掘割に出たところで、風を感じた控次郎が問いかけた。

「寒くはねえかい」

「大丈夫です」

答えながら、百合絵は先程控次郎の腕に縋りついた沙世を思い出した。

自分には出来そうもなかった。

百合絵の目が、八丁堀にかかる海賊橋に注がれた。

錯綜《さくそう》する想い

一

村の北側を水戸道が走る若宮村は、ご府内とはいえ、町奉行所の支配が及ばぬ所だ。

近くを中川《なかがわ》が流れているため、以前は河川の氾濫《はんらん》に悩まされていた。それが近年安定した収穫量を上げられるようになったのは、偏《ひとえ》に関東郡代伊奈《いな》氏が土木技術面で大きな功績を残したからだとも言われていた。

その関東郡代伊奈氏がお家騒動を理由に罷免《ひめん》されると、それまで関東郡代伊奈氏が支配していた約二十七万石の所領は、勘定奉行預かりとなり、その後勝手方勘定奉行久世広民が兼務することとなった。

町奉行とは違い、勘定奉行は公事方二名、勝手方二名の計四名で構成された。

幕府の財政を扱う部署だけに、相互監視の意味合いも強かったのだろうが、諸国の幕領から上がる租税の管理に加え、金座、銀座等の管理、おまけに旗本や御家人の家禄・俸禄といったものまで管理しなくてはならないため、その仕事量たるや極めて膨大なものがあった。

中でも山林開発や河川修復といった幕府の公金を伴う工事では、その施工を土木商人達に請け負わせるため、幕府は商人間の談合を禁止するなど不正の取り締まりを強化すべく、しばしば通達を出していた。だが、通達をするばかりで監視能力に乏しいのが当時の幕府だ。勘定奉行を巡る汚職は公然化し、いつしかその慣習は奉行のみならず配下の者達にまで浸透するようになっていた。

仕事内容が煩雑《はんざつ》なこともあったが、最大の理由は公金請求額の算出が杜撰《ずさん》であったことだ。

仮に少なく見積もって追加請求を出せば、算定能力そのものを問われることになる。それゆえ、公金の請求は初めから余裕をもって見積もられた。しかも、その決済は勝手方勘定奉行によって行われるのだから、幕府の監視能力は甚だ脆《ぜい》弱《じゃく》と言わざるを得なかった。

若宮村の名主が勘定方の役人によって召し捕られてから、ひと月が経過した。だが、未だ牢送りにはなっていない。

勘定方には警察権がない為、罪人は町奉行所を介して伝馬《てんま》町へ牢送りにする決まりがあったからだが、それにしても不可解なのは、依然として名主と息子が町奉行所に引き渡されることなく、名主宅に監禁されていたことであった。

母屋の入り口と裏口には、常に見張りの役人が配置されていた。

今、その役人に断って、一人の目明しが家の中へと入って行った。名前は文《ぶん》蔵《ぞう》、俗にいう二足の草鞋《わらじ》を履いている男だ。

その文蔵が上がり框《かまち》に腰かけながら、後ろ手に縛られた名主に向かって言った。

「いい加減、首を縦に振ったらどうなんだい。おめえさんがこの書面に判を押し、名を書き入れてくれりゃあ、すぐにでも河川の改修工事が始まるんだ。いつまでも片意地を張っていると、痛い目に遭うだけだぜ」

名主が顔を上げた。額と襟元《えりもと》から覗く胸の辺りに青痣《あおあざ》があった。血の固まり具合から言って、度重なる拷問を受けたものと見受けられた。

「何と言われようが、工事など必要ありません。河川は前《さき》の郡代様が修復され、直す個所などないはずでございます。それに、見積もられた金額自体、私には納得がいきません」

「そうかい。どうあっても勘定組頭の大柴様が算出された額にけちをつけようっていうんだな。もうちっと利口になった方がいいぜ。大柴様はすでに土木工事の、請負人も決めているんだ。おめえさんがどうあがいたところで、改修工事は始まるんだ。あまりお手を煩わせるんじゃねえよ」

「いくら勘定組頭様のお言い付けであろうと、不要なものは不要としかお答えできません。大体、あんたのようなやくざ者をよこすこと自体、おかしな話ではございませんか」

「おいおい、名主さん。口は気を付けて利くもんだぜ。今の俺は南町定橋掛同心滑川《なめかわ》様から手札を頂く身だ。その俺をやくざ者呼ばわりするってことは、滑川様に楯突《たてつ》くことになるんだぜ。こんなことは言いたくねえが、おめえさんの息子の嫁は、お役人が来ると聞いた途端に、何処かへ身を隠してしまったじゃねえか。まさかとは思うが、大柴様がお手を出すとでも考えたんじゃああるめえな」

「そのようなことはありません。嫁は実家に帰っただけのことです。父親の具合が思わしくないというのに、此処にいては万一の場合に親の死に目に会えないとも限りません。それゆえ、実家に帰したのです」

「あくまでもそう言い張る気だね。名主さんよお、嫁の実家が橋町にあることぐらい調べはついているんだぜ。もし、その親父っていうのがぴんぴんしていたら、お上を謀《たばか》ったってことになるんだ。そんときゃあ、覚悟は出来ているんだろうな」

「これは迷惑な。私どもは、先方から言われたからそう受け取ったまでのこと。もし親御さんが元気だったとしても、それは娘恋しさのあまり方便を使ったということではないでしょうか。まあ、そういった人の気持ちに頓着《とんちゃく》しない方にはわからないでしょうが、いずれにしろ、私どもは嫁を実家に帰したことでしょう」

名主は、蔑《さげす》むような目で文蔵を見た。

「ちっ、忌々《いまいま》しい爺だぜ」

名主の家を出た文蔵は、腹立ちまぎれに毒づいた。高が百姓と見くびってかかったものの、まさか、これ程強気に出られるとは思ってもみなかったからだ。

このままではまずい。文蔵は早いところ手を打たなければと考えた。

名主には大柴が河川改修工事を決め、土木商人にも話をつけていると言ったが、実際は文蔵が施工する業者を決めていたからだ。

あの威張り腐るばかりで、自分では何もしようとしない大柴だって、業《ごう》を煮やせば直接名主を尋問しないとも限らない。そう思うと文蔵は焦りを感じずにはいられなかった。

中川流域を縄張りとし、亀戸村に居を構える文蔵一家にとって、勘定方との癒《ゆ》着《ちゃく》は勢力を広げるうえで欠かせないし、土木商人もまた然りなのだ。それゆえ、勘定組頭の大柴が出張ってくる前に、名主に承諾させなくてはならなかった。

文蔵は亀戸村にある自分の家に戻ってきた。元は質屋であったものを、質置きの期間がお上が定めた期日を超えていると難癖をつけ、安く買い取った店だ。

「お帰んなせえ、親分」

代貸しの松吉《まつきち》が出迎えた。

「おう、まだ子分どもはおとよを引っ張ってこれねえのか」

「へえ、それが……」

「どうしたい、はっきりしねえか」

「へえ、それがどうやらしくじったようなんで」

「しくじっただと。おとよの実家にゃあ、おいぼれと女しかいねえはずじゃなかったのかい。こっちは四人も雁首をそろえ、しかも浪人者までいたはずだ。どこをどうすりゃあ、しくじるなんて言葉が出てきやがるんだ」

「へえ、それが例の浮かれ鳶がしゃしゃり出てきたそうで」

「浮かれ鳶だと」

「覚えていねえんですかい。以前、親分の帯を抜き打ちざまに斬り裂き、ついでに褌《ふんどし》の紐《ひも》まで斬った浪人者です。そのせいで親分は、白昼町中を素っ裸で……」

「莫迦《ばか》野郎。つまらねえことをいつまでも覚えているんじゃねえ」

文蔵は松吉を怒鳴りつけた。

田宮道場の師範代と言えばいいものを、浮かれ鳶などというものだから、思い出すのが遅れてしまったのだ。それをことさら素っ裸にされたなどと言われては、堪ったものではない。

文蔵は不機嫌そうに松吉を睨みつけると、子分達を呼ぶように言った。

ほどなくして、身体を小さくしながら子分達が部屋に入ってきた。

三人は文蔵の顔を見ないようにして、一塊になって文蔵の前に座り込んだ。

その内の一人には、目の辺りにくっきりと青痣が残っていた。

「例の浪人者が邪魔をしたって言うじゃねえか。なんだって、あいつが出てきたんだ」

「わかりやせん。急に出てきやがったんで」

「雇った浪人者達はどうしたい。一日二朱（約一万円）という高い金を払っているんだ。まさか三人ともやられちまったってわけじゃねえだろうが」

「それが、あの野郎に諭された途端、ご浪人さん方はすっかりおとなしくなっちまいやして、刀を抜くこともなく、帰っちまいやした。こいつは困ったことになったぞと思っていたら、あの鳶野郎、銀八《ぎんぱち》兄貴の顔を思いっきり張ったばかりか、気を失った兄貴を番所に突き出しやがったんで」

「とんでもねえ野郎だ。わかった。おめえたちの仇《かたき》は俺が取ってやるから、明日その鳶野郎の所へ案内しろ」

「ですが親分、あの野郎の強さはけた外れですぜ。本当に大丈夫なんですか。念の為、今度来た用心棒を連れて行ったらどうなんですかい」

「馬鹿野郎。花のお江戸で一家を構えるこの俺が、あんな田舎《いなか》侍に頭を下げられるとでも思っているのかい。こちらには八丁堀の旦那がついているんだ。お上の御用を邪魔した咎で、鳶野郎を召し捕ってやるぜ」

文蔵は自信たっぷりに言い切ると、自分の顔を頼もし気に見上げる子分どもに向かって貫禄を見せつけた。


翌日、文蔵は子分達を連れ、控次郎にやられたという柳原土手で、定橋掛同心の滑川が来るのを待っていた。敢《あ》えてこの場所を選び、滑川に連れてこさせるのも、すべては子分達の前で控次郎を恐れ入らせるためであった。

滑川には袖の下として半年ごとに二両を渡していた。文蔵は煙草をくゆらせながら、控次郎が来るのを今か今かと待ち構えた。まさか、滑川に不都合が起きたなどとは思いもしない。

その頃、文蔵が頼みとする定橋掛同心の滑川は、手筈通りに長屋から控次郎を連れ出していた。誤算は、途中で定廻り同心の高木と出くわしたことだ。

「滑川じゃねえか。そのお人をどこへ連れていく気だい」

歳は変わらないが、定廻りは同心の中でも花形的存在だ。滑川は謙《へりくだ》った。

「高木さん。この男をご存じなのですか。実は、私が手札を渡した者に狼藉を働いたらしく、これから面通しに連れて行くところなんです。どうやら、こいつは相当な悪《わる》ですぜ」

滑川の言うことを「ふんふん」と聞いた高木は、いたずらっぽい目で控次郎を見ると、

「なるほど、確かに悪そうな面をしているぜ。だがな、滑川。おめえもこのお人の素性については知っておいた方がいいぜ」

滑川を控次郎から離れた場所に連れだした。

そして、滑川の肩に腕を回すと、のしかかるように顔を近づけ、何やらぼそぼそと話し始めた。

見ようによっては、脅しているともとれなくはない。

――へえ、双八も仲間内では、結構威張っていやがるんだなあ
控次郎が妙なことに感心し始めた時、それまで高木に肩を抱かれていた滑川が急に後ずさった。そのまま高木に向かって幾度となく頭を下げると、滑川は控次郎の方を見ないようにして、立ち去ってしまった。

得意気な表情で戻って来た高木に、控次郎は訊いた。

「双八、どうやら俺はお構いなしってことになったみてえだが、もしや俺の素性

が旗本だとでも言ったのかい」

「そんなことくらいで、役人が怯むとでも思っているんですか。私は七五三之介殿の名を出したんです」

「七五三《しめ》をかい」

「今、南町で一番注目を集めている方ですからね。阿片《アヘン》事件で吟味方を出し抜き、なるべきはずの吟味方も、御奉行の頼みを聞き入れ、養生所見廻り留任を承知された。先生はご存じじゃあないでしょうが、同心の間では、七五三之介殿は将来の筆頭与力と目されているんですよ」

「へえ、そうなのかい」

七五三之介が奉行所内で評判が高いということを知り、控次郎は思わず顔をほころばせた。

「親分、来ましたぜ」

見張っていた子分が声を上げた。文蔵が振り返ると、はるか遠くの方から柳原土手をこちらに向かって歩いてくる控次郎と滑川らしき同心の姿が見えた。文蔵は煙草《たばこ》を煙草入れにしまうと、貫禄を見せつけるべく腹の辺りをぽんと叩いた。

どっしりと構え、滑川から声がかかるのを待って振り向くつもりだ。

ところが、

「待たせたかい」

予想を裏切る、親し気な声が掛かった。

その異様さが文蔵を振り返らせた。文蔵の目に映ったのは、滑川ではなく、見たこともない同心の顔だ。

驚く文蔵の鼻っ先に控次郎が顔を寄せた。

「おめえの名は忘れたが、その顔は何となく覚えているぜえ。しかも思い出しやすいように、つい先日会ったばかりの、可愛い子分達を連れてくるとは気が利いているじゃねえか」

控次郎がにやりと笑う。同時に、文蔵の顔が恐怖で歪んだ。

「お役人様、あっしは滑川様に手札を頂いている者でごぜえます」

文蔵が悲鳴ともつかぬ声を上げ、高木の傍に駆けよった。すると、

「その為に俺がついてきたのだ。滑川に言伝《ことづて》を頼まれたからな。文蔵、滑川が言っていたぞ。さっさと手札を返し、二度と面を出すなってな」

高木は文蔵の両肩を摑み、控次郎に向かって放り投げた。

二

夕闇の中に秩父《ちちぶ》連山がくっきりと浮かんで見える。

毎年秋になれば、月見や虫の声を求めてやってくる物見遊山《ものみゆさん》の客も、冬の訪れとともに姿を消した。今の広尾原は、家々から上る煙だけがわずかに人間の営みを感じさせた。

収穫を終えた百姓達が、この時期渋谷川から上がる貴重な蛋白源《たんぱくげん》の鮠《はや》を獲り、それを燻《いぶ》す煙だ。

竹串に刺した尺鮠が囲炉裏の火で炙《あぶ》られていた。

ほどよく焼けた魚に食らいつき、それを自家製の濁酒《どぶろく》で流し込む。この一瞬が百姓達にとってはこの上ない喜びとなる。

源助は甚八と藤十が焼きあがった魚を手にするのを待って、濁酒を湯呑に注いだ。

「驚いたな、食う米はなくても酒だけはある。食えない男だな、お前は」

甚八が言うと、源助は珍しく頭をかきながら笑った。

七海が同席している時には決して見せない顔を、源助はして見せた。

それでも甚八と藤十には不自然とは映らなかったらしく、一匹の鮠を食べ終えた藤十は、左手に酒の入った湯呑を持ったまま、右手で二匹目の鮠を摑んだ。

「旨《うま》い。こうして川魚を食っていると、故郷の八王子を思い出す。やはり俺達には江戸の気取った料理は性に合わん。だから、ここに帰ってくるとほっとするのだ。文蔵の所にいると、味の無い物ばかり食わされるのでな」

食欲旺盛な藤十は、源助の機嫌を取るように言った。この家には、たまにしか戻ってこないが、藤十はその都度、源助の食料を食い取っていたからだ。

「済まぬな、源助。いつも手ぶらで押しかけて。だが、それも兄者が奉行職に就くまでのことだ。遠国奉行か勘定奉行かは知らぬが、奉行職に就けたならば、七海は取り立てられ、俺達は八王子に戻ることが出来るのだ。そこで藤十と二人で剣術道場を開き、母や妹達を呼び寄せる。勿論、お前にも十分な礼をするからな」

甚八も源助を気遣った。父親に言われるまま、源助の元へやって来たのだが、二年前も、そして今も、自分達は源助の世話になりっ放しだったからだ。

「坊ちゃん方、こんなもので良かったら、また獲っておきます。いつでも帰ってきてくだせえ」

兄弟の言葉に、情にほだされたのか、源助は言いながら、ゆっくりと身体を起こした。

「どれ、もう一本、濁酒を持ってくるべえ」

いつものように前屈みの姿勢になり、足を引きずりながら土間の奥へと向かった。

濁酒を取りに行く源助の顔は甚八と藤十には見えない。まさか、源助が唇を噛みしめ、苦々しい表情を浮かべているなどとは思いもしなかった。

二人は互いの母と妹達を思い起こし、夢が実現する日のことばかり考えていた。

それゆえ、濁酒を取りに行った源助が、胸を掻きむしり、呪詛《じゅそ》を口にしていることにも気づくはずはなかった。

――畜生、獣《けだもの》ども。どれだけ人を足蹴にして生き続けるつもりだ。おめえ達は甚八や藤十に、血が繋がっていると謀《たばか》っただけでは飽き足りねえのか。七海はともかく、おめえ達が甚八や藤十の為に人間らしいことなどするはずがねえ
源助は胸の中でそう叫んでいた。その後で、いっそあの二人にぶちまけてやろ

うとも考えた。だが、母や妹達と暮らすことを夢見ている二人が、自分の言葉を信じるとは思えなかった。

佃島《つくだ》の南側、通称間之洲《まのす》と呼ばれる場所は、大型の鱚《きす》が釣れることで知られている。鱚は当たりも明確で、引き味も細身の魚とは思えぬほど小気味良い為、江戸人には最も人気の高い釣り物だ。この釣りに嵌《はま》った者達が作り出した釣鉤《つりばり》は、実に六十種を超えると言われていた。

いつもは錨《いかり》を下ろしただけですっ惚けている船頭も、鱚釣りとなるとこまめに舟を操らねばならなかった。群れで回遊する鱚を釣るには、舟を流しつつ、潮の流れを読んだ上で、場所を移動しなくてはならないからだ。

「くんくん」

手元に伝わる明確な当たりに、頭巾を被った釣り人が相好を崩した。

引き味を堪能しながら舟の中に取り込むと、鱚に飲み込まれた釣鉤を外しながら、傍に控えている武士に向かって話しかけた。

「そろそろ頃合いではないかな、岩倉」

「今少し、お待ちくださいませ」

岩倉が答えると、頭巾を被った釣り人は、「おや」という表情を見せた。

相手が自分に逆らうとは思っていなかったようだ。

「久世を甘く見過ぎてはいないか。あ奴は定信ばかりか、意次《おきつぐ》にも認められた男だぞ。その方が言うように、いつまでも関東郡代の領地にばかり気を取られているとは思えん。配下の者を監察役として送り込んでくるのも時間の問題だ」

「御前、ご無礼を承知で申し上げます。某《それがし》は、それを待っているのでございます」

「何と、今、待っていると申したか」

意外な返答に、御前は思わず訊き返した。だが、岩倉の顔が自信に満ちていると気づくや、柔軟に態度を変えた。

「その方の口振りからすると、何やら大仕掛けの策を用意しているようじゃが、漠然と待っているだけでは心もとない。岩倉、もそっと寄れ。わしの耳に、その方の策とやらを吹き込んでくれ」

すると、舟の胴に座っていた岩倉が、這《は》うようにして御前に近づき耳元で囁いた。聞き終えた御前は満足そうに言った。

「なるほど。随分と荒っぽい策ではあるが、久世を確実に引きずり下ろすとなると、その程度のことは止むを得んのう」

三

控次郎がほろ酔い加減でおかめを出たのは、まもなく五つ半（午後九時）になろうかという頃であった。神田明神脇にある長屋までは、おかめのある湯島横町からいくらもない。いつものように聖堂に沿って路地を抜け、神田明神の裏手を回って長屋へと向かった。

すでに人通りが絶えた道は、餌を漁《あさ》る野良犬だけがうろついていた。野良犬は控次郎と距離を取りながら、地面に顔を近づけしきりに臭いを嗅《か》いでいた。

その野良犬が、突然物陰に向かって唸《うな》り声をあげた。

物陰に潜む相手に威嚇《いかく》の意を示したのだが、その相手が物陰から足を踏み出すと、位負けしたのかすごすごと立ち去ってしまった。

物陰からでてきたのは、毛皮の短羽織を着た田舎臭い武士であった。

武士は控次郎の行く手を遮《さえぎ》るように立ちはだかった。

「おめえさん、俺に用かい」

「その前に尋ねるが、田宮道場の師範代とは貴殿のことか」

「まあ、二番手だがな」

「では、本多控次郎殿に間違いはないのだな」

「へえ、名前まで知っているのかい。それでいて、こんなところで待ち伏せしていたとなりゃあ、碌《ろく》な要件じゃあねえな」

「かもしれぬな。ここで待っていたのは、貴殿と手合わせをする為だからな」

「断ったらどうする気なんだい」

「それは無理だ。断れば田宮道場の門弟が一人死ぬことになる」

　武士は言った。

「それじゃあ、断れねえな。ではおめえさんの名と流派を聞こうか」

「示現流、金田《かねだ》甚八と申す。もう気づいたと思うが、先日貴殿の道場に現れた杉山七海の縁者だ」

「だとすりゃあ、おめえさんも相当な遣い手ってことだな。だが、素直に名乗るところが気に入ったぜ。相手になろうじゃねえか」

　控次郎は履いていた雪駄《せった》を片方ずつ蹴り上げ裸足となった。甚八を睨みつつ、ゆっくりと愛刀を引き抜く。甚八が遅れて刀を抜いた。

鞘《さや》走りが滑らかだ。控次郎はそう感じた。

余程真剣での稽古を積んだか、さもなければ、真剣勝負の場数を多く踏んでいない限り、こうも軽々と刀を扱えないはずであった。

塀に挟まれた路地は、月が真上に来た時以外は、明かりが斜めに射す。わずかに相手の上半身だけを映し出すものの、足元は闇だ。

その月明りを求め、甚八の刀が宙高く掲げられた。

控次郎は下段に構えた。気持ち膝に余裕を持たせ、何時でも飛び下がれる体勢を取った。この男の剣が杉山七海と同等ならば、迂闊《うかつ》に剣を合わせることは危険であった。月明りがあるとはいえ、相手の刀の造りまでは確認できない。与兵衛が言う「示現流の剣士の中には幅広の剛刀を用いる者がいる」という言葉が、控次郎の中で意識として残っていた。

甚八が間合いを詰めた。

刹那、強烈な殺気と共に、闇を劈《つんざ》く猿叫《えんきょう》が夜空に木霊《こだま》した。

素早く飛び上がった控次郎。だが、稲妻のごとき速さで振り下ろされた甚八の剣先が、控次郎の鼻先を掠め、羽織の右袖を切り裂いた。

——強え

控次郎が喉元まで出かかった呻《うめ》きをかろうじて飲み込む。

金田甚八の技量は、紛れもなく杉山七海の比ではなかった。

その甚八が二撃に備えて刀を右八双に引いた。

控次郎は、自分が逃げることも、刀で受けることも出来ない絶体絶命の窮地に追い込まれたことを悟った。

甚八の足捌きが、どこまでも追い詰めてやるという意思を控次郎に伝えた。身体中に恐怖がまとわりついた。だが、そのことが逆に控次郎の負けん気に火をつける結果となった。

――迷っている場合じゃねえぞ。一か八《ばち》かやるしかねえんだ
心を決めた控次郎が月明りを求め、右に回った。同時に、連れて動いた金田甚八の上半身が月明りに浮かび上がった。

甚八の刃が再び天空で輝いた。光の帯を引き連れた刃が闇を斬り裂いた。その光の帯が、わずかながら控次郎に刀の軌跡を伝えた。

二度目の猿叫が鳴り響く中、甚八の打ち込みに合わせて刀を添わせた。

寸分の違いも許されない。

稲妻のごとき激しさで控次郎の刀身を滑り落ちた甚八の刃が、控次郎の鍔元《つばもと》で

瞬時にひねられ大地に流れ落ちた。

間髪入れず、控次郎が刀を横薙ぎに繰り出した。鞘に当たりながら肉を斬り裂く鈍い感触が伝わり、甚八の膝ががくっと崩れた。

左手で割られた腹部を押さえ、右手に握った剣を地面に突き立てた甚八は、無念の表情を浮かべると控次郎を睨みつけた。

「俺の負けだ、殺せ」

夜目にもわかるほど、押さえた指の間から、どす黒い血が流れていた。

「おめえは負けたわけじゃねえ。俺につきがあっただけのことさ。甚八さんって言ったな。早《はえ》えとこ手当をすりゃあ助かるんだ。俺が医者に連れて行ってやってもいいが、それじゃあ、おめえさんも収まりがつかねえだろう。行きな、俺も勝ったなどとは思っちゃいねえ。そこまで稽古に打ち込んだおめえさんが惜しまれるから言っているんだ」

控次郎はそう言うと、後ろも見ずに歩き出した。

柳原土手を、提灯《ちょうちん》を提《さ》げた置屋の手代が道の端々まで照らしながら歩いてきた。手代のすぐ後ろには芸者と、それに付き従う半玉《はんぎょく》がいた。

手代が用心深く提灯を振りかざす理由は、不心得者がいないかどうかを確認する為もあるが、もう一つは、遠目からでも揺れる提灯ならば、こちらの存在を仲間に知らせることができるという狙いが含まれていた。

それほどこの芸者は置屋から大切に扱われていた。

柳橋《やなぎはし》でも一、二を争う評判の芸者だ。先導する手代の表情にも険《けわ》しさが感じられた。

不意に手代の足が止まった。警戒するように前方の茂みを照らしている。

「信《しん》さん、どうしたんだい」

訝《いぶか》しく感じた芸者が訊いた。

「乙松姐《ねえ》さん、誰かが倒れているようです。茂みから離れた側を歩いて下さい」

手代は、面倒なことに巻き込まれないよう、女達を茂みから遠ざけ、尚且つ倒れた人間を見捨てることにした。

何分にも人気《ひとけ》のない場所だっ。半玉は手代に言われるまま、怯えたような表情で茂みから遠ざかった。だが、乙松は手代が止めるのも聞かず、倒れている人間に近寄った。

しばらくの間、乙松は立ったままの姿勢で様子を窺っていたが、やがて手代に向かって、ちょいちょいと手招きをした。

「姐さん、後で木戸番に告げることにして、先を急ぎましょうよ」

手代が渋ると、乙松はその手から無理矢理提灯を奪いとった。

倒れた人間の傍らに座り込み、提灯をかざしながら倒れた人間の生死を確認している。

「この人、まだ息をしているよ。信さん、医者の所に運ぶから、この人を背負っておくれ」

否やを言わせぬ乙松の勢いに、手代は倒れている人間を背負おうとした。

その手が背負う相手の腹部に触れ、真っ赤に濡れた。

「げっ、姐さん、このお人斬られていやすよ」

「だったら、尚更じゃないか。つべこべ言わずに背負うんだよ。着物が汚れたところで、どうせ古着じゃないか。あたしが買ってあげるから、お急ぎな」

乙松は提灯をもって先頭に立つと、小走りに駆け出した。

平右衛門町にある二階建ての長屋に怪我人を運ばせると、乙松は手代に医者を呼びに行かせた。

寝入りっぱなを叩き起こされた医者が怪我人の手当を済ませ、乙松の長屋を後にした時は、すでに町木戸が閉まった後であった。

怪我人は斬られた痕が疼《うず》くのか、一晩中呻《うめ》き声を漏らしていたが、翌朝乙松が階段を上ってくると、身体を揺り動かし布団の上に座り直した。

「無理すんじゃないよ。起き上がったりしたら傷口が開くじゃないか」

乙松は怪我人の肩を支えながら、布団に寝かせた。

「申し訳ない。世話をかけてしまった」

怪我人は気持ち頰を赤らめながら、神妙な態度で言った。

女と接することに慣れていない、乙松はそう受け止めた。

「見たところお武家さんのようでござんすね。名前を伺っても構いませんか」

乙松の問いかけに、男は金田甚八だと名乗った。

乙松と半玉である梅《うめ》の世話も効いたのだろうが、甚八の身体は日を追うごとに回復していった。

乙松が身体を拭いてやると、甚八は身を硬くしながらされるがまま素直に従った。

「お前さん、相当鍛えていますねえ。肉があたしの指をはじき返してきますよ」

「そんなことねえっす。俺はまだまだ修行が足らんのです。その証拠に敵に後れを取ったです」

女に不慣れな甚八は、焦ったのか、訛《なま》りが入り混じった言葉で答えた。

「故郷はどこなんですか」

「武州《ぶしゅう》八王子です」

「ふうん、結構な山奥ですねえ。あっ……」

江戸育ちの乙松にすれば、八王子は所詮片田舎だ。うっかりそう言ってしまい、慌てて口を噤《つぐ》んだが、甚八は気にも留めなかった。

「構わんです。あんたは命の恩人だ。それに俺がいたのは本当に山奥なんです」

未だに乙松の顔をまともに見ることはできないが、甚八が深く恩義を感じていることだけは乙松に伝わった。

四

置屋の手代信太郎《しんたろう》が、乙松の家から出てきた医者を見かけたのは、十日後のことだ。まさか、未だに男を家に泊めているとは思いもしなかった信太郎は、お座敷へ向かう途中で乙松にやんわりと釘を刺した。

「姐さん、あっしは姐さんの気性をよくわかっているつもりです。ですが、あれから何日も経っているというのに、いつまでも男を家に置いちゃあいけやせん。そりゃあ、家にはお梅もいやすが、芸者衆の中には人気がある姐さんをやっかむ輩《やから》もいるんです。そんな奴らに知られでもしたら、それこそありもしねえ噂を撒《ま》き散らされやす。悪いことは言いやせんから、そろそろあの男を追い出して下せえ」

「わかっているよ。あたしだって信さんや置屋の女将《おかみ》さんに申し訳ないと思っているんだ。でもね、あと三日だけ待ってくれないかい。あの人の傷口が塞《ふさ》がるまでの間でいいんだよ」

「わかりやした。本当に三日だけですよ。それ以上はいくらあっしのようなけちな野郎でも、この稼業に身を置く以上は見過ごすわけにはいかねえんですからね。姐さん、誓って約束だけは守っておくんなさいね」

信太郎はそう念を押した。乙松にも信太郎が置屋と自分の間で板挟みになっているのは十分すぎるほどわかっていた。

それから二日が過ぎた晩のこと、座敷から帰った乙松は甚八に言った。

「もう傷は塞がったようだね。ずいぶん長いこと家を空けたのだから、あんたの家じゃあきっと心配しているはずだよ」

乙松の言葉を聞いた甚八は、信じられぬと言った表情で、乙松の顔をまじまじと見詰めた。まるで子供が、いきなり親から今生《こんじょう》の別れを告げられたかのようだ。

「ごめんよ。あたしだって、あんたを追い出したくはないんだよ。でも、芸者という稼業は人気商売なんだ。あんたをいつまでも家に置いておくことは、置屋の女将さんにも迷惑をかけることになる。だから、あたしの頼みを聞いておくれ。本当に済まないと思うが、明日には出て行っておくれでないかい」

乙松は言ったが、目には涙が浮かんでいた。

その涙を甚八は誤解した。

追い出されるという寂しさもあった。だが、生まれて初めて自分の為に流された女の涙を、甚八は自分への想いによるものと錯覚した。

いきなり乙松に向かって飛びかかると、その身体を抱きしめた。

狂おしいまでの慕情が抑えきれぬ情欲を呼び込み、甚八は乙松を押し倒すと、ついには乙松の帯に手を掛けた。

もし、乙松が下手に抗《あらが》ったなら、甚八の情欲は留まることを知らなかったはずであった。乙松は抗うことをしなかった。

荒々しく帯を解こうとする甚八を冷ややかに見つめると、身体中の力を抜き、男の勢いが収まるのを待った。人を救ったことが、このような事態を招いた。乙松の心は言いようのない寂しさで覆われていた。

甚八が不意に動きを止めた。がむしゃらに挑んだものの、相手が抵抗しないどころか何もしないことに訝しさを感じ、思わず乙松の顔を見てしまった。そして乙松の眼に、深い失望の色が浮かんでいることに気づいた途端、甚八は怯え、急速に気持ちが萎《な》えてしまったのだ。

乙松は組み敷かれたままの状態で言った。

「あたしは芸者だ。だから男を知らないとは言わないさ。でも、芸者だって心はあるんだよ。あんたを助けたことを後悔させるつもりなら好きにすればいい」

乙松の言葉は甚八を非難するよりも、甚八にここまでさせてしまった自分を責めているようでもあった。

甚八は、己が犯した罪の大きさに気づいた。

この上なく大切な人間を裏切り、その尊厳《そんげん》を貶《おとし》めてしまった。

「済まんです。本当に済まん」

今は乙松の顔を見ることさえできず、甚八は逃げるように階段を駆け下りると、そのまま家を飛び出して行った。

入れ替わるように、階下にいたお梅が二階へ駆け上ってきた。

乙松の顔を見るなり、お梅は事態を察知した。

「乙松姐さん」

子供ながら、お梅は労りの眼で乙松を見た。

「いいんだよ。これで……」

乙松は言ったが、お梅にはその表情がひどく寂しげなものに思えた。

十五夜が照らす道を、仕事を終えた乙松はお梅と一緒に帰ってきた。

この日は柳原土手の道ではなく、昌平橋を渡って神田川沿いの道を戻って来た。

満月の前後三日は、柳原土手を通ってはいけない。

乙松は理由を伝えることもなく、手代に道を変えさせていた。

手代の信太郎が先導する中、乙松は幾度となく溜息《ためいき》をついた。

お梅は、きっと甚八が出て行ったことが、溜息の理由だろうと捉えた。

だが、それにしては先程から乙松は対岸の様子ばかり気にしている。お梅は、乙松の視線の先を追った。

対岸の柳原土手を、背の高い侍が独り、月を見上げながら歩いていた。

他に人影はなかった。お梅は、もしやこのお侍を見ているのかしらと、乙松に視線を戻した。子供とはいえ、芸者を志す身だ。乙松の顔を見た瞬間、お梅の中で直感が働いた。姐さんの想い人はこの人ではないかと。

前方では、急に歩みが遅くなった女達を信太郎が心配そうに振り返っていた。

「乙松姐さん」

躊躇いがちにお梅は声をかけた。

乙松が我に返り、再び歩き始めるとお梅もまた下を向きながら後に続いた。

お梅にとって、乙松は特別な存在であった。常に凜《りん》とした乙松に憧れ、いつかそんな芸者になりたくてこの道を選んだ。

そんな乙松が、ここ数日弱い女の一面を見せている。お梅にとっては、驚きでしかない。だが、不思議と失望する気持ちにはなれなかった。遠い存在であった乙松が身近に感じられるようになった。それだけのことであった。

家に帰った乙松は、お梅に茶を淹《い》れてくるよう言った。

「おまえの分も淹れてくるんだよ」

そう付け足すことで、乙松はお梅に話があることを印象付けた。

お梅は乙松が好む濃い目の茶を淹れて、二階に上がってきた。

「お前、あたしが対岸のお侍を見ていたことに気づいていたね」

お梅が首を横に振っても、乙松は構わずに言葉を続けた。

「いいんだよ、本当のことだもの。あたしはあのお侍が好きで好きで堪らないんだよ。でもあの人は未だに亡くなった奥様を忘れないでいるのさ。だからあたしは見ていることしかできない。情けない女と思うだろうが、お前にもそのうちわかるよ。心底惚れてしまったら、女はその人に近寄れなくなるってことが」

「…………」

「ごめんよ。自分でも、もう少し強い女だと思っていたんだけどね。これもあの甚八さんが見せてくれた純な気持ちがそうさせたのかもしれない。だけどね、お梅、甚八さんがあたしに対して示した気持ちは、あたしがあのお侍を思う気持ちそのものなんだ」

「姐さん、あたし、そのお侍に言ってやりたい。姐さんがこんなにも想っていることを」

「子供が余計な真似をしちゃあいけないよ。あたしがお前に願うことは、あたしの気持ちを誰にも告げず、黙っていてくれることだけ」

乙松の言葉をお梅は下を向き、手を膝に置いたまま聞いていた。その膝めがけ、涙が幾粒も伝《つた》い落ちた。

五

寛政六年も残すところ半月足らずとなった。

毎年この時期になると、大工や鳶《とび》といった連中は、武家や商家の煤払《すすはら》いに駆り出される。それが終わると、ようやく自分の家の掃除ということになるのだが、彼らには新しい年を迎える前にするべきことが山ほどあった。

正月前に買い求めておく物としては、縁起物の熊手があるが、こちらは十一月の酉《とり》の市で大方の者が買ってしまう。しかし、毎年買い替える火吹き竹などの生活用品や、正月の御節《おせち》料理に使う昆布、黒豆などの材料はこの頃に買い求めておかなくてはならなかった。その後には棟梁《とうりょう》や商家が得意先に配るための餅《もち》をつく手伝いが控えている。丈夫で使い減りがしない大工や鳶達はいいようにこき使われ、お蔭で飲み屋に繰り出す体力など、まるっきり残ってはいなかった。

お蔭で、この日も「おかめ」はがらがらだ。

「いらっしゃい、先生」

暖簾を掻き上げ、店に招き入れるお夕の声もどこか寂し気に聞こえた。それでも声に反応して振り返った二つの顔には、控次郎も思わず表情を和《なご》ませた。

算法道場主の山中と、定廻り同心の高木だ。

意外な顔合わせであったが、すぐに女将が理由を教えてくれた。

「秀太郎さんは昨日もお見えになったんですよ。先生にお話があるみたいで、それであたしが明晩ならおいでになるだろうって、お教えしたんですよ。ちょうど昨夜は高木の旦那がおいでだったので、お相手をしてくれましてね。それで今日、高木の旦那もいらしてくれたんです」

「そうだったのかい。よかったな、双八。おめえのように一年中人を疑っている人間にゃあ、定めし心が洗われただろう」

「また、そのようなことを。秀太郎さん、貴方ならば私の不幸な生い立ちをわかってくれるはずだ。ほんの半年遅れで田宮道場に入門したばっかりに、私はこの人の弟子になってしまったんです。以来、いじめ抜かれ、あんなに素直だった私の性格はすっかりひん曲がっちまったんです。それも、本来なら組屋敷内にある剣術道場に通うつもりを、私の父が、そこの師範を毛嫌いしたという、馬鹿馬鹿しい理由によるものなんですよ」

高木は控次郎と知り合った経緯を山中に話した。どうやら口の悪さも仕込まれたらしく、聞いていた山中が声を上げて笑った。

「お二人の関係は羨《うらや》むばかりです。いや、そんなご両人と、こうして酒を飲めるのですから、私も果報者に違いありません。高木さん、今宵は三人で楽しくやりましょう」

山中は、話している最中に運ばれてきた徳利を掴むと、控次郎と高木の盃に酒を注いだ。高木がお返しにと、山中の盃の酒を満たすのを眺めながら、控次郎は七五三之介に言われたことを思い出した。

山中は胃をやられている。後日診察した医者の元を七五三之介が訪れると、その医者は癪には違いないが、悪性の可能性が強いと、七五三之介に告げたそうだ。

控次郎は、盃を口に運びながら、山中の様子を窺った。もし、山中自身が気づいているのなら、酒を飲むにも若干の躊躇いがあるはずだ。そう思ってみていたのだが、山中の様子に変化は感じられなかった。

——医者の診立て違いってこともあるからな

控次郎はそう思い直したが、それでも自分から山中に酒を勧めることはせずに、勝手に飲むことにした。

酒の弱い高木は、すでに顔が真っ赤になっていた。その高木が、先程女将が口にした控次郎への話とやらを思い出した。

「ああ、あの話ですか。でしたら、このような楽しい席には相応《ふさわ》しくありません。またということに」

山中は、あまり芳しくない話であることを仄《ほの》めかした。

だが、高木はそんな話ほど聞きたいのだと催促代わりに山中の盃に酒を注ぎ続けた。ついに山中も覚悟を決めた。

徳利を摑むと、そのまま口をつけ、ぐびぐびと飲み始めた。「ふー」と息を吐きだすと、控次郎に向かって居直った。

「私はねえ、貴方にぜひとも訊いておきたいことがあるんですよ」

「俺なんかにかい」

控次郎が答えると、山中は身体全体を使い、大きく「そうだ」と頷いた。

信じ難い変わりようだ。さらに山中はびっくり眼《まなこ》の控次郎に向かい、畳みかけるように言った。

「貴方は沙世ちゃんのことをどのように考えておられるのですか。まさか、しっかりしているから、大丈夫だなどとは思っていませんよね。もしそうだとしたら、貴方はとんだすっとこどっこいだ。いいですか、沙世ちゃんと同じ年頃の子はちょっとしたことでくじけ、母親の元へ逃げ込むんです。でも母親のいない沙世ちゃんには逃げ場がない。だったら、せめて父親が近くで見守らなくてはいけないのに、肝心の貴方は、月に一度しか沙世ちゃんに会うことができない。理由については七五三之介殿の義姉上から聞いていますが、舅が何だというのです。疾《やま》しいところがなかったなら、貴方は沙世ちゃんと一緒に暮らすべきなんです」

詰問《きつもん》じみた口調に、周りの女将や娘達は驚いた表情で成り行きを見守った。板場にいた親爺までが暖簾から顔を覗かせた。

初めは飲み屋だけに、大方酒癖が悪いせいだと、そう捉えていた。だが、絡む相手が控次郎とあっては放っておけない。親爺も女将も、さらには娘達もが、むかっ腹を立て始めた。とりわけ女将は物凄かった。

「ちょいと、あんた。知ったような口を利くんじゃないよ。算法道場の師範だか何だか知らないけど、人の心はねえ、計算通りに行くもんじゃないんだよ。先生はいつだって、お沙世ちゃんのことを思っているんだから、寝ぼけたことを言っているんじゃないよ」

今にも帰ってくれと言いだしそうな勢いだ。だが、山中はこういう事態も覚悟していたらしく、控次郎だけではなく、他の者をも意識した言い方に変えた。

「私は沙世ちゃんを見るたびに思うのです。あんなに小さいのに、宿命というものを受け入れている。私は、今まで一度として沙世ちゃんが寂しそうにしているのを見たことがないんです。他の子供たちが親に連れてこられる中、店の者に付き添われてきても、寂しそうな顔をしたことがない。でも、本当は貴方が救いに来てくれるのを待っているに違いないんです。控次郎殿、いえ、皆さんは、それでも私の言うことが間違っていると思われますか」

蓋《けだ》し正論と言えた。山中の言葉には、沙世の心の叫びさえ感じさせるものがあった。聞き終えた者達は一様に下を向いてしまった。女将でさえ、しゅんとしている。

誰もが、やっと山中の気持ちを知り得た気になった。それでも山中が抱える本当の悩みには気づかなかった。一人、控次郎を除いては。

「嬉しかったぜ。あんたはそんな目で沙世を見ていてくれたんだ。だがなあ、それでも俺は沙世を引き取ることはできねえんだ。俺のような無頼の徒には、いつ何時厄災が降りかからねえとも限らねえ。山中さん、あんたは舅が何だと言ったが、舅にも孫を思う気持ちは俺と変わらねえくらいあるんだよ。親と一緒に暮らすことが、必ず子供の為になるという自信は、正直俺にはねえんだ。あんたの気持ちはありがたく受け取ったが、それでも今の俺は、沙世を遠くから見守るしかできねえんだよ。自分の子を守れねえ以上、信頼できる人間に託すしかねえじゃねえか」

控次郎は自分の気持ちを伝えながら、山中の胸中に蠢《うごめ》く死への恐怖に向かって語り掛けていた。


辰蔵が店に飛び込んできたのは、そんな矢先のことだ。

店の中が妙な雰囲気に包まれていたことに一瞬違和感を覚えた辰蔵であったが、すぐに思い直すと用向きを告げた。

「大変です。おひろさんがやくざ者に連れていかれちまいやした」

「なんだと」

もう懲《こ》りたはずだと思っていただけに控次郎も驚いた。

「そうなんです。いきなりおひろさんの家に押し掛け、姉さんを出せと騒ぎ立てたらしいんで、それでおひろさんが姉さんの代わりに付いて行ったそうです」

「随分と度胸がいい娘だな。やくざ者に付いて行くってことが、どんな目に遭うか知らねえ年齢じゃあるまいに。だが、そうも言っていられねえ、辰、案内しな」

勢いよく盃を卓に叩きつけた高木が、立ち上がりざま言った。

ところが、

「辰蔵さん、やくざ者は何人ですか」

山中はさほど心配していないらしく、のんびりとした口調で尋ねてきた。

「三人ですよ。そんなことより早えとこ助けに行かねえと大変なことになりやすぜ」

おひろの身を案じる辰蔵としては気が気ではない。

「大丈夫かなあ」

そこへ、またしても山中の口から人を苛立《いらだ》たせるような声が洩れた。

「大丈夫な訳がないじゃないですか」

「辰蔵さん、私が心配しているのはやくざ者の方なんです」

「へっ」

辰蔵が素《す》っ頓狂《とんきょう》な声を上げた。

おひろは、着物の裾を蹴るようにして、ずんずん歩いて行った。やくざ者達より頭一つ抜けた長身だけに、歩幅も広い。やくざ者達は時折小走りになって後を追いかけた。

「姐さん。一体どこまで行くつもりなんですかねえ」

明らかに好き者といった感じの男が、薄笑いを浮かべながら問いかけると、おひろは色っぽい流し目を男に送った。

「黙って歩いてくださいな。この辺りは人が多いでしょう。あたしだって恥ずかしいわ」

上から見下ろすような流し目であったが、それなりの効果はあった。

色目を浴びた男は、これ以上ないというほどだらしない顔つきになった。

「そりゃあ、そうでござんしょうとも」

助平心を掻き立てられた男は、揉み手をしながらおひろの後に続いた。筋違御門《すじかい》を通り過ぎ、神田川沿いの道を構わず歩いて行く。途中、通りかかった人々が、なんとでかい女だと言いた気に振り返ったが、おひろは振り返りもせず水道橋《すいどうばし》まで歩き続けた。やがて左手に神社が見えた。

昼間はともかく、夕暮れ時を過ぎた神社の境内《けいだい》は人影もまばらだ。もしやこんなところへ、と目を輝かす男達の期待に違《たが》わず、おひろは中へと入って行った。そのまま稲荷《いなり》社から遠ざかるように、人目の立たぬ場所まで誘導した所で、おひろは振り返った。

「まずは、誰からだい」

男達の顔を見渡しながら言った。すると、他の者達を押しのけるようにして、兄貴分の男が前に進み出た。

「あっしからお願げえいたしやす」

おひろに向かって軽く一礼すると、男は疑いもせずに両腕を広げた格好で飛びかかった。

それもそのはず、目の前では早くもおひろが裾をまくっていたからだ。目にもまばゆく白い脛《すね》が男の目に焼き付いた。だが、それにしても無防備すぎた。

「えいっ」

気合いもろとも蹴り上げられたおひろの白く長い脚が、ものの見事に男の股間を捉えた。男は地面を転げまわり、地獄の苦しみを味わうこととなった。

「やっ、この女騙しやがったぞ」

自分たちの早合点とはとらず、騙されたと受け取った二人の男はたちまち凶暴な顔をつくり上げると、息を合わせておひろに襲い掛かった。

右足を引き、最初の男を受け流したおひろは、遅れて摑みかかってきたもう一方の男の腕を、自らの腕を交差して受け止めた。

「いててて」

腕をひねられた痛みに耐えかね、男が伸びあがった所を一気に腰を落とし、地面に叩きつけた。

「この女《あま》、ふざけやがって」

仲間二人をやられたことで、唯一残った男は本気になった。懐から匕首《あいくち》を取り出すと、腰を落として身構えた。

だが、おひろに慌てる様子はない。先ほど見せた流し目からは想像もできない尖った目で男の顔を睨みつけた。

「そんなものを持ち出すと、それこそ並みの怪我じゃ済まなくなるんだよ」

言い終えると同時に、着物の裾をめくりあげた。真っ白い太腿《ふともも》を目にした男が生唾《なまつば》を飲み込んだ時には、おひろの手に十手《じって》のような鉄製の武器が握られていた。十手との違いは、鉤《かぎ》の部分が半円であることだ。

猛然と突っかけてきた男の肘めがけ、力任せに打ち据えた。

「ぐぎっ」

鈍い音がした。地面に顔をつけ、尻を突き出した格好で男は腕を押さえていた。

「女だと思って、甘く見ないでよ」

倒れ込んだままの男達に向かって言い放つと、おひろはもそもそと太腿に十手を縛り付け、着物の前を正した。

その耳に、自分を呼ぶ辰蔵の声が届いた。

「こっちよ、辰蔵さん」

おひろが呼びかけると、辰蔵に続き、控次郎が境内に入ってきた。

途端に、おひろの身体がなよなよとし始めた。

自分に向かって駆け寄ってくる辰蔵をすり抜けると、おひろは控次郎の胸めがけ飛び込んだ。

「怖かったわ」

ぬけぬけと言ってのけたが、目の前には三人のやくざ者が倒れたままでいる。

おまけに、辰蔵が嫌なことに気づいた。

「あれえ、この野郎腕が折れていますぜ」

不思議そうに周囲の様子を窺う辰蔵に、おひろは男の肘を指さしながら叫んだ。

「初めっから折れていたのよ」

六

年が明け、江戸の町は人日《じんじつ》（一月七日の節句）を迎えた。若菜とも言われるが、現在では七草と言った方がわかりやすい。独り者の控次郎では御節《おせち》も七草粥《がゆ》も作れまいと、長屋のかみさん連中が代わる代わる作り立てを届けてくれるお蔭で、この頃の控次郎はめっきり朝が早くなった。

肌寒くはあるが、すがすがしい朝の空気を吸い込むと、身体中の邪気が抜けて行く思いがした。

口を漱《すす》ぎ、楊枝で歯を磨《みが》いた控次郎が、ここ数日、静まり返っているはす向かいの長屋を気にした。屋台で鰻《うなぎ》を売っている清吉《せいきち》の家だが、もう永いこと母親は寝たきりで、一人息子の清吉が看病にあたっているはずであった。

「清吉、いるかい」

控次郎が声をかけると、中から母親の咳《せ》き込む声が聞こえた。

かすかに立ち上がろうとする気配が感じられる。控次郎が腰高障子を開けると、母親のたみがよろめきながらこちらに向かってきた。

「おたみさん、すまねえ。大した用事じゃあなかったんだ」

控次郎が詫びると、たみはとんでもございませんと首を振った。

起こしてしまったじゃねえかと後悔したが、後の祭りだ。控次郎は話を繋ぐ為に、これまた大した理由もないのにおたみに尋ねてしまった。

「清吉は仕事に行ったのかい」

俄《にわ》かに、たみの表情が曇《くも》った。

――いけねえ

またしても余計なことを訊いてしまった。自分で自分を張り倒したくなった控次郎だが、ここまでやってしまったら、さすがに覚悟を決めるしかない。余計なお世話か何だか知らねえが、同じ長屋の住人だ。困っている人間を放っておくよりは遥かに増しだと開き直った。

「おたみさん、清吉は今どこにいるんだい」

するとたみは清吉に申し訳ないと、何度も詫びた後で清吉がいない理由を話した。

清吉は去年の暮れ辺りから、稼ぎが安定しない鰻屋をやめ、河岸《かし》で軽子と呼ばれる人夫になっていた。ところが、おたみの病状が進んだことから清吉は、薬代を稼ぐ為、昼間は軽子として働き、朝夕は豆腐屋を手伝っているというのだ。

豆腐屋は朝が早い。それゆえ、清吉は一日中働き詰めなのだと、おたみは涙ながらに語った。

「そうだったのかい。でもなあ、おたみさん。清吉にとっちゃあそれくらいおたみさんが大事だってことじゃねえか。いい息子を持ったと思わなきゃあいけねえよ」

「先生、でもあたしはあの子に申し訳なくってさ」

とうとうおたみは泣き崩れてしまった。その肩を擦りながら、控次郎は訊いてみた。

「おたみさん、余計な世話を焼くと思うかもしれねえが、清吉の為にも聞いちゃあくれねえか。というのはなあ、俺の弟が養生所の役人をしているんだ。兄貴の俺が言うのもなんだが、真面目で人一倍優しい奴なんだ。以前の養生所なら、俺もこんなことは口にしねえが、あいつが立て直した今なら、養生所へ入ってみるのも悪くねえ気がするんだよ。そうすりゃあ、清吉だって心置きなく働けるってもんさ。無理にとは言わねえが、一度清吉と話し合ってみたらどうだい。俺の弟は、困っている人間を放っておけるような奴じゃねえ。きっと、親身になって取り計らってくれるぜ」

そう言うと、控次郎はおたみを布団に寝かしつけ、清吉の長屋を後にした。

母のみねが、控次郎の家にやって来たのは、その日の午後であった。

控次郎が顔を出すと、与兵衛を従えたみねが立っていた。

慌てて控次郎が中へと招き入れると、家に入ったみねは、一番にお袖の位牌に手を合わせた。

長いこと位牌に向かって祈った後で、みねは控次郎に向き直って言った。

「お袖は良い嫁でした。素直で賢く、お前に似合いの嫁でした。そのお袖を亡くし、沙世まで手放した時には、私は心が痛みました。それでもお前はきっと立ち直れると信じておりました。私はお前の強さを知っています。お前が沙世とは月に一度しか会わせないという舅殿との約束を頑《かたく》なに守っていると、七五三之介から聞かされた時も不憫《ふびん》だとは思いましたが、お前らしいと受け止めていました。ですが、控次郎。寂しくはないのですか。この家にはお袖の思い出も、沙世との思い出も残っているでしょうに。すぐにとは言いません。どうしようもなく辛くなったら、本多の家に帰ってくるのですよ」

慈愛《じあい》を含んだ目で控次郎を見詰め、みねは言った。

母の愛が胸に沁みた。子供の時から親に逆らい続けてきたというのに、みねの包み込むような優しさは、昔のままであった。

母の前ではいつだって自分は子供だ。

珍しく控次郎が素直になりかけた時、耳障《ざわ》りにも、みねの言葉に感極まった与兵衛が鼻を啜《すす》りあげた。

――なんだって、おめえが先に感激しているんだい控次郎は人前で感情を表すことを嫌う。与兵衛の涙は、情に流されかけた控次郎に意地を張らせるだけとなった。

「母上、ご心配をおかけして申し訳ありません。でも、私なら大丈夫です。気のおけぬ仲間もいますし、長屋暮らしも気に入っております。それに、沙世とは月に一度は会えるのです。私への気遣いは無用です。それよりも、兄上のことの方がご心配なのではありませんか。そろそろ奥方をお迎えにならないと、父上も落ち着かれないことと思います」

「それはそうなのですが、嗣正殿をその気にさせるのは、並大抵のことではありません」

みねの言葉を聞きながら、控次郎は嗣正の昇進祝いで、かいがいしく嗣正を支えた雪絵を思い出した。

「どなたか、お目に適《かな》った娘御はおられぬのですか」

それでも素知らぬ顔で尋ねると、

「それが、どうやらいるにはいるらしいのですが……」

みねは言うべきかどうかと迷っている様子だ。

「その方との縁談を進めることはできないのですか」

「それが難しいのです。お前も知っての通り、嗣正殿はなかなか本心を明かしません。下手に急《せ》かしたりすれば、すぐに自分の殻《から》に閉じ籠ってしまいます」

臆病《おくびょう》なくせに強情な嗣正の気性を思い出したのか、みねはふっと溜息をついた。

台所では、気を利かした与兵衛が控次郎に代わって茶を淹れていた。

長屋のかみさん連中からの差し入れものが多かったお蔭で、竈《かまど》にはまだ火が残っていたようだ。

それにしてもいつの茶だろう、とは思ったが、もともと本多の家でも大した茶は飲んでいないはずだ。控次郎は知らぬ振りをした。

与兵衛が淹れた茶を受け取ると、みねはそれを手で包むようにして飲んだ。

控次郎が再び話を嗣正に戻した。

「相手の方は兄上のことをどう思っておられるのでしょう」

さりげなくみねの反応を窺う。すると、みねは癖なのか、ほんの少し首を傾《かし》げ考え込んだ。

「私の勘は、あまりあてにはできません。自分の息子が女の人に想われていないとは考えたくない気持ちが強いのかもしれません。ですが、お相手の方ならお前も知っているはずです。先達《せんだつ》てお前も見たでしょう。七五三之介の婿入り先である片岡家のご息女を。品があって、嗜《たしな》み優れた女人です」

「ああ、それなら存じ上げております。確か雪絵殿と言われました。あの女性ならば、兄上とはお似合いですし、何の問題もないはずです。早速七五三之介に言って、二人の間を取り持たせましょう」

惚けることから解放された控次郎は、これでまともに話し合えると安堵の表情を浮かべたのだが……。

「七五三之介では駄目です。嗣正殿を説得することはできません。七五三之介は優しすぎるのです」

みねは首を横に振った。控次郎が理由を尋ねると、みねは七五三之介と嗣正の相性の問題だと答えた。

「お前と違って、七五三之介は嫡男である嗣正殿を敬《うやま》う気持ちが強いのです。嗣正殿が本心を隠し、当惑を表に出せば、それだけで七五三之介は何も言えなくなってしまいます。ですから、七五三之介には無理なのです」

「それではせっかくの機会をみすみす見逃すことに……」

控次郎は嗣正もさることながら、百合絵とともに沙世を可愛がってくれる雪絵の縁談が立ち消えになることを惜しんだ。

それが顔に出たのだろう。控次郎を見ていたみねが、はっとしたように何かに気づいた。みねは気持ち首を傾げ、暫くの間思案していたが、やがて得心が行ったのか、真剣な表情で控次郎を見た。そして言った。

「七五三之介には無理ですが、お前だったら、嗣正殿をその気にさせることが出来るかもしれません」

今までみねは、学問一筋の嗣正と剣術にしか興味を見せない控次郎を、所詮水と油の関係だと思っていた。だが、嗣正と七五三之介の相性を口にした時、自分が言った言葉の中に、見落としていたことに気づいたのだ。

水と油は互いに相手を寄せ付けない。つまり嗣正と控次郎が互いに反発しあって生きてきたのも、裏を返せば、お互いの生き方を意識していたことの表れなのだ。

「無理ですよ。私には到底務まりません」

控次郎は身振り手振りを加えて自分には無理だと言った。だが、みねの心が変わることはなかった。

「どだい七五三之介に無理なものが、私にできるはずがないでしょう」

控次郎の再三に亘る力説も聞き流された。

「お前は当家を見限って出て行ったのです。それにより、お父上がどんなに心を痛められたかも、お前は知らないでしょう。お気の毒に、お父上は未だにご自分をお責めになっています。控次郎、お前がお父上に御恩返しできるのは、今を置いて他にはないのですよ」

どこでどうなってしまったのかはわからないが、いつのまにか控次郎は頭の痛い役廻りを押し付けられていた。

七

清吉からおっかあをお願いしますと頼まれた控次郎は、七つ（午後四時）過ぎに片岡家を訪れた。

養生所見廻りである七五三之介は一日置きに養生所へ出向くが、それ以外の日は組屋敷勤務であったり自宅勤務であったりする。かといって、食事時に押し掛けるわけにもいかないので、七五三之介が屋敷にいそうな、それでいて話を聞いてもらえる時間を選んだのだ。

控次郎が玄関先で声を掛けると、いち早くその声を聞きつけた文絵《ふみえ》が出迎えてくれた。

元々百合絵を除く片岡家の女衆には、えらく評判の良い控次郎だ。その百合絵がいつのまにか控次郎にぞっこんとなってしまったことで、今では片岡家における格別な存在となっていた。

控次郎を七五三之介夫婦の部屋へ案内すると、文絵はにこやかに言った。

「七五三之介殿とのお話が終わりましたら、居間の方にもお顔をお見せくださいませ。主人も控次郎様にお会いしたがっておりますゆえ」

と告げた後、百合絵に向かってこう命じた。

「佐奈絵は大切な時期です。お前が代わってお世話をなさい」

百合絵は神妙な顔で頷くと、身重の佐奈絵に代わって茶の支度にとりかかった。つつまし気に下を向き、それでいて背筋をしゃんと伸ばしたまま茶を運ぶ立ち姿は、まさに百合の花を彷彿《ほうふつ》させた。

さらに、百合絵が優雅な手つきで控次郎と七五三之介の前に茶を差し出した時には、思わず男二人が一礼するほどの迫力があった。

その百合絵が退出するのを待ち、控次郎は話を切り出した。

「実はな、これから俺が言おうとすることは、養生所見廻り与力であるおめえの地位を利用しようとする厚かましい頼みごとなんだ」

七五三之介の目をまっすぐに見据え、控次郎はあえてこの頼みごとが合法でない旨《むね》を明かした。どのように飾り立てたところで、七五三之介の役職を利用してのことに変わりはない。ならば、先に言ってしまえという控次郎特有のこだわりによるものだ。

七五三之介は黙って頷いた。控次郎の気性は知り尽くしている。どのような言い方をしたところで、控次郎が私的に自分を利用することなど、ありえることではないと百も承知していたからだ。

「俺の長屋になあ、母親の看病に追われている孝行息子がいる。そいつは母親の為に朝から晩まで働いているんだが、一向に母親の病状は良くならねえんだ。倅《せがれ》としては一刻も早く医者に見せてやりてえから、無理をしてまで働いているが、母親の方はそんな倅が不憫でならねえ。このままじゃ、親子は共倒れだ。それで俺は何とか母親が養生所に入れねえかと考えたのよ。だが、聞いたところによると、養生所に入ることができるのは、身寄りのねえ人間に限られるそうじゃねえか。七五三《しめ》よ、養生所ってのはそんなに融通の利かねえ所なのかい」

七五三之介は驚いた。奉行所の通達が相手を見下したものであることは知っていたが、まさかここまで誤った認識が広がっていようとは思いもしなかったからだ。

「さようなことはありません。養生所設立の理念は、窮民を救うことにあります。私は、今兄上が言われた人達こそ本来養生所が救うべき人達だと考えています。以前とは違い、養生所へ入る手続きは簡略化されました。早速、名主の捺印を貰い、家主でも息子でも構いませんから付き添い人を連れ、入所手続きを行ってください。私も事情を肝煎に申し上げ、一日も早く入所できるよう取り計らいます。今は女部屋に空きがあることですし、何も問題はないはずです」

「そうしてくれるかい。有難え。これで清吉も母親も救われる。七五三《しめ》、こんなことを言っちゃあ片岡の家の者に怒られるかもしれないが、やっぱりおめえみてえな奴は、養生所見廻りでいてくれた方が世の中の為になる気がするぜえ」

控次郎は奥に聞こえぬよう気持ち声を潜めて言った。だが、傍に佐奈絵がいることを忘れていた。佐奈絵は懸命に笑いをこらえていた。

控次郎が屋敷を出た時には、辺りはもう暗くなっていたが、それでも宵の口であることは間違いなかった。

わざわざ酒の席を設けてくれたにも拘わらず、肝心の玄七が瞬《またた》く間に酔いつぶれてしまった為、引き止める女衆をやっとのこと断り、屋敷を抜け出てきたばかりであった。

日本橋を渡ったところで、控次郎は十間店《じっけんだな》の方からこちらに向かってくる人影に気づいた。どことなく見覚えのある体型だ。初めは提灯の灯りに目を奪われてわからなかったが、すれ違う直前に相手の顔が確認できた。

「嗣兄《つぐに》い」

こんな時間に、何故こんな場所に嗣正がいるのだとは思ったが、控次郎は呼びとめた。

声を掛けられた嗣正も吃驚《びっくり》している。

「どこへ行くんだい」

控次郎は重ねて訊いた。大した意味はないが、成り行きという奴だ。

嗣正は立ち止まっただけで返事をしなかった。それを控次郎は言いたくないのだと受け取った。

「どうやら、俺なんかにゃ言えねえ用事らしいな」

嗣正の当惑しきった表情から、そう感じ取った控次郎が立ち去ろうとした途端、

「待て、控次郎」

嗣正が呼び止めた。

兄弟とはいえ、嗣正の方から話し掛けてくるのは子供の頃以来だ。控次郎が不思議そうな顔で立ち止まると、意外にも嗣正の方から近寄ってきた。

「これから知人に会いに行くつもりだったが、こうしてお前に会ったのなら、そちらは断念してもよい。屋敷についてまいれ」

偉そうに言った割には、どこか無理が感じられた。

「行かねえこともねえが、どういう風の吹き回しなんだい」

気味の悪さを感じた控次郎が尋ねると、再び嗣正は黙り込んだ。

自分から誘ってみたものの、やはり控次郎と話すのは抵抗があるようだ。控次郎もそれを察した。

「まあ、いいや。実はおれも嗣兄いに少々話してえことがあってな。いい機会だから、ついて行ってやるぜ」

玄関に立ったところで、みねが嬉しそうに控次郎を出迎えてくれた。

約束通り、嗣正を説得しに来てくれたと思ったらしい。控次郎は、そちらの件は期待されても困るんだがな、と思いながら嗣正の居室に向かった。

ところが、部屋に入るなり、嗣正はいきなり背を向けた。

どう切り出せばいいのか迷っているのかもしれないが、流石にこれはひどい。控次郎もあきれ果て、ものを言う気力も無くなってしまった。

覚悟はしていたが、やはり嗣正とは相性が悪いようだ。

昔から、水と油のごとく反発しあっていた関係が未だに尾を引いていた。

——この辺りが潮時かい

これ以上、居座っても無駄だと、控次郎が腰を浮かせかけた。

もしこの時、あまるが茶を運んで来なければ、間違いなく控次郎は帰っていたはずであった。

あまるの登場が、結果的に水と油の融合をもたらすこととなった。

茶を差し出しながら、あまるは控次郎に言った。

「控兄《こうに》い様、お久しゅうございました。ですが、先日お顔を見せられたときには、これで控兄い様も頻繁《ひんぱん》に屋敷に来られると思っていたのですよ。お父上の為にも、お暇《ひま》を見つけては屋敷に来てくださいましね」

　どことなく恨みがましさが感じられる。控次郎は自分と七五三之介がいなくなった寂しさが、あまるにそう言わせたのだと捉えていた。

「そうだな、じゃあ近々、七五三《しめ》共々顔を出すことにするぜ」

　あえてそう言った。あまるが一番会いたがっている人間が、七五三之介であることを控次郎は知っていたからだ。

　あまるは、満面に笑みを湛《たた》えると、目で控次郎に「約束ですよ」と念を押しながら部屋を出て行った。その素直でわかりやすい性格は、いなくなった後も控次郎と嗣正の気持ちを和《なご》ませた。

　嗣正が口を開いた。

「控次郎、話とはあまるのことでもあるのだ。わしが勘定役へ進んだことで、当家は金を使い果たしてしまった。あまるの嫁入りにと蓄えておいた金子《きんす》もな」

　それも思いの外しんみりとした口調だ。

「仕方がねえさ。旗本の家に生まれた以上、あまるだって、そのくらいはわかっているはずだぜ」

「だがな、控次郎。わしは母上が爪《つめ》に火を点《とも》しながら蓄えられた金が、下劣極まりない上役達に渡されたかと思うと、無念で堪らぬのだ。あの人達には、不正を働いて稼いだ金も、母上が苦心して作られた金も同じなのだ。わしが勘定役に就かなければ、あまるの嫁入り資金も無くなることはなかったのだ」

嗣正は自分の出世と引き換えに、あまるの嫁入りが遅れることを案じていた。

「わしはな、これまで本多家が栄えることだけを考え、勤めてきた。自分の努力次第で、出世が見込めるものと思ってきたのだ。だが、そうではなかった。一にも二にも金なのだ。能力の有る無しに関係なく、役職は金で買わねばならんのだ。今の勘定組頭達は皆、それをやってきた。それゆえ、使った金を取り戻すため、あの人達は不正を働いている。控次郎、お家の為とはいえ、わしにそんな真似ができると思うか」

苦悶《くもん》の表情を浮かべ、嗣正は言った。

控次郎とは違い、世間知らずで学問一筋に励んできた嗣正には、汚れきった世の中の仕組みが受け入れられないのだ。控次郎にもようやく嗣正の悩みが理解できた。

「嗣兄いには出来ねえだろうな。だがなあ、誰かがそれを正さなきゃあいけねえんじゃねえのか。嗣兄いが不正を許せねえっていうのなら、そんな風習を改めることが出来る役職に就くしかねえと思うぜ」

「仮にわしが勘定組頭になったところで、その上には勘定奉行がいる。唯一、それを正すことができるのは勘定吟味役だけだが、その勘定吟味役は勘定組頭の中から老中によって推挙されるのだ。ということは、それまで従っていた勘定奉行に敵対することになる。控次郎、そのように自分に敵対する者を奉行が選ぶと思うか」

「確かにな。余程の馬鹿じゃねえ限り、自分に逆らいそうな奴を選ぶはずはねえ。でもなあ、それが本当なら勘定吟味役になれる奴は、全くのごますり野郎ってことになる」

　控次郎は馬鹿らしくなった。同時にこんな役職でも就きたがる下級旗本が惨《みじ》めに思えてきた。ところが、

「それがそうでもない。勘定吟味役の中にも清廉の士は居る。わしはかねてより、その方こそ腐敗した勘定方を立て直すことができる方だと思っているのだ。岩倉正海様といわれる方だ。まだお目にかかったことはないが、勘定奉行にも歯に衣《きぬ》着せぬ諫言《かんげん》をなさる方だと聞いている」

　先ほどまで勘定方を卑下していた嗣正が、急に胸を張りだした。

「へえ、だったら、その人の下で働けないのかい」

「それは出来ぬ。何故ならわしは岩倉様のように、清廉潔白な勘定吟味役になりたいと思っているからだ。それには今の勘定役から一つ上の勘定組頭にならねばならぬ。そして、あの下劣極まりない上役達に認められねばならぬのだ」

嗣正の語調が重くなった。勘定組頭の顔ぶれを思い出したようだ。

ほんの一瞬、野心を覗かせただけで、嗣正は急速に萎えてしまった。

――こりゃあ駄目だ
控次郎は、話題を変えるしかないと判断した。嗣正の立ち直りが遅いことは、十分すぎるほどわかっていたからだ。だが、話題を変えるといっても、今の雰囲気で雪絵の話を持ち出すことは躊躇《ためら》われた。

偶然巡ってきた話とはいえ、雪絵との縁は、女性恐怖症の嗣正にとって、最初で最後の機会かもしれないのだ。みねに頼まれたこともあり、控次郎としては、せっかくの機会を潰すわけにはいかなかった。

「ところで、嗣兄いは山中秀太郎という御仁を知っているかい。子供の頃は同じ塾に通っていたということだが……」

控次郎は、嗣正と同じ塾で学んだという山中の話を持ち出した。

嗣正は山中を覚えていた。

「存じておる。山中殿は優秀な方だ。算勘に優れ、その才はわしごときが比肩できるものではなかった。だが学問吟味（昇格試験）に落ち、その後、勘定役を退かれたと聞いている。それよりも控次郎、どうしてお前が山中殿を知っておるのだ」

「山中さんは、沙世が通う算学塾の師範をされている。時々居酒屋で顔を合わせるが、なかなか気持ちのいいお人だ。そのお人が何故勘定方を辞めたかが気になって、嗣兄いに訊いてみたってわけよ」

「辞めた理由はわからぬが、強いて挙げれば一つだけ気になることがある。山中殿には叔父御がいるのだが、あまり評判の良くない方でな。勘定組頭に諂《へつら》うことが出世の道と考えているような方だった。そのような叔父御だというのに、何故か山中殿は叔父御に言われるがまま、付き従っていたのだ」

「勘定組頭に諂うってことに、その叔父も勘定役だったたってことかい」

「いや、そうではない。その下の支配勘定だが、噂によるとその支配勘定になれたのも上役に取り入ったからだと言われている」

「叔父の方が甥よりも下ってことかい。まさか、それを気にして山中さんが勘定役を辞めたってことかい」

「そこまではわしにもわからぬ。だが、噂によると、山中殿は学問吟味の際、試験問題を白紙のまま提出したらしいのだ。噂を流した者は、叔父御が山中殿に詰め寄っている所を偶然耳にしてしまったらしい」

嗣正は当時のことを思い出し、痛ましそうに言った。

八

控次郎が田宮道場から帰ってくると、家の前におひろが待っていた。

辰蔵から家の場所を聞いたのだろうが、その表情にはいつもとは違う重苦しさが感じられた。

「どうしたんだい。辰の野郎に変な真似でもされたのかい」

控次郎が気持ちを和ませるべく、軽口を利いた。だが、おひろの思いつめたような表情は変わらなかった。控次郎は態度を改めた。

「茶化したりして悪かったな。話を聞くぜ」

この娘が、大柄な割には純な気性であると感じたからだ。

おひろは安堵の表情を浮かべると、まじまじと控次郎の眼を見詰めた。

控次郎が素直に詫びたことで、やはり思った通りの人だと確信した為だったが、それでも、次なるおひろの行動には、些《いささ》か控次郎も面食らった。

「あたし、どうしていいかわからない。もうあたし一人では、姉さんを守ってあげられない」

いきなりおひろが泣きついてきた。

「どういうことだい。泣いてちゃあわからねえぜ」

控次郎は慌てておひろの身体を引き離した。やけにでかい女が来たということで、長屋のかみさん連中が、家から顔を覗かせていたからだ。

「今朝方勘定方のお役人がやってきたのよ。名主さんと姉の旦那さんが人夫の手間賃を横領したかどで、伝馬町の牢に送られることになったたって」

「…………」

「でも、姉の旦那さんもお舅さんもそんなことをする人じゃないの。悪いのは勘定方のお役人なのよ。直す必要もない河川工事を行う為に、それに反対したお舅さん達に濡れ衣を着せたのよ。お願い、控次郎さん。辰蔵さんに聞いたわ。控次郎さんの弟さんは町奉行所の与力様なんでしょう。与力様だったら、悪い奴から罪もない人を守ってくれるんでしょう。ねえ、控次郎さん」

おひろは控次郎の袂に縋りついて言った。

やくざ者を叩きのめした娘とはまるで別人のようだ。

控次郎は自分と同じ背丈の娘が、思いつめたように見つめてくる視線に戸惑いながらも詳しい経緯を聴いた。

それによると、勘定組頭の大柴欣生《おおしばきんしょう》なるものは、河川改修工事を理由に、村々から人手を出させ、その際にかかる人件費を着服したばかりか、村の女達を手当り次第に伽《とぎ》に出させた。その上、女房を守ろうと抵抗した百姓を無残に斬り殺したということだ。

「まさか。本当にそんな真似をしやがったのか」

いくら阿漕《あこぎ》な役人とはいえ、そこまで非道な真似をするとは思ってもいなかった。控次郎は自分でも驚くほど大きな声で訊き返してしまった。

途端に、こちらを見ていたかみさん連中の顔が、家の中に引っ込んだ。

控次郎の声と驚きの具合から、かみさん連中は自分達が期待するような艶《つや》っぽい話では無いとわかったのだ。

気になっていた周囲の目が失せたことで、控次郎もまともにおひろの顔を見られるようになった。

おひろのすがるような眼は、依然として控次郎に注がれたままだ。

――この娘だって、自分のことじゃあねえのに、ここまで必死になっているじゃねえか
控次郎は覚悟を決めると、諭すような口調でおひろに言った。

「町奉行所は、勘定方のすることに口出しは出来ねえんだよ。だから、弟には頼めねえ。その代わりと言っちゃあなんだが、俺にできることはする。おひろさん、それで承知してもらえるかい」

控次郎は辰蔵とともに、真崎《まさき》の渡しから舟で向島寺島村《むこうじまてらじま》に渡った。そこから一旦隅田《すみだ》村まで北上した後、陽が落ちるのを待って若宮村に入った。

村の北側からならば見張りも少ないと思ってのことだが、すでに村は勘定方の統制下に置かれていた。通りの角々には勘定方の役人が目を光らせていて、百姓以外の者は皆締め出されていた。

「こりゃあ駄目でござんす。蟻《あり》一匹這い出る隙もねえ警戒ぶりだ。先生。どういたしやしょう」

村の入り口を固めている役人を見ながら、辰蔵が訊いた。

「どうって、おめえ。これじゃあ、どうにもならねえだろう。名主の屋敷を覗きに行くなど、どだい無理な話だ。辰、出直すぜ。どうせ相手は役人だ。昼間これだけ働くってことは、夜になったらさぼるってことだ」

という控次郎の見込みを頼りに、日暮れを待って今一度村へやってくると、果たして通りには見張りが数人残っているだけ、しかも辺りに目を光らせる仕事熱心な人間など、一人としていなかった。

「言った通りだろう。役人なんてえ者は、人目がなきゃあさぼりたがるもんだ。大方半分以上は、夜になったのをいいことに、吾妻《あずま》橋を渡って吉原《よしわら》の切り店女郎でも買いに行ったんだろう」

雑草の間に身体を沈めた控次郎が、背後の辰蔵に向かって囁《ささや》いた。

星明りがわずかに家々の輪郭だけを映し出してはいたが、未だ闇に目が慣れていないせいもあり、地上近くは全く見えない。それでも人に出くわす通りは避け、田んぼの畦道《あぜみち》を進んで行くと、一際大きな屋敷の中から笑い声が聞こえてきた。しかも、屋敷の周りには篝火《かがりび》が焚《た》かれている。

「辰、ここが名主の屋敷なんじゃねえか」

控次郎が小声で話しかけ、辰蔵がそれに答えようとした時だ。

控次郎の左手が辰蔵の口を塞いだ。

「声を出すんじゃねえぜ」

低い声で囁くと、口を塞いだ手をゆっくりと外し、前方を指さした。

篝火の炎が揺れ動く中、黒い人影が板塀に張り付いていた。

百姓の身形《みなり》をしているが、左手に刀を携えている。影は控次郎達が見ているとも知らず、四方に目を配りながら屋敷の中へと入って行った。

「今の奴は、勘定方の人間じゃありませんよね」

辰蔵が念の為、と言った感じで尋ねると、

「あたりめえだ。仲間だったらこそこそ忍び込むわけがねえだろう」

下らないことを訊くんじゃねえとばかり、控次郎が強い口調で答えた。

「何もそんなきつい言い方をしなくたって……」

「黙って頭をはたいた方が良かったのかい」

小半時（約三十分）ほどして、屋敷の中を警戒しながら後ろ向きに出てきた影は、くるっと身体の向きを変えると、通りに向かって小走りに駆け出した。

控次郎はその影を追うべきかどうか迷ったが、ここはおひろの話が事実かどうかを確認すべきだと思い直した。

先程の影が忍び込めた以上、自分にも忍び込めるはずであった。そう考えた控次郎が腰を浮かせかけた時、

「ちぇすとー」

控次郎の耳に、夜空を劈く猿叫《えんきょう》が鳴り響いた。

――示現流

反射的に、控次郎は声のした場所へ猛然と走り出した。辰蔵がその後に続く。

先程よりは幾分夜目が利くようになったとはいえ、篝火を見た後の眼は、通りを見わけるだけでも一苦労だ。それでも、何かが道の真ん中にぼんやりと膨らんでいることだけはわかった。

近づくにつれ、血の臭いが辺り一面に漂ってきた。人が俯《うつぶ》せに倒れ、頭部に当たる部分の地面が夥しい血で黒ずんで見えた。

控次郎が倒れている男の傷を検めた。星明りに照らし出された青白い額に、血まみれとなった十字の痕《あと》がくっきりと残っていた。

――叫び声は、金田甚八でも、杉山七海でもなかった。この恐るべき示現流の

遣い手はいったい何人いるのだ
遺体に手を合わせている間も、彼らの叫び声が控次郎の耳にこびりついて離れなかった。杉山七海、金田甚八、そして今回の殺戮者《さつりく》。三者三様の叫び声だが、何れ《いず》も他流派で言う気合い、掛け声と言ったものではなかった。相手を威圧する甲高い声には、一撃で命を奪う殺戮の喜びさえ感じられた。

辰蔵と一緒に遺体を通りの脇に寄せると、控次郎は今一度手を合わせ、若宮村を後にした。

おひろの頼みは、何一つ果たせてはいない。唯一わかったことは、おひろの話が真実であると言うことだけだ。この村は悪党どもが支配し、示現流の殺戮者共が跋扈《ばっこ》している。おひろの言っていた事態はまぎれもなく事実であり、しかも予兆に過ぎぬと、控次郎は感じていた。

石雲の説得が功を奏し、矢島は道場に残ることになったが、復帰するには未だ心の整理がついていないようであった。それゆえそれまでの控次郎は二日道場に出て、一日休むという繰り返しであったが、矢島が戻るまでの間は連日道場へ顔を出し、門弟達に稽古を付けることになった。

別に教えることが嫌いな訳でもないし、控次郎自身門弟達とじゃれ合うのが大好きであったから、その点については全く苦にならなかった。

問題はおひろから相談を受けた件だ。

おひろの言葉を鵜呑《うの》みにするわけにもいかず、実際にそのような事態が起こっているのかを確かめに若宮村へ行ったものの、想像以上の警戒ぶりに、名主はおろか村人にも話を聞けなかったからだ。

それゆえ、ここ数日間というもの、控次郎は稽古を終えた後、辰蔵を連れて若宮村近くの渋江《しぶえ》村に行き、事実を探ろうとした。辰蔵を連れて行くのは、おひろのことで妙な勘繰りをされたくない為だ。

それに手代とはいっても辰蔵の仕事は、絵師が描いた浮世絵の良し悪しを見分けることで、売上さえ上がっていれば、どこで何をしていようが店は文句を言わなかった。

「先生、お待たせいたしやした」

辰蔵が迎えにやって来たが、どことなく腹の辺りが膨らんでいる。

「蛙みてえだな。何を詰め込んできたんだい」

控次郎が尋ねると、

「浮世絵でござんす。百姓衆、とりわけ女達は喜ぶんじゃねえかと思いやしてね」

辰蔵は懐から版画の束《たば》を出し、得意気に言った。

「なるほど、その手があったか」

「そうでござんしょう。まずはこいつで奴らの気を引いて、その後は仕上げをごろうじろってなもんです」

「さすがは辰だ。目の付け所が違うぜ」

滅多に褒《ほ》めぬ控次郎におだてられ、辰蔵は思いっきり鼻の穴を膨らませた。


神田佐久間町から吾妻橋を渡り、二人は半時（約一時間）ほどかけて渋江村に着いた。早速村人を見つけた辰蔵は、こちらから呼び掛けたりはせず、これ見よがしに浮世絵をちらつかせた。もう一方の手には束になった浮世絵を抱えている。

見るからに配ってくれそうな気配だ。

初めは、びっくりした顔で通り過ぎた村人も、一人が受け取ると、こぞって辰蔵の周りに集まり始めた。

滅多に浮世絵など見たことがない村人は、その色使いの見事さと、描かれた女の色っぽさに歓喜の声を上げた。

昨日までの、呼びかけても顔を背けた態度はどこへやら、村人達は大事そうに浮世絵を懐にしまうと、辰蔵にこんなことまで言うようになった。

「兄ちゃん、もう少し、厭《いや》らしいのはないのかい」

卑猥《ひわい》な顔を隠そうともしない。

「ございますよ。名主さん」

どう見ても名主とは思えぬ村人に向かって、辰蔵がこれまた厭らしい顔でおどけると、周りにいた村人達はどっと笑った。

辰蔵は訊いてきた男を手招きで呼び寄せると、今度は懐に隠しておいた春画をちらつかせた。

「凄《すげ》え」

思わず男が唸った時、それまで閉ざされていた村人の口は、雛《ひな》が餌をねだるごとく開いたのであった。

「先生、おひろちゃんの言った通りでした。大柴欣生という役人はとんでもねえ悪です。女を手籠めにしたばかりか、逆らった亭主まで殺すなんて人間のすることじゃああありやせん。こうなったら、その大柴欣生って奴をとっちめるしかありやせん」

村人からの証言を取り付けた辰蔵が、未だ怒りが収まらぬといった表情で、控次郎に迫った。自分ですらこれだけ憤っているのだから、曲がったことが大嫌いな控次郎なら、許すはずがないと思ってのことだが、案に相違して、控次郎は黙ったままだ。

「先生、どうなさったんです。まさか、あんな悪党を見逃すつもりじゃあござんせんよねえ」

辰蔵が信じられぬといった表情で控次郎を見た。こんな煮え切らない控次郎を見たことがなかったからだ。

辰蔵が見詰める中、控次郎は苦々しげに吐き捨てた。

「無理なんだよ。俺だって腹立たしいさ。が、相手は勘定方の役人、それも奉行の次にお偉い勘定組頭だ。その勘定組頭を前にして、村人達が証言してくれるとは到底思えねえ。つまりは証拠も証人もいねえ以上、奴らを追い詰めることなどできるわけがねえ」

「そ、そんな。それじゃあ、おひろちゃんの姉さんはどうなるんです。旦那さんも義理の親父さんも見殺しってことなんですか」

呻きにも似た声で辰蔵は言った。

九

蛸料理が自慢の店だというのに、昨日、今日と立て続けに日本橋の市場には蛸が入っていなかった。漁師が言うには、ここ数日の冷え込みにより、蛸が浅場から深場へと移動したとのことだ。

お蔭で、有り合わせの材料しか使えない親爺の機嫌はすこぶる悪い。おまけに、店にやってきた常連が口々に「なに、蛸がない」などと叫びたてるものだから、注文を告げに来た女将でさえ、そそくさと板場から逃げ出す始末となった。

こういう時に顔を出すのが、親爺とは宿命的に間の悪い辰蔵だ。

「あれっ、先生は」

暖簾から顔を覗かせた辰蔵が、いつも控次郎がいる場所を眺めながら言った。

自分が危険な状況に置かれているとも知らず、辰蔵は手近にいたお夕に控次郎がいない訳を尋ねた。

「あたしにもわからないわよ。先生でもいてくれたら、おとっつあんの機嫌も少しは収まるはずなのに」

お夕の言葉を聞いた途端、辰蔵はくるっと背を向けた。

「出直してきやす」

言うと同時に店を出ようとした。普段でも辰蔵にはしかめっ面しか見せない親爺が、機嫌が悪いとなれば、何を言われるかもわからないからだ。ところが、

「待ちな」

事もあろうに、その親爺に呼び止められた。

いけねえ、と言った顔の辰蔵が、ゆっくりと親爺の方を向く。

見ると、板場から顔を出した親爺が、来い来いと手招きをしていた。

内心ではうんざりと言ったところだが、辰蔵は愛想笑いを浮かべた。

「今晩はでありんす、とっつあん」

「うるせえっ。てめえ、何をこそこそと嗅ぎまわっていやがるんだ」

「えっ、何のことです。わちきはいつも正々堂々、お天道様の下を歩いているつもりでおりますのに」

「ふざけるんじゃあねえぞ。てめえが嘘をつくときはちゃあんと顔に出るんだ。今だってそうだ。金魚鉢に入れたばかりの金魚が、あっちこっちうろつきまわるように目が泳いでいるじゃねえか」

顔色を読まれ、吃驚《びっくり》した辰蔵が目の動きを止めたが、それさえも親爺の読み筋に入っていた。

「いつぞやも、てめえは娘が引っさらわれたと、血相を変えて店に飛び込んできたじゃねえか。その後を追って、先生も高木の旦那もすっ飛んで行きなさった。ありゃあ、一体どういうことなんだ」

親爺に問い詰められて辰蔵は、一瞬言葉に詰まった。

「ああ、あの娘ですか。あの娘さんなら、以前わちきが習いに行っていた算盤道場のお嬢さんでありんす。ああ見えて、なかなか教え方が上手でして」

「てめえが算盤を弾くなんてのは聞いたことがねえぞ」

「何を言われますことやら。こう見えてもわちきは指先が器用な方でござんして、暗算なんかもちょちょいと」

「そうかい、じゃあ、十七文と三十五文、もう一つ二十六文を合わせりゃあいくらになる」

「ええと、およそ百文ぐらいってところでござんす」

天井に目をやりながら、暫《しばら》くの間計算していた辰蔵が答えた途端、親爺の平手が辰蔵の頭を直撃した。

「痛《いて》えじゃねえですか。とっつあん」

「ふざけるんじゃねえぞ。調子のいいことばかり並べたてやがって。てめえ、俺を虚仮《こけ》にしようって気か」

「滅相もねえ。なんでわちきがとっつあんを虚仮にしなきゃいけねえんです」

「そうかい。じゃあ、もういい。おめえにゃあ愛想が尽きた。今日限り出入りは差し止めだ。二度と面あ出すんじゃねえぞ」

親爺の剣幕はすごかった。

恐れをなした辰蔵は仲裁に入ってもらうべく、きょろきょろと女将を探したが、生憎女将は遥か離れた場所で客の相手をしていた。

「とっつあん、これでもわちきなりに気を使っているんでやすよ。出入り差し止めだけは勘弁してもらえやせんか」

「てめえが気を使っているだと。誰にだ」

「そ、それは言えねえんで」

辰蔵が口籠るのを見た親爺は、暫し考え込んだ。時折、自分に向けられる辰蔵の不安そうな顔を睨みつけながら思案を繰り返していた。

辰蔵が出方を窺っている中、ようやく腹が決まった親爺は口を開いた。

「そういうことかい、辰」

「そういうことと申されますと……」

「てめえが気を使うような方は一人しかいねえ。ご舎弟様に決まっているじゃねえか。だがな、てめえみてえな半端者じゃあ、いつ何時ご舎弟様に迷惑を掛けねえとも限らねえ。よし、決めた。俺は明日にでもご舎弟様の所に伺って、先生とてめえが、何やら危ねえ橋を渡り始めたと御注進に行ってくる」

「ま、待っておくんなさい。ご舎弟様に話すことだけは思いとどまっておくんなさい。先生が一番案じているのがそれなんで」

辰蔵は必死の形相《ぎようそう》で親爺を止めた。

「やっぱりな」

果たして、親爺は得心がいったという顔になった。

「とっつあん、ひでえや。何もそんなやり方で俺の口を割らせなくてもいいじゃねえか。先生はご舎弟様には知られたくなかったんだ。俺は先生との約束を破っちまったじゃねえか」

「すまなかったな、辰。だがなあ、おめえと先生だけでは危なっかしくて見ちゃあいられねえんだ。実はな、高木の旦那から赤蝮の文蔵が舞い戻ってきたと聞かされていたのさ。野郎は以前先生にこっぴどい目に遭わされている。その文蔵が戻って来たからには後ろ盾があるに違いねえとみたってわけよ。高木の旦那は、それを定橋掛から手札を貰ったせいだと言っていたが、定橋掛の同心が一人味方に付いたくらいじゃあ、文蔵だって大手を振って町中を歩けやしねえ。いつ何時、先生と鉢合わせるかもしれねえからな。それで高木の旦那に調べて貰ったわけよ。そうしたら文蔵は、今では亀戸天神あたりでやけに羽振りがいいっていうじゃねえか。それも土木商人に顔が利くとのことだ。辰、改めて訊くぜ。もしや先生は勘定方のすることに首を突っ込んじゃあいねえだろうな」

やはり凄腕《すごうで》の目明し、隼《はやぶさ》の政《まさ》は健在であった。

政五郎の勘に恐れ入った辰蔵に、観念するとすべてを話した。出入り禁止を解かれ、気が楽になった辰蔵は、政五郎に控次郎が店にいない理由を尋ねた。

「先生か。先生ならば、何やら長屋の住人が養生所に入れたことで、ご舎弟様の所へお礼参りに伺っているはずだ。相変わらず困った人を見ると放っておけないらしいが、それに応えてくださるご舎弟様も立派なもんじゃねえか」

おかめの親爺こと、元目明しの政五郎は、久しぶりに顔を合わせる兄弟を思い浮かべ、目を細めながら言った。


翌晩、控次郎が最後まで残って酒を飲んでいると、親爺がもう仕事は終わったとばかりに、徳利を提げて隣の席に座った。

控次郎の盃に酒を注ぎ、ついでに自分の湯呑にも酒を満たした後で親爺はしんみりとした口調で言った。

「辰を責めねえでやっておくんなさい。すべてはあっしが無理矢理聞き出したことなんで。ですがねえ、やはりここはご舎弟様にも話しておいた方がいいと、あっしは思うんですよ。先生はご舎弟様に迷惑が及ばないようとお思いでしょうが、もし先生の身に何かが起こったなら、一言も相談されなかったご舎弟様はどんなお気持ちになられますかねえ」

親爺は控次郎の気持ちに配慮した味な言い方をした。

「とっつあんの言いてえことはわかっているのさ。だが、俺は何一つ連中の証拠を摑んじゃいねえんだ。このままの状態で七五三《しめ》に話すことなど出来るもんかい」

「それもわかっておりやす。ですからこうしてしゃしゃり出てきたんじゃござんせんか。先生、餅《もち》は餅屋だ。調べが必要なら、この政五郎にひと声かけてくださりゃあそれでいいんだ。何も不慣れな辰を使う必要はござんせん。こんなことを言っちゃあなんですが、下手な調べは相手を警戒させるだけです。悪いことをする連中ってのは、てめえに弱みがあるから、ことさら用心深くできているんです。ですから、此処からはあっしの出番てことにしておくんなさい」

「けどなあ、とっつあんには阿片事件の時も世話を掛けちまった。俺は女将やお夕、お光にも済まねえと思っているんだ。せっかく板場に戻ったとっつあんを駆り出すわけにはいかねえんだよ。それに、若宮村のこともそうだが、俺はまだ隣村の百姓達から話を聞けていねえんだ」

「先生、その聞き込みって奴が一番難しいんですよ。相手を警戒させずにこちらを信用させる。口幅《くちはば》ったいことを言うようですが、それをするにゃあ、長年培《つちか》った経験ってえのが必要なんです。ようござんす。五日とは言わねえ、三日の猶予を下せえ。近隣の村から聞き込んでめえりやすから」

政五郎は端《はな》からそうすると決めていたようだ。

親爺に代わってお夕が板場に入ったことで、おかめは人手が足りなくなった。それでもよくしたもので、常連達の中には空いた皿や徳利を板場まで運ぶ者がいる。口やかましい親爺がいなくなったことは、常連達にとっては勿怪《もっけ》の幸いとなった。

控次郎は傍《そば》に来たついでに女将に詫びた。

「すまねえな、女将。厄介事ばかりしょい込んでしまってよ」

「いいんですよ。あたしだって、清々しているんですから。亭主なんてものは、それなりに働いて顔を見せないのが一番。見てくださいよ。今日は客がなかなか帰らないでしょう」

確かに、店内は蟻の入る隙もないほど込み合っていた。

遅れて店に入ってきた山中も吃驚《びっくり》したらしく、立ったまま店内の様子を窺っていたが、にわかに羽織を脱ぎ捨てると、女将に断って板場へと入って行った。

控次郎がそちらを覗き込むと、すでに山中は洗い物を始めていた。

なかなかの手際の良さだ。小さな子供を抱えた妻を手伝っているのか、はたまた尻の下に敷かれているせいなのかはわからぬが、お夕が嬉しそうに話しかけているところを見ると、かなりの戦力になったようだ。

ようやく客が帰り始め、空席が目立つようになると、一働きした山中が控次郎の卓へと戻って来た。

「やるねえ、先ほどまでは滞《とどこお》っていた注文の品が、一気に流れるようになったぜ。山中さん、家じゃあ、相当働かされているね」

自分の徳利を手にした控次郎が、手早く女将が用意した盃に酒を注ぎながら言った。

「なにしろ、子供が多いですからねえ。そこへ持ってきて、うちの女房が料理を作るより私を使う方が得意ときていますから」

「そりゃあいい。けどよ、そうなると家を空けにくいんじゃねえかい」

「今日は女房公認の下です。控次郎殿が七五三之介殿の兄上であると言ったら、女房は何をおいても行くことを勧めてくれました」

「はん、やっぱり七五三《しめ》のお蔭かい」

情けなさそうな顔で控次郎がぼやくと、山中ばかりか、近くにいた女将もおかしそうに笑った。

騒がしかった店内もいつの間にか客の数が半分近くになっていた。

控次郎は周りの席に人がいないことを確認すると、小声で山中に尋ねた。

「そういやあ、あのおひろって娘のことだが、山中さんは、俺達が助けに駆け付けようとした時、やくざ者の方を気遣っていたよなあ」

「はい。おひろさんは算法道場の娘ですが、関口新心流《せきぐちしんしん》道場の娘でもあります。今でこそ柔術道場の看板を外しましたが、父親は、元は八丁堀の組屋敷で十手術《じって》も教えていたそうです。だからおひろさんは怖いですよお」

「なるほどねえ、十手術まで心得があるのかい。それでやくざ者の一人が腕をへし折られていたってわけだ。しかし、そんなものは持っていなかったがなあ」

「それは知らない方がいいです。おひろさんの方から見せたがったのならば話は別ですが」

山中はさり気ない顔で、意味あり気なことを言った。

十

「兄者にはくれぐれも、この俺が間者を仕留めたと伝えておいてくれよ」

屋敷に出向くことが許されぬ藤十からそう念押しされ、兄である岩倉正海の屋敷にやってきたものの、正直七海は気が重かった。

藤十はわかっていない。いくら自分達が手柄を立てようとも、兄は決して褒めたりはしないのだ。そんなこともわからず、兄からの褒め言葉を期待している藤十が、七海にはたまらなく疎《うと》ましかった。

甚八と藤十は、兄が奉行職に就けたならば剣術道場を与えられ、母や妹達と一緒に暮らせることだけを願っている。他に望みはないのだ。だが、七海は違った。

他の二人とは違い、七海には妹がいない。いるのは母だけだが、七海の母は父の関心を引くことばかり考え、七海が修行を怠ったと言っては、父親の前で打《ちょう》擲《ちゃく》する女であった。それゆえ、七海は他の二人とは違い、母親に対する想いはない。七海が正海に追随する理由は、あくまでも自身の出世欲からでしかなかった。

座敷には、小さな身体を精一杯大きく見せようと、背筋を伸ばし、肩をいからせた岩倉が、脇息《きようそく》に手を置いた形で座っていた。

何故かこの日は、影のように付き従っている用人の姿がなかった。

七海を認めると、岩倉は近くに寄るよう命じた。

親愛の情を示すものではない。他人に聞かれたくない話をするためだと、七海は受け取った。七海が前に進み出ると、案の定岩倉は低い声で切り出してきた。

「昨夜大柴の所に潜り込ませていた者から報告を受けた。やっと勘定方の手先が動き出したということだが、斬ったのはお前か」

「いえ、私ではございませぬ。藤十が斬りました」

あえて藤十の名を出してみたが、岩倉は七海の思惑など気にする風もなかった。

「そうか。お前でなければ良い。七海、暫くの間は甚八と藤十に若宮村を見張らせ、お前は決して勘定方に顔を見られてはならぬ。それから、あの二人に命じて渋江村の百姓を何人か殺させておけ」

「百姓をですか。それも若宮村ではなく、渋江村の百姓を」

「そうだ。先の関東郡代が領民に慕われていたこともあって、後を受けた勘定奉行の久世も、それに倣《なら》おうとしておる。当人は善政を施《し》いたつもりでいるから、まさか百姓どもに足を掬われるとは思いもすまい。それゆえ今が狙いなのだ。若宮村と違って、渋江村の百姓達は大柴を恐れ、口を閉ざしている。たとえ何人か殺されたところで、すぐに騒ぎ出すことはあるまい。久世が苦境に立たされたのを見計らい、一気に百姓どもを煽《あお》るのだ。七海。お前の出番はそこからだ。甚八と藤十には今まで通り久世の間者を始末させ、お前はわしからの命を受けた者として、久世の間者に手を貸すのだ」

「ならば、甚八と藤十はどのようになりますか」

「案ずるな。わしが弟達を見捨てるはずがない。久世を奉行職から引きずり下ろす間、甚八と藤十には身を隠してもらうだけのことだ。そんなことより、今やるべきことは久世にわしを信用させることだ。勘定吟味役として、わしがともに不正に立ち向かったと思わせることが重要なのだ」

「ですが、それでは肝心の久世広民を引きずり下ろすのは難しいのでは」

七海としては、兄の狙いがわからず訊き返してしまったのだが、岩倉の方は小面憎くも自分に向かって意見をしたと受け取った。いきなり癇癪《かんしゃく》を起こすと、

「お前ごときが気にかけることではない。お前はあくまでもわしの命令通り動けばよいのだ」

頭ごなしに怒鳴りつけ、七海を下がらせてしまった。

心ならずも岩倉の機嫌を損なってしまったことで、七海もまた憤懣《ふんまん》やるかたない表情のまま、広尾原にやってきた。

兄には伝えずにいたが、甚八が姿を消したまま一月以上も戻ってこないことは、さすがに七海も気になった。

源助の顔を見るなり、七海は早速声を荒らげた。

「甚八は何処へ行ったのだ。兄者からの仕事をほったらかして一月も所在を知らせぬとはどういうつもりだ。このままではいずれ兄者に知られ、親父殿にも伝わる。結果、国元にいる母や妹達が責められてもいいと思っているのか、あいつは」

足の親指に藁《わら》を引っ掛け、草鞋《わらじ》を編み続ける源助に向かって七海は言った。

源助はどうしていいかわからないと言った表情で、首を竦《すく》めた。

「源助、本当に甚八の行方を知らんのか。お前が俺や藤十よりも甚八贔屓《びいき》なのはわかっている。甚八にしたところで、お前に居所を教えぬと言うのはおかしいではないか」

「申し訳ございません。甚八坊ちゃんからは何も聞かされていねえのです」

何度問いかけても、同じ返事が返ってきた。

一向に埒《らち》が明かない七海は、戻り次第知らせろと言い残し、立ち去った。

七海が出て行った後も、源助は暫くの間立ち上がろうとはしなかった。出て行ったと思わせ、七海がひそかにこの家を見張っているのではないかと思ったのだ。

それほど源助は七海を信用していなかった。

兄からの指令を告げに来るのはいつも七海だし、兄の屋敷に出向くのも七海一人だ。ほぼ同時期に生まれたと言うのに、源助には七海だけが重用されているとしか思えなかった。

七海自身の態度にもそれが表れていた。今もそうだが甚八に対し、七海は完全に上に立った物言いをしていた。

――母親があんな風だからな

源助は七海が母親に似たせいだと結びつけた。七海の母親は本百姓の家に生まれたというだけで、他の女達を見下し、嫌がらせをするところがあった。

三人の兄弟は、何《いず》れも違う母親の元に生まれた。八王子で材木商をしていた父親が千人同心株を買い、金と権力を駆使して村の女達に子を産ませたのだ。そして、生まれた順に七海、甚八、一人女を挟んで藤十と名付けられたのだ。

源助は他の姉妹達も含め、その母親達を皆知っていた。七海の性悪な母親も、人が良いだけの藤十の母親も、そして、思い出すのも辛い甚八の母も、源助は知っていた。それゆえ、母親同様、甚八もまた七海によって利用されることを源助は怖れた。

七海から、甚八が戻ってきたら知らせろと言われても、頷《うなず》きはしたが知らせる気など毛頭なかった。源助は何としても、あの冷酷非道な父と兄から、甚八を守りたかった。

——甚八坊ちゃん。何があったかは知らねえが、此処《ここ》へ戻ってくることだけはしねえでおくれよ。そうすりゃあ、母親のよねと妹はひどい目に遭わされるかもしれねえけど、坊ちゃんが死なずに済むからな

七海の前では口を閉ざしていたが、甚八は一度源助の家に戻っていたのだ。それも手傷を負って。甚八が再び出て行こうとした時、源助は幾度となく医者に診て貰うよう止めた。だが、甚八は源助の制止を振り切り、再び出て行ってしまった。源助は、あんなに思いつめた表情の甚八を見た記憶がなかった。

——そうだよ。あんな鬼畜外道の所へ戻ることはねえ。もっと大事なものを見つけたんなら、甚八坊ちゃん、構うことはねえ。そっちへ行っちまいな

神田川沿いの道を、乙松はお梅と一緒に歩いていた。

この日はお座敷がかからなかった為、一日中家にいた。何度も溜息を繰り返す乙松を見かねて、お梅が乙松を夜の神田川に誘い出したのだ。

はじめは渋っていた乙松も、お梅にしつこく迫られたことで重い腰を上げたのだが、いざ歩き出すと、乙松は普段着のまま夜風に当たるのが嬉しいのか、晴れ晴れとした顔つきになった。

「姐さん、もうすぐ湯島横町ですよ。もしかして、この前のお侍さんに会えるかもしれませんね」

いたずらっぽく冷やかすお梅を、乙松はしょうがない子だねと言った目で睨《ね》めつけ、その後で髪に手をやった。女の性《さが》という奴だ。

お梅が言ったように、この道からなら、おかめから出てきた控次郎の姿を一瞬でも捉えることができるかもしれない。髪の乱れを気にしたのもそんな気持ちの表れだ。胸の高鳴りを感じながら、乙松は歩を進めた。

吊り下がった提灯《ちょうちん》が暖簾《のれん》を映し出し、その暖簾が提灯の光を受けて揺れた。

乙松が見詰める中、暖簾に頭をこすりつけるようにして、長身の控次郎が姿を現した。

「あっ」

お梅の口から驚きの声が漏れた。声の大きさが意識的ともとれた。

その声に控次郎が反応した。

「乙松姐さんじゃねえか」

いつもと変わらぬ声音だというのに、乙松の鼓動は激しく鳴った。

自分に向かって歩いてくる控次郎の顔をまともに見ることができない。

それでも、控次郎が近寄ると乙松は意地を張った。

「お酒臭い」

お梅の手前、これ以上は近寄らないでといった意思表示をして見せたのだが、お梅の方はそんなことも気づかないほど目を開け広げ、控次郎に見入っていた。

――こんなお侍さんがいるんだ。こんなにも着流しが似合って、こんなにも優しい目をしたお侍がいる
不意に涙が込み上げてくるのを感じ、お梅は一気に言った。

「乙松姐さん、あたし先に帰っていますね」

乙松の返事も聞かずにお梅は小走りに駆け出した。

自分でも、なんで涙が出るのかがわからなかった。ただあの侍を見た瞬間、急に悲しくなったことだけは覚えていた。

走りながら、お梅はその理由にこだわっていた。

役者だって、あれほど粋《いき》な人はいない。すっきりとした着こなしも姐さんには似合いのはずだ。なのに、あの優しそうな目を見た瞬間、悲しみに襲われた。

お梅は今一度その時の気持ちを振り返った。

そして、ようやく思い当たった。ほんの一瞬ではあったが、あの侍の目が乙松に詫びているように感じられたせいであることを。

お梅は乙松を気遣い、振り返った。

はるか遠くの方で、侍に寄り添う乙松の姿が見えた。

――姐さん、絶対にそのお侍さんから離れちゃ駄目ですよ
心の底からお梅はそう願った。大好きな乙松が結ばれれば、自分はまた置屋に戻される。それでもお梅は乙松の恋が成就することを願った。

川の音だけが聞こえる道を、お梅は待つ人もいない家目指して歩き続けた。

気がつけば涙は乾き、目は闇に慣れ始めていた。

壁の白さに驚き、道端の小石さえ見えるようになった。ましてや物陰に潜む人

間など気づかぬはずはなかった。

「甚八さん」

夜の恐怖と、物陰を選ぶ不気味さにお梅の声が震えた。

「お梅」

見咎められた男は、物陰から姿を現した。お梅の指摘通り、男は金田甚八であった。

乙松とお梅の後を尾けて来た甚八はここに隠れていたのだ。その乙松が男と会ったのを見て、甚八に妬心が生じた。

「お梅、あの男は乙松とどういった間柄だ」

声に殺気が籠っていた。甚八はあの侍か乙松のどちらかを斬るつもりだ。そう感じた途端、お梅は甚八にむしゃぶりついた。

「甚八さん、駄目。あのお侍は姐さんの好きな人なの」

「なにっ」

「駄目、甚八さんお願い、あのお侍さんを斬らないで。今の乙松姐さんは甚八さんと同じなの。あのお侍さんが好きで好きで堪らなく好きなのに、結ばれることはないの。甚八さんも乙松姐さんが好きならわかるはずでしょう」

お梅は泣きじゃくりながら、必死に甚八の行く手を遮《さえぎ》った。

岩ほども硬い甚八の身体が、小さな自分に止められるとは思っていなかった。

ただ、乙松を守りたい一心で、お梅は甚八にしがみついた。

甚八の身体から力が抜け失せても、お梅は甚八から離れようとはしなかった。

十一

柔らかな日差しを受け、庭の梅も蕾《つぼみ》を開き始めた。

白梅と紅梅、二本の木が重なり合って作り出した景観は、まさに春爛漫《らんまん》といった感がある。

その梅の香を取り込むがごとく、襖《ふすま》を開け放った片岡の屋敷の中では、女達の話し声が途切れることなく続いていた。

その中心にいるのは紛れもなく母親の文絵だ。

出産を控えた佐奈絵と共に産衣《うぶぎ》を作る一方で、長女の雪絵に裁縫を教えていたのだが、女同士とあってひとたび話が弾むと、枝から枝へと話は広がり、いつしか当人達は最初に何を話していたのかも忘れていた。

こんな状況が、文絵には殊《こと》の外嬉しいらしい。

今までは末娘の佐奈絵にしか裁縫を教えたことがなかった。それが初めて、二方向から娘達に問いかけられるという、頼りがいのある母親気分を味わうことができたからだ。

「姉上も加わって下されば、もっと楽しいですのに」

一人だけ頑なに裁縫をしようとしない百合絵を気遣って、佐奈絵が言った。

「百合絵には無理でしょう。なにをするにしてもがさつですもの。生地を縫うより、指を縫う回数が多いに決まっています。百合絵だってそのくらいは心得ているから、部屋に閉じ籠っているんじゃないの」

まさか、襖の外で当の百合絵が聞き耳を立てているとは知らず、雪絵は悪《あ》し様に言った。

「そうねえ、あの娘に縫物は似合わないかもしれませんね。これも私の仕込みが悪かったのかもしれないけど、元々器用さとは無縁でしたからねえ」

「そんな、母上まで左様なことを申されては姉上がお気の毒です。好きで不器用になったわけではないのですから」

母に続いて妹の佐奈絵までもが雪絵の意見に同調すると、余程おかしかったのか三人の女達は声を立てて笑い合った。

家族ならではの言いたい放題の会話だが、笑われる身としては堪ったものではない。

襖の向こうで聞いている百合絵は当然のように憤慨《ふんがい》した。

――何よ。一人ぐらい私を庇《かば》ってくれてもいいじゃないの
百合絵にしてみれば、佐奈絵だけは自分を庇うものと思っていたのだ。それが、好きで不器用になったわけではないと言われては立つ瀬がなかった。

自分でも裁縫が向いていないとは思っていた。だが、雪絵が急に裁縫を習い始めた理由もわかっていた為、一緒に教わる気がしなくなっただけなのだ。

――だいたい、姉上が急に裁縫を始めること自体、不自然じゃないの
百合絵には、母と佐奈絵が雪絵の魂胆を見抜けないことの方が不思議だった。雪絵の突然の変貌は、嗣正との結婚を意識しているからに他ならないと、声を大にして叫びたかった。

だが、百合絵には胸の内でしか呟くことができない理由があった。以前雪絵に向かって息巻いたように、妹の佐奈絵はすでに三男の七五三之介と結婚している。今また姉が嫡男の嗣正と祝言を挙げるようになったら、きっと組屋敷中の者

が興味の眼で三人目の動向を見守るに違いなかった。それを避けるには二番目となるしかない。つまりは早い者勝ちという奴だ。それゆえ今の百合絵は、べらぼうに焦《あせ》りを感じていたのである。

裁縫は向いていないと自覚している百合絵だが、実のところ雪絵が母に裁縫を習い始めてからというもの、百合絵は常に襖の外で耳を澄まして、文絵の教えを聞いていたのだ。

そして、誰よりも早く雪絵の思惑に気づいたのも、裏を返せば百合絵自身が控次郎の妻となった時のことを想定したからに他ならなかった。

このままでは姉に後れを取る。母の教えを盗み聞くばかりでは、一向に裁縫の腕は上がらないと百合絵は内心焦りを感じていた。

ところが、思わぬ好機が訪れた。

雪絵が縫った赤子の産衣に、不満を感じた佐奈絵がほぐしている所に遭遇したのだ。佐奈絵にしてもせっかく姉の雪絵が縫ってくれたものだけに、それをほぐしているなどとは知られたくはなかったのであろう。それゆえ、

「あら、もうそれ要らないの。だったら、染み抜きにちょうどいいわ。その生

地、私に頂戴」

百合絵に言われると、渡さぬわけにはいかなくなってしまった。

自分の部屋に戻った百合絵は、雪絵がいないと見るや、早速産衣の生地を使って基礎である運針の稽古を始めた。

そして、これならばと、十分自信を摑んだ上で裁縫道具を携え、控次郎の長屋を訪れた。


「えっ、繕《つくろ》い物。そんなことを言われても、俺の所にゃあ、いくらも着る物などありゃあしねえぜ」

突然の来訪以上に、百合絵が繕い物に来たこと自体控次郎には驚きだ。そんな控次郎を尻目に、百合絵は家の中を物色した。確かに着る物の数は少ない。あるものと言えば、畳んだ布団を隠す枕屛風に掛けられた羽織くらいだ。

それでも、百合絵の凄まじい一念は、羽織の袖の部分が切れているのを見逃さなかった。

「いいんだよ、そんなことを百合絵さんにさせちゃあ申し訳ねえ」

と言う控次郎に、武士ともあろうものが嗜《たしな》みを忘れてはなりませぬと言い切ると、百合絵は風呂敷から裁縫道具を取り出して繕い始めた。

傍らではきまり悪そうに控次郎が頭を掻いている。

百合絵はその様子を好ましげに見やると、新妻になった自分を想像しながら羽織の袖に針を刺した。

誤算は布の厚さだ。

赤子の産衣とは違い、羽織、それも今の時期であるため綿が入っている。

真っすぐに刺したはずの針は、とんでもない場所に突き出た。

百合絵の形相がたちまち険しくなった。

その異様さに気づいた控次郎が思わず視線を外すのも気づかず、百合絵は硬い生地に戦いを挑んだ。

何とか縫い終えた百合絵が、赤い唇からかすかにこぼれる真っ白な糸切り歯で留めの縫い糸を噛み切った時、その額《ひたい》にはうっすらと汗が浮いていた。

「できました」

必ずしも満足のゆく出来栄《できば》えとは言えなかったが、百合絵は控次郎に向かって羽織を差し出した。それを受け取った控次郎が嬉しそうに言った。

「ありがとうよ。実のところ、破れた袖が気にはなっていたんだ。百合絵さんは何でもできるんだなあ」

勘定奉行と勘定吟味役

一

勘定奉行は幕府財政の根幹を担う役職でもある。それゆえ、主に財政を担当する勝手方二名と、訴訟を扱う公事方二名の計四名が、町奉行所と同様月交代でその任に当たることになっていた。

狙いとしては、相互監視をさせることで、不正の根絶を図ろうとしたのだが、生憎勘定奉行が取り扱う職務は多岐に亘《わた》っていた。四人も勘定奉行を任命しておきながら、職務分担よりも相互監視を優先させたことが、直属の部下である勘定組頭の役割を引き上げ、汚職の根源を分散させることとなった。

そこで幕府は、勘定方を監視する役目として勘定吟味役なる役職を設けたのだが、年々煩雑《はんざつ》になって行く勘定方の職務を監査するにはそれ相応の知識がなくては務まるはずもなく、結果として、十二名の勘定組頭の中から、老中が清廉潔白《せいれんけっぱく》と思われる士を選出するという形をとらされることになった。

勘定吟味役は六名で構成され、必要とあれば勘定方が管理するいかなる部署にも立ち入ることが出来た。立場上は勘定奉行と対等だが、勘定吟味役となった者の次なる役職が、遠国奉行、勘定奉行に多く見られることから、実質的には勘定組頭と勘定奉行の間に位置するものと考えられていた。


この日、勘定吟味役岩倉正海は、永代橋の袂にある船宿ではなく、小舟町の船宿から一人で舟を出させると、大川から江戸湾屈指の漁場三枚洲に入った。人気の高い漁場だけに、すでに、何艘かの釣り舟が思い思いの場所に錨《いかり》を下ろし、いずれも舳先を同じ方角に向けて漂っていた。

岩倉の乗った小舟が、その中でも一番沖目に漂う釣り舟の後ろに回った。すぐさま船頭が錨代わりの石を海に投げ込むと、潮と風に流された舟は、石に縛り付けた縄が張り切った地点で停まり、先にいた船と横付けの状態になった。

餌《えさ》のゴカイをさも気持ち悪そうに付け終えた岩倉が、生まれて初めての釣りを開始すると、それを見ていた隣舟の客が「ほう」という驚きの声を上げた。

「岩倉、やっとその方も釣りをする気になったようだが、餌のゴカイに臆《おく》していては、思ったほどの釣果《ちょうか》は望めぬぞ」

頭巾で顔を隠した隣舟の客が、からかい半分に言った。

「構いませぬ。いつも一緒では人目に付くとの御前の仰せにより、別舟で参りましたが、竿《さお》を出さねば怪しまれると思っただけのことでございます。それにしても、この餌は気色《きしょく》悪うございますな」

「最初のうちだけじゃ。馴れれば愛しく思えるぞ」

楽しげに笑った御前が、すぐさま手持ちの竿をしならせた。良型の鰈《かれい》が舟に取り込まれた。

口にかかった鉤を外し、鰈を舟の中の生け簀《す》に放った御前は、その後も次々と魚を釣り上げていった。根っからの釣り好きらしく、魚が食っている間は、竿先に集中し周りが見えなくなっていた。

御前が岩倉に語り掛けたのは、魚の食いが落ち始めてからのことだ。

「餌付けを嫌がっておるから釣れぬのだ。動きの無い餌に魚は見向きもせん。だが、それも仕方あるまい。その方は小物を釣りに来たわけではないからな。で、大物釣りに行く日は、何時にするか決めたのか」

　竿先を見詰めたまま御前は言った。それに倣って、岩倉もまた竿先を見ながら答えた。

「若宮村の名主を町奉行所に引き渡すよう命じました。人夫の手間賃及び橋脚の数をごまかした額の多さから言っても、名主親子は極刑に処せられることと思われます。私が大柴の不正を暴くのはその後です。あの者は白河《しらかわ》様（松平定信）一派を掃討することで、勘定吟味役に昇進させると言う御前の口約束を真に受けております。さらには、私が文蔵なる小者に申し付け、村々から供出させた金を分配したことで、私が裏切るはずがないと思っております。おそらく、首が胴から離れる一瞬まで、そう思い続けることでしょう」

「ほほう、ずいぶんと扱いやすい男のようじゃ。それにしても、岩倉。その方は百姓どもから、そんなに搾《しぼ》り取っておったのか」

「これは心外な。その金は、すべて御前にお渡しいたしました」

「そうか。となると、わしも片棒を担いだということになるな」

「御前にご迷惑をおかけするような真似は決していたしません。その棒は、おそらく大柴一人が担いだまま、あの世まで持って行くことに」

「なるほど。だが、それだけでは、久世を追い込むことはできまい」

「久世様は、すでに渋江村の百姓を手にかけております。命に背いたという理由だけで、幾人もの命を絶ちました」

「なんと。久世はそのように非道な真似をしておったか。そのような話、今聞いたところで誰も信じまいし、わしとて同じじゃ。とはいえ、大柴の一件が明るみに出て、それに久世が関与していたという噂でも流れたりすれば、わしも含め、誰もがそう思うようになるやもしれんのう」

「御意」

「岩倉、その方は実に使える男じゃ。場合によっては、久世だけではない。定信派の重鎮、老中松平信明の失脚にも一役買って貰う場合があるやもしれぬ。今後とも、わしに力を貸してくれい」

「御意。某《それがし》、身命を賭して、御前に御奉公する所存でございます」

岩倉は忠誠を誓う為、御前に向かって舟が揺れるほどの勢いで拝礼した。

岩倉正海からの指示を受けた大柴欣生は、何時でも名主と息子を町奉行所に引き渡せるよう、その準備を終えていた。だが、大柴は一日延ばしに先送りし、未だ名主達を町奉行所に引き渡してはいなかった。

色、金、立身、すべてに貪欲とはいえ、大柴もまた勘定組頭にまで上り詰めた男だ。岩倉正海が思っているほど、甘い男ではなかった。

「大柴様、いつまでも名主を町奉行所に引き渡さないでいては、お立場が悪くはなりませんか」

大柴より遥かに年長と思われる配下の支配勘定が具申した。その口振りからして、明らかに大柴の背後にいる黒幕を意識していた。

「言われずともわかっておる。だがな、山中。旨《うま》い話には罠《わな》が多い。言われるがまま動いては、利用されるだけ利用され、最後は用済みとなって切り捨てられるのだ。それを避けるには、あのお方が決して裏切らぬという保証がなくてはならぬのだ。その点、勘定吟味役の岩倉なら、百姓達から巻き上げた金を分け合ったという明白な事実がある。だがな、あのお方にはそれがない」

「岩倉様が、御前と呼ばれるくらいのお方ですから、やむを得ないのでは」

「それよ。岩倉が御前と呼んでいる方だが、わしはあのお方の正体を知っているのだ。一度お目にかかっただけだが、それ以前に、わしはあのお方の顔を拝したことがある。それゆえ、用心している」

「わかりました。私ごときが、出過ぎたことを申しました」

「それで良い。お前はただ、わしが潰れればお前も潰れるということだけを肝に銘じておくことだ」

大柴は、この山中伝兵衛《でんべえ》という年寄りが御前の正体を訊きたがらなかったことに満足し、一礼して去って行く伝兵衛を、わざわざ呼び止めて言った。

「山中、お前は未だにわしに背いた甥《おい》のことを気にしているようだが、わしはもう気にしてはおらぬ。お前はその分、わしに尽くしてくれた。あの目端の利く文蔵を探し出してきたのもお前だ。わしは何があろうと、お前だけは信じている。それだけを言っておきたかったのだ」

知らぬ者が聞いたなら、情愛を感じさせる言葉だと思ったはずだ。だが、山中伝兵衛は、戸惑うばかりで返事をすることさえできなかった。

二

夜風が冷たい。四本の川に囲まれた八丁堀を吹きぬける風は常に川風だ。

その中を、旅人姿の政五郎が白い息を吐きながら戻って来た。

足に巻いた脚絆《きゃはん》の緩みは、直す間も惜しんで歩き続けた証だ。

控次郎と交わした約束の期日があと二刻ほどで切れるという頃、政五郎が海賊橋を渡って向かった先は、控次郎が待つおかめではなく、八丁堀にある七五三之介の屋敷であった。

家の中には決して上がらず、玄関先か廊下に面した濡れ縁で報告するのが政五郎なりの流儀だが、この夜は風が強いこともあり、政五郎は七五三之介を気遣って玄関先を選んだ。

政五郎がこの屋敷に姿を見せるのは九か月振りのことだ。

佐奈絵が応対する声に気づいた玄七も、七五三之介と一緒に顔を見せたが、政五郎の挨拶《あいさつ》を受けると、その顔つきから急ぎの用だと気づいた。

玄七は、すぐに居間へ戻ってしまった。

「親分さん、どうやら変事が起こったようですね」

七五三之介もまた政五郎の顔つきから、容易ならぬ事態が起こったのだと気づいていた。

「へい、実はこちらに上がるのが先か、先生にご報告するのが先か迷ったんですが、事が事だけに、まずはご舎弟様にと思い、参上いたしやした」

「それはご苦労様でした。ということは兄上が絡んでいるのですね」

「お察しの通りでございやす。先生はあの御気性です。今度のこともご舎弟様に迷惑を掛けちゃあいけねえと、自分一人で解決しようとしなさっているんですが、どうにも危なっかしくて見ちゃあいられやせん。そこでご舎弟様にご相談したくて、めえった訳なんですが、訳をお話してもようござんすか」

「親分さんはたった今、事が事だけにと言われました。ということは、この一件にはかなり厄介《やっかい》な人達が関わっているということになります。そこに兄上が首を突っ込まれた以上、訳を聞かぬわけにはまいりません。親分さん、聞かせてください」

躊躇《ためら》うことなく七五三之介は言った。

「そうおっしゃるだろうと思っていやしたよ」

満足そうに頷いた政五郎は、控次郎がこの一件に関わるまでの経緯を一通り話した上で、新たに自分が摑んできた情報を七五三之介に伝えた。

七五三之介の表情が次第に不快さを増して行った。

「勘定方とはいえ役人です。そんな非道が許されて良いはずはありません。己《おのれ》の欲の為、無実の人間に罪を着せるなど武士にあるまじき行い。しかも土木商人までもが加担し、すでに幾多《いくた》の村がその犠牲になっている。親分さん、私でさえ腹立たしさを抑えきれずにいるのですから。兄上はさぞお怒りのことでしょう。よく知らせてくれました。養生所見廻りとはいえ、私は南町奉行所与力です。悪と知りながら見逃すことなどできません」

「てえことは、ご舎弟様。今一度、あっしに働き場所をお与えくださるということで」

「はい。申し訳ありませんが、親分さん以外に悪事の証拠を見つけ出してくれる方は居りません。無実の者を救うためにも力を貸してください。私は早速吟味方与力の森保《もりやす》様にこのことをお伝えします。今の話を聞く限りでは、名主とその息子が伝馬町送りになることは必至です。町奉行所の威信にかけても、勘定方の思い通りにはさせません」

七五三之介の言を聞くと、政五郎は大きく頷いた。

その顔には、九か月振りでもご舎弟様は些《いささ》かも変わっちゃあいねえ、という安堵感が込められていた。

斯《か》くなる上は、一刻も早く控次郎にこのことを告げようと、政五郎は、一度玄関を出ようとしたが、そこで急に何かを思い出し、再び三和土《たたき》に膝《ひざ》をついた。

七五三之介が、何事かと顔を寄せる。

「大したことではねえと思うんですが、百姓衆に話を聞いているうちに、ちょいと気になったことがありやしてね。先ほどお話しした素性のわからねえお六《ろく》（死体）のことなんですが、殺されたと見られる刻限に、何やら叫び声を聞いたという者がおりやして、それで他にも聞いた者がいねえかと訊きまわったところ、意外にも葛飾の方で、以前にもそのような叫び声を聞いたことがあるってえ奴が出てきたもんですから……」

「叫び声ですか。もしかして助けを呼ぶ声とか」

「それが、今一つはっきりしねえんで。その野郎が言うには、悲鳴のような猿の叫びのような、とにかく鋭い声だと言っておりやした」

「鋭い声ですか。確かにそれだけでは事件と結びつくかどうかわかりませんね。念のため、兄上にも話してみてください」

と言われて、政五郎は八丁堀の組屋敷から、湯島横町にある自分の店、おかめに帰ってきた。

すでに五つ半（午後九時）を過ぎていたから、暖簾も仕舞われたかなと店に入ると、控次郎ばかりか、辰蔵まで顔を揃えていた。

「とっつあん、お帰りなさい。遅くまでご苦労でありんした」

腰の軽い辰蔵が、政五郎の手を取るように近づいてきた。

「馬鹿野郎、薄っ気味悪い真似をするんじゃねえや。まだ人に手を引いてもらうほど老いぼれちゃいねえ」

「そうでやんすね。いつまでもお元気ですからねえ」

「そうかい、早いとこおっ死《ち》ねと言いてえんだな」

政五郎は辰蔵の頭を一発ひっぱたいた後で、控次郎の正面に置かれた樽に腰を掛けた。

控次郎が喉湿しとばかりに、辰蔵が手を付けていない湯呑に酒を注いだ。

押し頂くように受けた酒を一気に呷《あお》ってから、ようやく人心地が付いた政五郎が喋り始めた。

「先生の言われた通りでした。勘定方の役人はずいぶんと阿漕《あこぎ》な真似をして居りやした。土木商人とも結託して、直す必要もない河川工事を請け負わせていやがった。若宮村だけじゃねえ、渋江村、堀切《ほりきり》村、川端《かわばた》村からも人手を出させていたんです。しかも村の為にする工事だからと、手間（賃）など払っちゃあいやせん」

「やはりそうかい。文蔵のようなやくざ者まで使っているんだ。どうせあくどい真似をしているだろうとは思ったが、ただ働きまでさせていやがったかい。それにしても土木工事を行うには、作事《さくじ》奉行の印可が必要なはずなんだが、その辺りのことも聞いているかい」

「へい、それについても堀切村の名主から聞いてめえりやした。なんでも土木工事を行うに当たっては、先生が言われたように、作事奉行の『起こし印』、勘定吟味役の『中印』、勘定奉行の『決済印』の三役印が必要なんだそうですが、名主は連中がすでにその印可を取っていると言うんです。それと文蔵のことなんですが、あっしが聞き込んできた限りでは、どうやら文蔵の方から勘定方に持ち掛けたとしか思えねえ節があるんです」

「どういうことだい。じゃあ、文蔵は単なる遣いっ走りじゃなく、てめえで土木商人と繋がりを持ったってことかい」

「あっしにはそう思えてならねえんです。なぜなら、若宮村以外の村は、大柴とかいう野郎ではなく二人の勘定組頭がそれぞれ出張《でば》っているんですが、そのいずれにも文蔵は顔を出しておりやす。しかも土木商人との談合は必ず文蔵立ち会いの下で行われておりやす」

「俄かには信じ難《がて》え話だな。文蔵にそんな貫禄が付いたってことかい」

「そうなんでしょうねえ。あんなけちな野郎でも、つきが回ってくりゃあ、いっぱしの親分風が吹かせられるみてえです。ですが、文蔵はそう永くはありやせん。どうやら勘定吟味役様が動き始めたようですから。そのうちに勘定組頭共々、お裁きが下ると思いやすぜ」

　政五郎は善玉の勘定吟味役が、悪玉の勘定奉行の配下と文蔵に鉄槌《てっつい》を下すものと信じていた。

「そいつはいいや。勘定吟味役が出張ってくれりゃあ、すぐにでも勘定方の悪事も明るみに出るってもんだ。ところで、とっつあん。勘定吟味役が動き始めたっていうが、実際にそんな兆《きざ》しがあったのかい」

　以前、名主の屋敷近くで、示現流の刺客に殺された男のことが気になり、控次郎は訊いてみた。

「ありやした。ですが兆しと言っては、あまりにそのお人に申し訳ねえ気がいたしやす。おそらくは大柴を見張っていたんでしょうねえ。村の者が言うには、そのお人はきっと大柴の手の者に斬られたんだってことですから。ですが、そのお人にゃあ気の毒だが、大柴を見張っていたとなると、勘定吟味役の配下に決まっています。他に大柴を見張る者なんていやせんからね」

「だろうねえ」

控次郎も、殺された者の素性をそのように見ていたから、ここまではさほど驚きもしなかった。それが、いきなり店中に響き渡るほど、大きな声を張り上げたのは、政五郎の次なる調べを聞いた直後のことであった。

「何だと、勘定奉行久世様配下の役人が、百姓を斬ったって」

控次郎が血相を変え、問い返した。

「へい。百姓達の前で斬り殺されたようです。初めは久世様の配下とはいえ勘定方には違《ちげ》えねえから、百姓達も警戒していたんですが、お役人とは思えねえ労《いたわ》りの言葉を掛けられたもんで、つい、一人の百姓が、勘定方のお役人は手間も払ってくれねえと泣きついたんだそうです。そしたらいきなり態度を変え、勘定奉行久世広民様を侮《あなど》るか、と一刀のもとに、そのお……」

政五郎は、控次郎の眼を見ながら話している。

それゆえ、話し続けるに伴い、控次郎の眼がこれまで見たことがないほど、吊り上がってきたことに気づき、慌てて話を打ち切ったのだ。

「ですが、先生。こいつはあくまでも百姓衆から聞いた話なんでさあ」

少しでも控次郎を落ち着かせようと、政五郎は自らの調べが、必ずしも事実とは限らないと修正した。だが、そうではなかった。控次郎の怒りは、別の方角に向けられていた。

「とっつあん。仮に久世様の配下だとしてみなよ。罪もねえ人間を殺すときに、わざわざ親玉の名を出すと思うかい。こんな真似ができるのは、人間の皮を被った鬼しかいねえ。久世様の名を騙《かた》り、そいつは今も村の周りを徘徊していやがるんだ」

三

この日、養生所見廻り同心に出仕が遅れる旨を伝えさせると、七五三之介は、橘町にある山中の家を訪れ、おひろが住む算法道場の所在を聞き出した。

同じ算法道場ならば、当然知っているはずとみてのことだが、大仰に槍持ちまで従えた与力の来訪は山中ばかりか、近隣の者達をも仰天させた。

「片岡様はいつもこのような物々しい陣立てで養生所へ出向かれるのですか」

おひろの家へ案内しながら山中が訊いた。

「いつもは供が一人です。今日は思う所があって、敢《あ》えて槍持ちを雇いました。与力ですから、馬に乗ってくればもう少し目立つのですが、生憎私は馬に乗れません。それでもこの辺りの人々が吃驚《びっくり》しているので、それなりの効果はあったようです」

山中は理由がわからないにも拘わらず、にっこりと微笑んだ。

七五三之介に対する信頼が、そうさせていた。

おひろが住む横山町は、山中の家からは目と鼻の距離だが、それでも物々しい陣立ては人目を引いた。すれ違う人々は皆道の端に身体を寄せ、口々に何事かと囁《ささや》き合った。

近所の者も飛び出してきて様子を窺っている。

それを十分意識しながら、七五三之介はおひろの家の前で止まった。

山中が取り次ぐと、果たして顔を出したおひろは驚いた。

やくざ者では埒《らち》が明かぬと、ついに勘定方の役人が手を回し、町奉行所を動かしたとでも思ったらしい。

大柄な娘にしてはまん丸い眼で、七五三之介を睨みつけた。今にも噛みつきそうな形相《ぎょうそう》が、七五三之介をたじろがせた。

「貴女がおひろさんですね。私は本多控次郎の弟で、片岡七五三之介と申します。安心してください。私は貴女方を守るために来たのです」

いつまでも睨まれたままでは堪らない。七五三之介はまず控次郎の名を出すことにより、おひろに敵でないことを知らせた。

「おひろさん、私が保証する。この方は立派なお役人だ」

山中の言も効いたが、おひろは控次郎の弟だと聞いた時、すでに安堵の表情を見せていた。おひろは丁重に七五三之介を家の中へと招き入れた。

槍持ちと挟み箱を担いだ茂助の二人だけが、与力の来訪を告げるかのように、家の外にいかめしく立ちはだかっていた。

八畳ほどの部屋に七五三之介は通された。どうやらここが子供達に算盤を教える道場のようで、二人用の机が八脚置かれていた。

そこへおひろの姉と思われる女が、老父を支えるようにして現れた。その後ろには母に隠れるようにして七五三之介を見詰める幼女が張り付いていた。

「与力様、何事でございましょうか」

老父は不安そうに尋ねた。娘達を守ろうと病を押して出張ってきたようだ。

「すみません。こんな風に突然押しかけて、さぞや驚かれたことと思います。ですが、私がここに来たことで、勘定方の役人達もまた泡を食ったはずなのです。若宮村とは違い、此処は町奉行所の支配です。そこで御老父、私はこれからも、こちらに度々顔を出すつもりでおります。名目は貴方が養生所入所を希望したことに対する調査です。家での介護が可能か否か、それを調査しに来たことにしてください。町奉行所の与力が調べている以上、勘定方はこの家に手出しは出来なくなります」

七五三之介が来訪の理由を告げると、老父と娘達はほっとしたように顔を見合わせた。これで、ひとまずやくざ者達からの嫌がらせはなくなると思ったようだが、七五三之介としては、喜ばせてばかりはいられなかった。この後、勘定方が打ってくる手が見えていたからだ。

「おそらく、ご主人や舅御は伝馬町送りになると思われます。私が案じているのはその時期なのです。ご存じのように町奉行所は月番が替わります。それが南であったなら、私は何があってもそれを正します。ですが、月番が北であったならば、月が替わるまで持ちこたえる策を講じなくてはならないのです」

今はそれが自分に出来得る最善の策だが、身内の人間にしてみれば所詮は他人《ひと》事《ごと》と聞こえるだろう。七五三之介は非難を覚悟で言った。下を向き、唇を嚙み締めた姿に、罪のない者が裁かれる悔しさを滲《にじ》ませていた。

おひろの姉、おとよはそれを察した。

「与力様、ありがとうございます。少なくとも与力様だけは、うちの人や義父の無実をわかってくださいました。この先二人にどのようなお裁きがあろうとも、与力様が私達の為になさってくれたことは、決して忘れません」

感極まったか、おとよは泣き崩れた。そのおとよに縋《すが》っておひろも泣いた。

さらには傍で成り行きを見守っていた山中も目を潤ませていた。

七五三之介は老父に向かって一礼すると、後ろを振り返ることなく家を出た。

山中やおひろ達には背中を向けた七五三之介の顔は見ることができない。

その表情が怒りに燃えているのを、気づくはずもなかった。


おとよと老父、そして山中も七五三之介の配慮に感動し、喜び合った。

だが、おひろは、じっとしてはいられなくなった。下駄を引っ掛け玄関を飛び出すと、控次郎の長屋を目指し一目散に駆け出した。

おひろには、すべて控次郎が手配してくれたとしか思えなかった。

――もう、恥ずかしがり屋さんなんだから。あたしが好きなら好きと、言えば

いいのに
とんでもない勘違いを胸に、おひろは控次郎の家へとやって来た。

まさか、この長屋に先日の失態を取り戻すべく、百合絵が向かっていようなどとは思いもしない。

おひろは戸を叩きながら呼びかけると、

「どうしたんだい」

無防備に戸を開け放った控次郎に、いきなり抱きついた。

「おい、おい。どうしたんだい」

突然のことに、控次郎も戸惑うばかりだ。

ようやくおひろを落ち着かせると、控次郎は訳を訊いた。

だが、未だ興奮しているせいか、おひろの話は支離滅裂で訳がわからない。

それでも、何とか話の大筋だけは摑めた。

「そうだったのかい。わざわざ七五三《しめ》が訪ねてくれたのかい」

すべては七五三之介が考えてしたことだと控次郎は告げたが、おひろはそうは取らなかった。

「あんたのそういう所があたしには堪らない。どうしてくれるのよ」

「どうするったって、どうすりゃあいいのか俺にも皆目わからねえや。とにかく、周りに聞こえるから、ちいっとばかり声を落とそうぜ」

控次郎がおひろに言い聞かせた時、それはまさに百合絵が長屋の入り口から顔を覗かせた時であった。

控次郎の他に女がいることに気づいた百合絵は、咄嗟《とっさ》に身を隠した。懸命に動揺を抑え、耳を澄ました。どうやら女は控次郎に気がある様子だ。臆面《おくめん》もなく控次郎に言い寄っている。

それを物陰で聞いているしかない百合絵は、次第に腹が立ってきた。とうとう眦《まなじり》が限界まで吊り上がった。

その時だ。女の心ない言葉が百合絵の耳に飛び込んできた。

「ねえ、その袖の縫い目、誰が縫ったの。これじゃあ、みっともないし、第一恥ずかしいでしょう。あたしが縫い直してあげるから、その羽織を脱いで」

おひろは強引に控次郎の羽織を脱がせようとした。

百合絵はいたたまれなくなった。自分でもひどい縫い方であったことは自覚していた。それゆえ、内緒で玄七の羽織を持ち出しては稽古に励んだのだ。その成果を発揮することなく、名誉挽回《ばんかい》の機会が失われて行く。

萎《しお》れる百合絵の耳に、控次郎の声が届いた。

「俺には羽織の縫い目を恥ずかしく思うよりも、繕ってくれた人の気持ちを裏切ることの方が恥ずかしく思えるぜ」

百合絵は胸が早鐘のように波打つのを感じた。生まれてこの方、これほど誇り高い言葉を聞いたことはなかった。だが、感動したのは百合絵だけではなかった。おひろもまた自らの言動を恥じ、控次郎の心根に打たれていた。

四

町奉行所与力がおとよの実家をたびたび訪れていることは、すぐに大柴欣生の耳に入った。文蔵が控次郎に悟られぬよう、離れた場所から子分共に見張らせていたからだ。町方に出張られては迂闊《うかつ》に手を出すことができない。そこで大柴も一度はおとよの召し捕りを諦《あきら》めた。

ところが、その後の報告でおとよの実家に現れた与力が養生所見廻りであることがわかると、大柴は俄《にわ》かに態度を変えた。

「文蔵め、中途半端な報告をしおって。相手が養生所見廻りであることぐらい、どうして調べておかぬのだ」

自身が弱腰になったことも忘れ、大柴は配下の者達に当たり散らした。

「ですが、一応は町方与力ですからあまり無理をなさると」

と配下が諫《いさ》めても耳を貸さない。

「馬鹿者、養生所見廻りなどという職は、屑《くず》が就《つ》くものだ。そんな者の為に、勘定方の面子《めんつ》を潰されて堪《たま》るか。こうなったら名主と息子を町奉行所に引き渡してやる。わしが直々に乗り込んでいって吟味方与力に罪状を申し渡してまいるから、両名をこの場に引っ立ててい」

自分が放った言葉で、より気持ちが高ぶった大柴は、勢いに任せ名主と息子を伝馬町へ牢送りにすると、牢屋見廻り与力に申し付け、吟味方与力を呼ぶように命じた。同心が吟味方与力を連れてくる間も、大柴の激高は収まらなかった。

「いつまで待たせる気だ。町方というのは斯くも動きが鈍いのか」

腹立ちまぎれに、牢屋中に響き渡る声で吠えまくった。

吟味方与力の森保が現れても、大柴は役職を笠に着て横柄な態度で言った。

「罪人を引き渡しに参った。当方の調べで、この者達が河川工事にかかる人夫の賃料等を不正に着服していたことは明白。その金額は優に二十両を超え申す。厳正なる仕置きをお頼み申す」

　大柴は吟味方与力といえども、勘定方との軋轢《あつれき》を嫌い、すぐにでも承知するものと思っていた。ところが、

「承知いたしした。それでは当方も念の為罪状をもとに罪人を取り調べることにいたす。後のことは南町奉行所にお任せいただきたい」

　森保は再吟味を匂わせる言い方をした。

「なんだと。貴殿は勘定方の調べが信じられぬと言うのか」

「さようなことはない。念の為と申し上げたはずでござる。勘定方もそうでござろうが、町奉行所としても何ら詮議《せんぎ》もせずに罪人を処断することはできませぬ。なあに、通り一遍の調べでござるよ」

　老獪《ろうかい》な森保は、大柴が異を唱《とな》えることができぬ言い方を用いた。


　森保には、阿片事件の際、七五三之介に手柄を譲ってもらった恩があった。勘定方に抗《あらが》うのは本意でなかったが、七五三之介の顔を立てないわけにもいかなかったのだ。それでも、牢屋見廻り与力から事情を聞いた内与力の中田《なかた》に呼ばれると、森保はすぐに弱腰となった。

「森保殿、では再吟味をすると言うのは、片岡七五三之介からの要請があったからだと言われるか」

「はっ、彼《か》の者が、罪人が無実である証拠を掴んだと申しましたので、私としてもことさら勘定方を刺激するつもりはなかったのですが、何分にも七五三之介はお奉行のお気に入りですからな。それで返事を保留した次第です」

　森保は奉行の名を出すことで、自らの選択が本意でなかったことを強調した。

「困ったものだ。お奉行がこのことをお知りになったら何と申されるか」

「ならば、私から七五三之介に言い聞かせましょうか」

「あの男が素直に引き下がるだろうか」

「駄目でしょうな。七五三之介は人当たりも良く、気遣いもある男ですが、曲がったことを何よりも嫌いますからな。それで私も断り切れずにいたのですから」

　こういった辻褄《つじつま》合わせは森保の得意とするところだ。わかっていても中田は頭を抱えた。

　というのも、奉行の池田筑後守は、若い頃は豪放《ごうほう》で知られていたが、細かいことには不向きで、町奉行に任ぜられてからというもの、仕事の方はほとんど与力任せにしていた。そんな奉行が勘定方との諍《いさか》いを認めるはずがなかったからだ。

足取りも重く、中田は奉行の元へ報告に行った。

案の定、中田の話を聞いた奉行は、不機嫌な顔つきになった。

その不機嫌さは、奉行の胸中を察した他の内与力が、思い余って中田を問い詰めるほどだ。

「そのようなことをお奉行に報告するとは何事だ。けしからん。この上はお奉行直々に叱っていただくしかあるまい。片岡をここへ呼んでまいれ。お奉行、よろしゅうございますか」

「ああ、そうせい」

小倉《おぐら》という内与力は、顔をしかめることで中田に七五三之介を連れてくることを示唆すると、奉行に向かって深々と頭を下げ、同僚の不始末を詫びた。

「仕方がないのう」

小倉の気遣いが功を奏したか、奉行は気持ちを切り替えた。

初めのうちこそ、勘定方から苦情が来たなら、最悪頭の一つも下げれば良い、と思っていたものが、時間の経過とともに、あの七五三之介が待ったをかけたというのならば、それなりの証拠を握っていると見て間違いない。いざこざは好まぬが、相手の出方によっては、けつをまくるのもやむを得ぬと、強気になるまでになった。

そこで、小倉に勘定奉行の名を尋ねた。

「ただいまお調べいたします」

隣にある控え部屋から、自身の備忘録を持参すると、小倉は勘定奉行の名を読み上げた。

「まずはお一人目、柳生主膳正《やぎゅうしゅぜんのかみ》様」

「ふん。優柔不断な役立たずか」

「続いてお二人目、曲淵景漸《まがりぶちかげつぐ》様」

「そうか、あの耄碌爺《もうろくじじい》の方が、真の役立たずかも知れぬな」

読み上げる小倉が返答に困るほど奉行の口は悪かった。

「続きまして三人目は根岸肥前守《ねぎしひぜんのかみ》様」

「何っ」

「えっ、三人目でございますか。根岸肥前守鎮衛《やすもり》様でございます。で、最後のお一人は……」

四人目の名を告げようとしたところで、小倉は奉行の顔色を窺った。急に奉行の機嫌が悪くなったように思えたからだ。

「あの、最後のお一人は……」

「もうよい」

凄《すご》い剣幕で、奉行は小倉の口を封じてしまった。


八丁堀の組屋敷まで七五三之介を呼びに行った中田は、七五三之介ともども南町奉行所の門を潜った。

「七五三之介。お奉行には私がとりなして進ぜるから、お前は頭を下げ続けているのだ。良いか、くれぐれも口答えなどするでないぞ」

七五三之介贔屓《びいき》の中田は、奉行の役屋敷に着くまで、そう言い聞かせ続けた。

そして奉行のいる部屋に入る直前まで、目で七五三之介に陳謝する意向を示唆《しさ》した。

「お奉行、片岡を連れてまいりました」

「おお、そうか。大儀《たいぎ》であった」

奉行の返答は中田を戸惑わせた。妙に友好的な応対に過ぎる。

しかめ面で、七五三之介を呼んで来いと言った奉行から、大儀などという言葉を掛けられたものだから、中田は訳がわからなくなった。

その間も、七五三之介は奉行に向かって、深々とお辞儀をしている。

言われるがまま頭を下げ続ける七五三之介と、不可解極《きわ》まる奉行の顔色を交互に見ながら、中田は暫く状況を見守ることにした。

奉行が徐《おもむろ》に口を開いた。

「七五三之介、勘定方が無実の者を捕えたと言うが、まこと無実なのか」

「はい、すでに調べはついております」

「屹度《きっと》相違ないな」

「相違ございませぬ」

「相わかった。ならば、やれ。徹底的にやってしまえ。根岸肥前めに一泡吹かせてやれい」

中田は無論のこと、他の内与力達も仰天した。

ほんの少し前まで不機嫌そうにしていた奉行が、いきなり前言を翻《ひるがえ》し七五三之介に檄《げき》を送ったのだ。

内与力達は啞然《あぜん》とした表情で、七五三之介が退出するのを見送るしかなかった。

控え部屋に戻った内与力達は、顔を見合わせ、一体何が起こったのだと囁き合ったが、杳《よう》としてその理由に辿り着けなかった。

池田筑後守が根岸肥前守を嫌う理由、それは二人の生い立ちの違いにもよるが、それ以上に奉行職に就くまでの過程が大きく影響していた。

大名の四男として生まれた池田筑後守は、その単純明快な性格を愛され、松平定信によって奉行に取り立てられた。それに対し、豪農の倅とも材木商の息子とも言われる根岸肥前守は、有り余る財力をもとに、御家人株を買い付け、その後も方々に金をまき散らして勘定奉行にまで上り詰めたと噂される町人上がりの武士であったからだ。

そうでなくとも番方志向の強い池田筑後守には、文方である勘定方を蔑《さげす》むところがあった。ましてや金で奉行職を得た肥前守を快《こころよ》く思うはずはなかった。

五

七五三之介が居酒屋おかめに入ろうとしたところで、店の中から暖簾を潜り抜け、まさに帰らんとしている同心の高木と鉢合わせた。

「片岡様ではないですか。いやあ、店の中が暑すぎるので、夜風に当たろうと出た所でお会いするとは。さあ、どうぞ中へお入りください」

高木はそう言って七五三之介を店の中に招き入れたのだが、帰ったものと思っていた控次郎と辰蔵は目を丸くした。

「なんだい、双八。帰ったんじゃねえのかい」

「誰が帰るんです。私は夜風に当たってくると言ったじゃないですか」

高木は懸命に誤魔化そうとしたが、生憎控次郎は底意地が悪い。

「知らなかったなあ。おめえは席を外す度に、いちいち『またな』って断るような律義《りちぎ》な奴だったっけ」

高木の嘘を面白がって暴《あば》こうとした。

閉口した高木は七五三之介に向き直った。

「七五三之介殿、この人とはお知り合いなのですか。もしそうなら付き合いをやめた方がいいですよ。ちょっとでも弱みを見せりゃあ、いつまでもねちねちと絡んでくるんですから」

他愛もない会話の中に、親しさが感じられた。

七五三之介は控次郎の真向かいの席に座った。

常連達も、初めは控次郎の卓に座った七五三之介を、興味津々といった様子で眺めていたが、身に着けた無紋の羽織がやけにくたびれていることに気がつくと、じろじろと見ること自体失礼と思ったらしく、自分達の話に興じだした。

旗本の三男である七五三之介が、唯一当主元治から譲り受けたのが、この本多家伝来の古羽織であるとは、知る由もない。

控次郎は女将を呼んで酒と肴《さかな》を追加すると、他の客に聞こえないよう小声で囁いた。

「すまねえが、今宵はとっつあんに話があるんだ。ちいっとばかり遅くまで待たせて貰ってもいいかい」

「どうぞ居てやってくださいな。うちの人が帰ってくるまでは女だけですから、先生方がいてくだされば心丈夫ってもんですよ」

女将は如才なく言った。

常連客の多くは朝が早い職人達だ。一刻（二時間）も経つと、控次郎達を残して全員が引き揚げてしまった。

「七五三《しめ》、そろそろいいんじゃねえか」

控次郎が促すと、七五三之介は高木と辰蔵の顔を見やってから話し始めた。

「本日、お奉行からお許しが出ました。お奉行は相手が勘定方であろうとも、非道は見逃すなと言われました。しかも、徹底的にやってよいとまで言われました。ですから、伝馬町の牢に繫がれている名主と息子も証拠が揃えばすぐにでも解き放つこともできるのですが、私は暫く二人を牢に入れておくつもりです」

七五三之介が匂わせた意味を、控次郎はすぐに察知した。

「その方がいいな。下手に解き放ったりすりゃあ、連中は何をするかわからねえ。すべては勘定組頭の悪事を根こそぎ暴き出してからの方が良い。それにしても南のお奉行ってのは、存外話のわかる男じゃねえか」

控次郎にしては珍しく奉行を褒めた。その横では高ぶる気持ちを抑えきれなくなった高木が、武者震いを繰り返していた。

「前回は吟味方を出し抜き、今回は勘定奉行に一泡吹かせるというわけですか。こいつは堪りませんなあ。七五三之介殿、今度ばかりは私も断固仲間に加わりますぞ」

阿片事件では蚊帳《かや》の外に置かれただけに、高木は息巻いた。ついでに控次郎を一睨みすることも忘れなかった。二度と自分を除《の》け者にするな、という確認の睨みだ。

「厭《いや》な野郎だなあ」

控次郎が首を竦《すく》めた時、突然、店の外が騒がしくなった。ばたばたと駆け出す物音と、それを咎《とが》める叫び声が聞こえた。

「あれ、とっつあんの声ですぜ」

いち早く気づいた辰蔵が立ち上がり、続いて控次郎も立ち上がった。

「待ちやがれ、この野郎」

確かに政五郎の声だが、その叫び具合からして、追うのを諦めた様子だ。ほどなくして、悔しそうな表情をした政五郎が店に入ってきた。

「とっつあん、どうしたい」

控次郎が尋ねると、政五郎は申し訳なさそうに言った。

「すいやせん。どうやら尾けられていたようです。何となく気配は感じていたんですが、一向に襲ってくる様子がなかったんで、気のせいかと受け取っちまいやした。あっしも焼きが回ったもんです」

「とっつあん、どの辺りから尾けられていると感じたんだ」

「葛飾を抜けて、大横川《おおよこ》に出た辺りです。道が一直線になったんで、念の為振り返ったら、闇の中で何かが動いた気がしたんでさあ。そこからは角を曲がる都度、後ろを確認したんですが、追ってくる気配はねえ。そこで、夜のことだから大丈夫だと思ってきたら、このざまだ。面目もありませんや」

政五郎は自分に抜かりがあったせいだと言ったが、七五三之介は政五郎の身を案じた。

「親分さん、これまでの調べだけでも、土木商人の口を割らせることはできるのですから、これ以上一人で調べるのはやめてください。親分さんにもしものことがあれば、私も兄上も女将さんに合わせる顔がなくなります」

政五郎の調べは必要だが、尾けられたと聞かされては、これ以上の無理強いはできない。それゆえ、兄上もそう思うでしょうと控次郎に相槌を求めたのだが、控次郎は、政五郎が簡単にやられるはずがないとでも思っているのか、まるで心配する様子がなかった。

「とっつあん、例の叫び声だがな、いつのことだかわかったかい」

七五三之介の心配を余所に、控次郎は政五郎に尋ねた。

元々は政五郎が七五三之介に伝えたことなのだが、控次郎は七五三之介を通し、以前葛飾の方で「猿叫」らしき叫び声を聞いた者がいたことを知らされていた。控次郎がさほど心配する様子をみせなかったのは、示現流の遣い手がいる渋江村ではなく、葛飾の方を調べるよう頼んでいたからなのだ。

「へい、聞き込んでめえりやした、三年以上も前のことだそうです」

「そんな前なのかい」

「間違いございやせん。というのも、その野郎は事あるごとに、人にその話をしていたらしく、二年程経ってから、急に道中奉行様に呼び出されたといっておりやしたから」

「道中奉行ねえ。何て奴だい」

「今の勘定奉行根岸肥前守様です。なんでも道中奉行を兼任されているとかで」

「ふうん、その道中奉行ってえのは、何のために呼び出したんだろうな」

流石《さすが》に三年以上も前の話では、今回の事件とは関係なさそうだ。控次郎も当てが外れたのか、受け答えもおざなりという感じだ。

だが、政五郎は話を打ち切ろうとはしなかった。長年培った目明しの勘が、自分が聞いた話の中に、真実に結び付く手掛かりが混じり込んでいる可能性を感じていたからだ。

「一応、それも聞いてめえりやした。なんでも道中奉行様は三年前の事件をお調べになっていたらしく、そこでその野郎にいろいろお尋ねになったんだとか。ところが、どうも話が嚙み合わねえ。それもそのはず、野郎が叫び声を聞いた場所と、道中奉行様が言う死体のあった場所ってえのが違っていたんです。それで、道中奉行様が当時の記録をご覧になり、大八車が林の中にあったことから、殺害現場が二か所であると判断なされたそうです。ついでですから申し上げますと、その野郎は道中奉行様と御家来衆のやり取りから、殺されたのが勘定吟味役一人と勘定組頭が三人だ、とも言っていました」

　聞き終えた途端、控次郎の顔が驚きの表情に変わった。

「とっつあん、殺されたのは勘定吟味役一人と勘定組頭が三人と言ったかい」

「へい。そう言っておりやした」

「そういうことだったのかい。瓢簞《ひょうたん》から駒とはこのことだぜ。とっつあん、今の話は俺の中で引っかかっていたものをすべて解きほぐしてくれたぜ」

　控次郎はそう言うと、今一度自分が抱いていた疑問が溶けて行くのを一つ一つ確かめた。そして、七五三之介を始め、全員の眼が自分に集中していることに気づいたところで、徐《おもむろ》に持論を展開した。

「これから俺が話すことは、あくまでも推測に過ぎねえ。だが、俺は今回の事件で、なんとなく引っかかるものを感じていた。確かに勘定組頭の大柴って野郎が悪党であることは間違いねえんだが、聞くところによりゃあ勘定組頭っていうのは、かなり旨味のある役職だそうじゃねえか。土木商人達からは賄賂《まいない》、下の者達からはご祝儀《しゅうぎ》。五年も務めれば、蔵が建つと言われるほどだ。つまり、その役職に就いている限り、自然と金の方から飛び込んでくる結構な役職だ。なのに大柴という勘定組頭のやり口ときたら、矢鱈《やたら》荒っぽさばかりが目立つ。あれじゃあ、自ら悪事を働いていると教えるようなもんだ。その証拠に、大柴の動きを見張る者が現れた。それに、これは俺しか知らねえことだが、大柴には凄腕《かんだか》の示現流の剣客達が付いている。示現流は打ち込む時、『猿叫』と呼ばれる甲高い声で敵を威圧するんだが、江戸ではそれほど流行《はや》っちゃあいねえんだ。それがどういう訳か、俺の周りに三人の示現流剣士が現れた。俺がとっつあんに猿のような叫び声を聞いた奴を捜してくれと頼んだのもそれがあったからだ」

「ですが兄上、今のお話では大柴が示現流の剣士を雇ったとも考えられます。それに、勘定吟味役達を殺した者と結びつけることも、若干無理があるかと」

七五三之介が疑問を提示した。控次郎は頷いた。

「確かに、おめえの言うとおりだ。だから、俺は推測と言ったんだ。だがな、必ずしも当てずっぽうってわけじゃねえぜ。示現流の剣客のうち、一人は道場破り。無論道場破りをする以上、金が目的だ。そしてもう一人の奴は、猟師まがいの格好で俺に立ち合いを求めてきた。いずれも滅多にお目にかかれねえ凄腕の剣客だが、金が有り余っているようには思えなかった。おかしくねえかい。こいつらがまともに道場破りを働けば、おそらく江戸中の剣術道場から金を掻き集めることも出来るし、すぐに噂が立つはずだ。だが、そんな噂は全く耳に入っちゃあ来なかった。つまり、こいつらは江戸に出て来たばかりということになるんだが、俺は舞い戻ったと見ているんだ」

今は全員が固唾を呑み、控次郎の話に聞き入っていた。

「そしてもう一人の剣客。こいつの存在が、俺に黒幕の存在を教えてくれたとも言えるんだ。そいつは名主の屋敷にはいなかった。にも拘わらず、屋敷を見張っていた間者を斬り殺し、屋敷とは反対の方角に逃げ去った。大柴が雇ったのなら、屋敷にいたはずだし、また、逃げたりせずに現場を見た俺を斬るはずじゃねえか。これだけ前置きをすりゃあ、もういいだろう。俺が思うに、三年前、勘定吟味役と勘定組頭三人を斬ったのは奴らだ。理由は、誰かを勘定吟味役にするためだ。六名で組織される勘定吟味役になるには、誰かが職を辞するまで待たなきゃならねえ。加えて、競争相手となる勘定組頭がいなくなれば、そいつが勘定吟味役になる可能性は増す」

「ちょ、ちょっと待って下せえ。それじゃあ、勘定吟味役ともあろうお方が、陰で糸を引いているってことですか」

政五郎にしてみれば、善玉の勘定吟味役が、そのような悪事を働くとは、思いたくもないのだ。

「とっつあん、勘定吟味役ってえのは、大柴と同じ勘定組頭の中から推挙されるんだぜ」

「そりゃあそうですが」

「とっつあんがそう思いたがるのも無理はねえ。俺だってそうだったんだ。賄賂が横行する世の中でも、正義の士は必ずいると信じたかったからな。だがなあ、勘定吟味役が善玉で、勘定奉行が悪玉なんてのは、こちとらの勝手な思い込みに過ぎねえんじゃねえか」

と控次郎が言ったところで、またしても七五三之介が口を挟んだ。

「兄上の御説に異を唱えるわけではありませんが、黒幕が勘定吟味役になれなかった場合も考えられます。仮にその黒幕が勘定吟味役になったとして、さらには大柴を操っていると仮定しても、このような事件を仕組む必要があるとは、私には思えません」

「そうじゃねえ。そいつは間違いなく勘定吟味役になっている。その上でさらに上を目指していやがるんだ。七五三《しめ》、おめえは知らねえだろうが、奴らはすでに勘定奉行の久世様を追い落としにかかっている。久世様の名を騙って、罪もねえ百姓を斬り殺しやがった。とっつあんが調べたことだから間違いはねえ」

政五郎が七五三之介に向かって力なく頷いた。

その表情には、七五三之介に伝え忘れていたことへの詫びが込められていた。がっくりと肩を落とし、下を向いたままの政五郎を七五三之介は気づかった。

「親分さん。私のことなら気にしなくて結構です。これだけのことを調べてくださった親分さんです。一人一人に全てを伝えられなくても、仕方がないではありませんか」

六

昼間は大分暖かさを感じるようになったが、まだ朝晩の冷え込みは厳しい。

それでも本多家では、勘定役になった嗣正がまだ暗いうちから江戸城内にある御殿勘定所に出仕するため、五つ（午前四時）には家族全員が食事を済ませていた。
　それほど勘定方というのは朝が早い。特に算勘に優れた者は、七つ半（午前五時）までに江戸城内御殿勘定所、及び大手門内下勘定所に出仕する決まりがあった。仕事量が多く休みもない為、この職に就いた者は過労で倒れる者も少なくなかったと言う。だが、将来勘定組頭やさらに上の勘定吟味役に出世する者は、例外なくこの中から選ばれることになっていた。朝が早い為、江戸城に出仕する勘定方の家では、必然的に夜も早くなった。

　南割下水の中ほどにある本多家では、すでに食事を済ませた老用人長沼与兵衛が、竹箒《たけぼうき》を持ったまま大欠伸《おおあくび》を繰り返していた。
　高齢を理由に下男が辞めてしまったこともあるが、昨夜は当主の嗣正が七五三之介の屋敷に出向いた為、与兵衛はその供をしなければならなかったからだ。
　——やれやれ、いつまでも父親の将棋相手などせずに、嗣正様も片岡様の長女を嫁に欲しいと言ってくれればいいものを
　お供が辛《つら》いと言うわけではないが、相手がその気になっているにも拘わらず、父親相手に将棋を指してばかりの嗣正では、与兵衛も歯がゆいどころかいい加減

馬鹿らしくなると言うものだ。

今一度大欠伸を繰り返した与兵衛が、誰かに見られてはと周囲を窺ったところで、門の陰から顔を覗かせている控次郎に気づいた。

控次郎は屋敷の中には入らず、門の外から手招きで呼び寄せると、

「与兵衛、今日はおめえに頼みがあってやって来たんだ」

と小声で囁いた。

「私めにですか。控次郎様のお頼みとあらば、この与兵衛、いかなることでもお引き受けいたしますが、その代わり、私の願いも聞いていただけないでしょうか」

与兵衛は交換条件を出してきた。

「おめえ、近頃人間が悪くなったんじゃねえか。駄目だぜえ。折角年を取ったんだから、人の頼みは喜んで聞くようじゃねえと」

「ですから、いかなることでもお引き受けすると申し上げているではございませんか。今の与兵衛には、控次郎様の他に頼る方がいないのでございます」

与兵衛はまるで身寄りのない年取りが泣きつくような言い方をした。

「厭な爺になりやがったな。しょうがねえ、言ってみな」

「いいえ、まずは控次郎様のお頼みとやらを先に伺います」

「そうかい。なんか用心しているようにも聞こえるが、それじゃあ、俺の方から先に言うぜ。実はおめえに七五三《しめ》の警護を頼みてえんだ。俺の取り越し苦労であってくれりゃあいいんだが、どうもあいつが狙われそうな気がするんだ。しかも相手というのがかなりの凄腕だ。おめえじゃなけりゃあ太刀打ちできねえ。父上には、その通り訳を話してくれればいいが、母上には内緒だぜ。きっと心配なさるからな」

「わかりました。いつからでしょう」

「今日からよ。だからこんな朝っぱらから出向いたんじゃねえか」

「では早速殿のお許しを頂くことにいたしますが、その前に私の願いも聞いていただかないと」

「あれ、まだ覚えていたのかい。すっぱり忘れていると思ったのに、厚かましい年寄りだぜ。しょうがねえ、言ってみな」

　控次郎が尋ねると、与兵衛は言いづらそうな表情を見せた。

「まさか、あの金のことかい」

　与兵衛の顔色を見て取った控次郎が先んじて訊くと、与兵衛は小さく頷いた。

「ですが、あの時とは事情が変わっております。嗣正様の昇進祝いで、奥方様は蓄えを使い切ってしまわれました。ですから、あの金は控次郎様が師範代としてお稼ぎになった金として、奥方様にお渡しいただけないかと思ったのです」

「そいつは無理ってもんだぜ。師範代の稼ぎなんぞは高が知れている。貯めに貯めても、いいとこ五両が関の山だ」

控次郎が自身の全財産を引き合いに出して言うと、与兵衛もその辺りは覚悟していたらしく、今度は他の方法を考えてはくれないかと控次郎に迫ってきた。

ほとほと弱りぬいている様子だ。流石に控次郎も与兵衛が気の毒に思えてきた。

元香取《かとり》の神官で剣は無類の遣い手、その上算盤も達者だ。江戸に出てきて、こんな貧乏旗本の門前で行倒れたりしなければ、人並み以上の暮らしは出来たはずであろうに。そう考えたところで、急に妙案が浮かんだ。

「そうだ与兵衛。おめえ、算盤を教えることにしちゃあどうだ。名目はお袖の実家、万年堂で丁稚に算盤を教えることにするんだ。実際には別の所に泊まり込むんだがな。そうすりゃあ、おめえの言い方次第で母上も金を受け取るかもしれねえぜ。なんたって、おめえは家族同然なんだからな」

「控次郎様、今なんと言われました。私が家族同然だと言われたのですか。本当に、そうお思いになられるのですか」

感動のあまり声を震わす与兵衛は、やはり控次郎には理解し難かった。


日中は養生所か組屋敷に居る七五三之介だけに、狙われるとすれば、道中の行き帰りと、自分を訪ねて「おかめ」にやって来る時しかない。そこで控次郎は、空いている時間も与兵衛におひろの家を警護させるべく居候させることにしたのだが、意外なことに、この年寄りは控次郎も知らない一面を見せ始めていた。

「きゃっ、何なのよ与兵衛さん。いきなり部屋に入ってこないでよ」

湯屋に行く為、まさに洗い立ての襦袢《じゅばん》に着替えようとしたおひろが、突然部屋に押し入った与兵衛を見咎め、悲鳴を上げた。

「済まん、済まん。あんたに言っておくことがあったのでな。わしから直接おとよさんに話すと、わしの素性がばれるでな。実はな、控次郎様から言われておったのじゃ。町奉行所は、おとよさんの亭主と舅を勘定方に言われるまま処罰するつもりはないとな」

与兵衛の言葉を聞いたおひろは、飛び上がらんばかりに喜ぶと、与兵衛に抱きついた。

「本当。姉さんが聞いたらさぞかし喜ぶと思うわ。ありがとう与兵衛さん、今日来たばかりだと言うのに、いきなりこんな嬉しい情報を伝えてくれて、やっぱりあんたは控次郎さんが見込んだだけの人だわ」

覗かれたことなどすっかり忘れ、おひろは与兵衛に礼を言った。

喜びを抑えきれぬおひろは、与兵衛が部屋を出てゆくと、襦袢を脱ぎ捨て、足元に置いてある晒《さらし》を胸に巻こうとした。

その途端、またしても部屋の襖が開けられ、与兵衛が飛び込んできた。

「今度は何なのよ」

晒で胸を隠したおひろが怯えたような目を向ける。

「その晒じゃ。あんたは胸のでかさを隠すため、晒を巻くつもりなのだろう。そう思ったから、わしはあんたに良いことを教えてやろうと思って、つい部屋に入ってしまったのだ。許せよ」

「良いことって、どんなことよ」

「実はな。あれで控次郎様は昔から甘えん坊の所があってな。そのせいか、乳の大きな女を好むのじゃ」

「えっ、そうだったの」

「そうなのじゃ。だから晒を巻くにしても、巻き方というものがあるのじゃよ」

そう言うと、与兵衛はおひろが巻きかけたままの晒を手に取り、胸を隠したおひろの手を避けながら、胸の下側を気持ち強めに巻いた。

その後で、おひろの胸を下から持ち上げた。

「この助平爺っ」

とうとうおひろに怒鳴られてしまった。

七

若宮村名主とその息子の処分が未だもたらされないことに腹を立てた大柴は、南町奉行所吟味方与力森保の元を訪れた。だが、さんざ待たされた挙句《あげく》、森保から聞かされた言葉は、再吟味の必要有りとのことであった。

「どういうことでござるか。事と次第によっては当方にも考えがござる」

大柴は、自分がなしうる精一杯の凄みを利かせ、森保に詰め寄った。

だが、

「大抵のことなら顔を立てもしようが、此処まで理不尽な真似をされては、立つものも立てられぬ。すでに町奉行所の詮議は始まっておる。はっきりとした証拠が出次第、お手前ではなく勘定奉行様に、南町奉行池田筑後守様より直々にお知らせすることになっている。いい加減な詮議で、当方に負担を強いたお手前の責任も決して軽くはないと心得るがよい」

森保はまるで意に介さなかった。

「おのれ、その言葉忘れるでないぞ」

大柴も最後まで強気の姿勢を貫いた。だが、一歩奉行所を出た途端、一目散に駆け出した。

森保は部下に大柴が立ち去ったことを確認させると、控えの間にいた七五三之介を呼び寄せた。

「七五三之介、これでよいのか」

「かたじけのうございます。これで彼の者も動き出すはず。おそらくは、手始めに文蔵と土木商人に繋ぎを取るものと思われます。自分の身が危うくなった以上、必ずや彼らは証拠隠滅を図ります。問題はその後です。今回の騒動を仕組んだ真の黒幕が、果たして顔を出すかなのです」

「わしもその正体が知りたくてうずうずしておるのだ。だがな、七五三之介。もし黒幕が出て来ぬようなら、今回はそこまでにしておけ。すでに同心の高木が文蔵の子分に口を割らせておるのだ。これだけでも若宮村の名主親子の無実は明らかになるのだから、それで手を打て」

森保にしてみれば、これ以上吟味方の仕事を増やすわけにはいかなかった。奉行が七五三之介に、とことんやれと言った話は聞いていた。だからといって、それを認めれば七五三之介はすべてを明らかにするまで止めないはずだ。北を出し抜いてやりたい気持ちはあったが、森保はこれ以上、吟味方の仕事を滞らせることはできなかったのだ。

それでも、やはり未練はあるらしく、森保は七五三之介に訊いた。

「お主には黒幕の見当がついているのではないか」

「それが特定できませんので、森保様に一芝居打っていただいたのです」

それを聞くと、森保はそうかと頷き、自分の職場へと戻って行った。

「ふー」

七五三之介がほっとしたように息を漏らした。

森保に対する罪悪感がそうさせていた。

郡代屋敷に駆け戻った大柴欣生は、すぐさま馬で若宮村へと向かった。

名主と息子を町奉行所に引き渡した後も、名主の屋敷を拠点としている大柴は、出迎えた山中伝兵衛の顔を見るなり、直ちに岩倉正海の屋敷に向かうよう命じた。

「ですが、岩倉様は屋敷に居られるのでしょうか」

いかにも小心者らしく、伝兵衛は不安気に聞き返した。

「馬鹿者、そう思うなら、何人か部下を連れて行き、岩倉の居場所を当たらせれば良いではないか。事は急を要する。途中で息を引き取ろうが、走って行けい」

「えっ、はい、わかりました。左様にいたします」

予期せぬ大柴の一喝に、伝兵衛がうろたえながら出て行くのを見送ると、大柴は憎々し気に毒づいた。

――愚図な老いぼれめ、貴様のような役立たずをこれまで使っていたこと自体、腹立たしいわ
以前、伝兵衛に投げかけた情深い言葉からは、想像もできない大柴の悪態ぶりだ。身体中から湯気が立つほど怒りまくる大柴に、部下たちは恐れをなして近寄

ろうとはしなくなった。それがまた、余計に大柴をいらつかせた。

「貴様ら、いつまでそこにいるつもりだ。さっさと文蔵を呼んでこぬか」

内なる不安が語気を荒くしていると知りつつも、大柴は己を制御できずにいた。


その頃、大柴に怒鳴られまくった山中伝兵衛は、数名の部下を引き連れ駆けだして来たものの、若宮村を出るなり、すぐに走るのを止め、歩き始めた。

「構わぬから、わしを置いて、お前達は岩倉様の行方を捜しに行くのだ。突き止めたならば、郡代屋敷でわしを待て」

部下達に勘定吟味役が立ちまわりそうな城内の御勘定所や金座、銀座を当たるよう指示すると、伝兵衛は舟で大川を下り、新橋付近から駕籠《かご》で岩倉正海の屋敷へとやってきた。

すると、伝兵衛の顔を見た門番は、黙って通用口を開け、そのまま伝兵衛を中へと招き入れた。

伝兵衛が通されたのは屋敷の中庭であった。庭内には手入れの行き届いた盆栽が所狭しと並べられていた。その中でも一番大きな盆栽の前に、岩倉はいた。

「急ぎの知らせか」

振り向きもせずに言った。

「左様にございます。先程名主の処分について、南町の吟味方与力の元へ掛け合いに行った大柴が帰ってまいりました」

「ふむ」

「ところが、不首尾に終わったらしく、大柴はたいそう苛立っておりました」

「ふむ」

「近々、こちらに伺うやもしれませぬ」

「大柴め、思いの外、肝が据わっておらぬな。そろそろ見切り時かもしれぬ。山中、ご苦労であった」

「もったいない。私は殿に忠節を誓った者でございます。そのようなお言葉は御無用かと——」

「そうであったな。その方は今やわしの家臣同然だ。山中、立ち返ったら大柴にこう言うが良い。町奉行所ごとき、御前のお力でどうとでもなる。何も案ずることはないゆえ、わしが訪ねるまで若宮村を離れるなとな」

岩倉はようやく振り返ると、控えていた用人に向かって頷いた。
用人は懐から紙に包んだ金子を取り出し、伝兵衛に手渡した。

八

徳川幕府は甲州道《こうしゅうどう》の護りとして、江戸城の西側を御三家である尾張《おわり》屋敷、紀《き》州《しゅう》屋敷で固めていたが、さらなる防御措置として、この辺り一帯には御先手組《おさきてぐみ》、百人《ひゃくにん》組と呼ばれる鉄砲を所持した一団を駐屯させるため、至る所にその組屋敷を置いていた。それほどまでに幕府は江戸城の横っ腹に当たる甲州道を警戒していたのである。

太平の世が続く寛政期においてもその名残《なごり》は尽きず、紀州屋敷から大山道《おおやま》をわずかに下った辺りの、いわゆる文方と呼ばれる武家屋敷が居並ぶこの辺りでも、非常事態に備える警戒の意識は高かった。

勘定吟味役岩倉正海の屋敷はこの一角にあった。

見るからに頑丈そうな門の前には二人の門番が、素性のわからぬ者は、何人《なんぴと》たりとも通さぬといった厳めしい目つきで睥睨《へいげい》していた。

その門番達の眼が屋敷に近づいてくる三人の男に向けられた。

一人は見知った顔だが、後の二人は身形もみすぼらしく、刀は帯びていても猟師としか思えぬ出で立ちをしていた。

「ここが兄者の屋敷か。立派なものだなあ」

「勘定吟味役に進まれたのだ。当然ではないか」

二人のみすぼらしい男達は門番など気にする風もなく、感嘆《かんたん》の声を上げた。

門番達は一様に警戒の目を向けたが、「兄者」という言葉からその対応に戸惑っていた。それでも、顔見知りの男に取次ぎを求められると、門番はいつものように用人を呼びに行った。

その様子を二人の男達は不審そうな面持ちで見ていたが、ほどなくして用人が姿を見せると、その高飛車な応対ぶりに、たちまち怒りを爆発させた。

「俺達はこの屋敷の主、岩倉正海の弟だ。姓こそ違うが、俺は水沼《みずぬま》藤十、用人風情がでかい顔をするな」

いきなり屋敷内に向かって喚き散らした。

「止めろ、藤十。兄者のお立場も考えろ」

もう一人の男が制したが、藤十は聞かない。

「止めるな、甚八。兄者が此処まで出世したのは誰のお蔭だ」

声を聞きつけ、集まってきた家来達に聞かせるがごとく吠えたてた。

家来達も戸惑った。刀に手を掛けたはいいが、果たして抜いていいものか迷っている様子だ。すると、

「その者達を通すが良い」

いつの間に現れたか、屋敷の主岩倉正海から声が掛かった。


兄弟達は広間に通された。

上座には顔をひきつらせた岩倉が座っていた。その機嫌がすこぶる悪いことは、藤十にもわかった。

藤十は胡坐《あぐら》を掻き、下を向いていた。だが、しきりと身体を揺らす仕草にふてくされている様子が見てとれた。対照的に、甚八は兄の顔を正視していた。

その視線が煩わしかったのだろう。岩倉は、あえてもう一人の男に向かって言った。

「七海、何故甚八と藤十を連れてまいった」

相手を咎め立てる甲高い声が、男の癇《かん》の強さを伝えていた。

「申し訳ありませぬ。ですが弟達は、兄者の為に身命を賭して働いております。これからのこともあり、出来ますれば、兄者からお褒めの言葉をかけていただきたく、連れてまいりました」

「あのように無作法な真似をさせておきながら、このわしに褒めろと申すか」

「藤十は、私が用人殿から軽んじられていると思い、あのような行為に出たのでございます」

「控えよ。お前だけは他の二人とは違うと思っていたが、己の非を省みず、我が股肱《ここう》の臣を讒訴《ざんそ》するとは見苦しいにもほどがある。今後は認識を改めねばならぬようだ」

岩倉の物言いに威嚇《いかく》が感じられた。七海は思わず平伏したが、藤十は膝に置いた拳を握りしめていた。

「良いか、お前達はわしの命ずるままに動けばよいのだ。二度と兄だなどと口にしてはならぬ。わしが一言父上に申し上げれば、お前達の母や妹がどのような目に遭うか、言わずともわかるであろう」

岩倉は尊大な態度で言った。

冷酷な兄の言葉に、甚八は頭を下げたが、藤十は不服そうに胸をそびやかし、岩倉を睨《にら》んだ。それを見た七海が、すばやく藤十の頭を無理矢理押さえつけた。

岩倉の屋敷を出ると、藤十は甚八に向かって吠えまくった。

「俺はもう我慢できぬ。兄者は俺達を弟とは見ておらぬ。しかもさっきの言葉は何だ。あれでは、俺達の母や妹達は人質も同然ではないか。俺達は兄者から百姓の一人や二人殺しても構わぬと命じられ、それに従った。だけどな、俺のおっ母も百姓だ。ならばおっ母もまた殺すことに躊躇《ためら》いもないということではないか。甚八。俺と一緒に故郷に帰ろう。そして母や妹を助け出すんだ」

藤十は母や妹を思い出し、涙ながらに言った。

甚八としても、思いは藤十と同じだ。それでも甚八は、一人岩倉の屋敷に残った七海を気遣った。

「俺とお前はそれでいいかもしれぬが、七海はどうなる。七海にだって母はいるのだ。俺達が裏切ったとわかれば、どのような咎めを受けるかもしれぬではないか」

「知ったことか。七海は俺達とは違う。あいつだけが兄者の屋敷に出入りすることを許されているではないか。甚八、お前が嫌だと言うのなら、俺だけは故郷へ帰って母と妹を助け出す」

　藤十の怒りは収まらない。今にも故郷へ帰ろうとする藤十を、甚八はひとまず源助の所で待っているよう諭した。

　甚八には、大柴が若宮村から逃げ出さないよう、七海とともに若宮村からの道筋を塞《ふさ》ぐという役目が残っていたからだ。

「藤十、七海には俺が言って聞かせる。それで駄目なら、お前の言うとおりにするから、ひとまず源助の所で俺からの連絡を待て」

「長くは待たんぞ」

　甚八の言葉を聞き入れ、藤十は一人広尾原の源助の家に帰ってきた。

　根が単純なだけに、藤十の不満は直ぐに源助の察知する所となった。

「甚八坊ちゃんは、未だに怪我が治りきっていねえです。どうして置いてきてしまったんですか」

　甚八のことが気がかりな源助は理由を訊いた。

「仕方がないだろう。甚八が七海を説得するまで待てと言うんだから。俺はあいつに兄者など信じられんと言ったんだ。だが、あいつは七海の家族を案じた。それでは俺も止める術《すべ》がないではないか」

藤十の言葉を聞くと、源助は黙り込んだ。

余程甚八のことが気になるらしい。

初めは気にも留めなかった藤十だが、いつまで経っても塞ぎ込んだままの源助に、訝しさを感じるようになった。

「源助、気になることでもあるのか」

藤十は下を向いている源助の顔を覗き込み、そして驚いた。

「げ、源助、どうしたのだ」

源助の眼が異様な光を帯びていた。

藤十をして、思わずたじろがせる憎悪に燃えた目であった。

「源助……」

「藤十坊ちゃんは今、兄上が信じられないと言いましたね」

「言った。言ったがどうした」

「畜生、その通りなんだ。こうなったら俺も黙っちゃあいられねえ。藤十坊ちゃん、頼むから甚八坊ちゃんを助けてやってくれ。あの鬼畜のような親子から、甚八坊ちゃんを助け出してくれ。あいつらは外道だ。まるっきし血も繋がっていねえ坊ちゃん達を兄弟だと信じ込ませ、自分ら親子の欲望を満たそうとする鬼畜同然のような奴らなんだ」

源助は岩倉と父親を罵《ののし》った。その後で、藤十に自分だけが知る兄弟の出生の秘密を明かした。

「藤十坊ちゃん、正海とその父親の体軀を思い出してみれば、自分達と全く違う身体つきであることがわかるはずだ。坊ちゃん達の父親はあの庄次郎《しょうじろう》じゃあねえ。庄次郎と同じ千人同心だが、腕っぷしが強く、身体のでかい奴だった。坊ちゃん達の実の父親を悪く言いたくはないが、そいつは酒と女癖が悪い奴だった。庄次郎は村の女達を次々とそいつに抱かせ、子供を産ませたんだ。わかったかい。あんたら兄弟の生まれ年が近い訳と、庄次郎が倅の正海だけを可愛がる理由が。あんたらは正海の手足となって働かせるために作られたんだ。そして、あんたらの実の父親を殺したのがこの俺だ。女房を強引に犯された俺が、酒に酔ったあんたらの父親を浅川《あさかわ》に連れ出して包丁で刺し殺したんだ。藤十坊ちゃん、俺が憎けりゃあ殺しても構わねえ。だが、甚八坊ちゃんだけは助けてやってくれ」

事実を伝えられた藤十は驚きのあまり声を失った。本当にそうなのかと、源助の顔をしげしげと見詰めた。

俄かには信じがたい話だが、これまで自分が抱いていた疑惑と照らし合わせてみれば、どこにも打ち消す材料は見当たらなかった。藤十は腸《はらわた》が煮えくり返る思いをかろうじて堪えた。

庄次郎や岩倉と血の繋がりがないこともそうだが、今は故郷に残された母や妹達が、やはり人質として捕らわれていたのだと気づいたからだ。

源助は実の父親を殺したと言った。だが、藤十には不思議なほど、それに対する怒りは込み上げてこなかった。顔を見たことがないせいもあったが、源助の女房を犯すような男に、親子の情愛は感じられなかった。

「そういうことだったのか。俺達はそんな風に生まれたのか。源助、お前の甚八を見る目が俺達を見るのとは違うとは思っていた。お前の女房が産んだ子が甚八だということなのだな。糞、俺達は生まれた時から騙され続けていたんだ」

藤十は込み上げる怒りに身体を震わせた。

そして肩を落としたまま罪の重さに震える源助に向かって言った。

「女房を手籠めにされたお前を責めるつもりなどない。源助、お前も俺達同様、鬼畜の親子からひどい仕打ちを受けたんだな。わかった。甚八は俺が助ける。俺やおふくろ達にこんな仕打ちをした外道から、甚八を必ず救い出す」

藤十は怒りに任せて立ち上がると、源助の家を飛び出した。

行く手を阻む門番や警固の武士を、藤十は刀の峰で打ち据えると、一気に廊下を駆け抜け、岩倉のいる奥座敷の襖を力任せに蹴破った。

藤十の鬼気迫る形相《ぎょうそう》に岩倉は怯え、震え上がった。

両手を前に出し、なんとか藤十を説得しようと試みた。

「どうしたのだ。藤十、何があったと言うのだ。落ち着け、落ち着いてわしの話を聞いてくれ」

傍には護衛の武士が数人残っていると言うのに、岩倉は情けない声を出した。

「よくも俺達を騙したな。何が兄弟だ。何が剣術道場を建ててやるだ。源助からすべてを聞いた。貴様に命じられるがまま、俺達は何人もの人間をこの手にかけた。だが、これで終わりだ。貴様を叩っ斬って俺達の恨みを晴らす」

藤十が刀を上段に構えた瞬間、岩倉はへなへなとその場に崩れ落ちた。

それでも何とか藤十を言いくるめようと、岩倉は這いつくばった姿勢のまま藤十を見上げた。

「源助が何を言ったかは知らんが、お前とわしは兄弟ではないか。聞かせてくれ、源助が何を言ったのか」

「貴様の父親は、貴様の為に赤の他人に俺達を産ませた。しかも源助の女房にまで子を産ませたのだ。俺は貴様を殺し、その上で貴様の父親も殺す」

「藤十、源助の言葉のみ聞いて、わしを斬るのか。実の兄よりも赤の他人の言葉を信じるのか。わしを信じてくれ。よしんば源助の話が本当であったとしても、それはわしの知るところではなかったのだ。もし父上がそのような真似をしたと言うのなら、わしとて父上を許すことは出来ぬ。藤十、わしの話を聞いてくれ」

岩倉は必死に言い繕《つくろ》った。そして人の好い藤十の顔に、付け入る隙があることを見て取った。

「藤十、許せ、わしが至らなかった。すべてはお前達と話をする機会を設けなかったわしの責任だ。今からわしは本音でお前と話すことにする。どうだ、わしを斬るのはそれからでも遅くはあるまい」

岩倉は、畳に額をこすりつけながら、詫び続けた。五感を研ぎ澄ませ、藤十の気配を窺う。

先程までの藤十の激しい息遣いが、今は幾分収まったように感じられた。

岩倉は危険が去ったことを知った。

「何をしておる。お前達、すぐに酒の支度をせぬか。肴《さかな》も極上の物を用意せい」

家来に向かって、別室に酒の支度をするよう命じると、自ら藤十の手を取り、そちらへと誘《いざな》った。

別室に座を移し、酒膳が運ばれる間も、岩倉は藤十に向かって話しかけることを忘れなかった。少しでも藤十の怒りを抑えようと、果ては自分の父親を人非人とまでこき下ろした。

「お前達の怒りは重々わかった。わしとて、そのようなことがあったとは思いたくはないが、源助の言葉が真であるならば、父と決別することも辞さぬ。藤十、わしらは兄弟だ。もし、わしが父と決別することになろうとも、それを忘れないでくれ」

岩倉は単純な藤十に向かって、情愛の言葉を吐き続けた。

そこへ家来達が酒膳を運んできた。

岩倉は自ら銚子を取り上げると、藤十の盃に酒を注いだ。

「藤十、これにわしら兄弟が今一度契《ちぎ》りを交わす酒だ。兄弟が、互いに信じ合う祝いの酒なのだ。さあ、飲め。肴も江戸湾で獲れたばかりの貴重な魚だ。八王子の山奥で育ったわしらには、滅多に味わえぬ極上の魚だ。ここに七海や甚八がおらぬのは残念だが、せめてお前とわしとで、兄弟の契りを交わそうではないか」

岩倉の言葉に、いつしか藤十も酒を口にし始め、見たこともない白身の魚を口にするようになった。

「どうだ、旨《うま》いか」

岩倉は探るような目で藤十を見た。

藤十は初めて口にする魚の旨さに箸《はし》が止まらなくなった。

岩倉はそんな藤十を相手に、幼い頃の話や故郷八王子の話をし続けた。

一刻半（約三時間）ほど経ったころだ。

藤十の呂律《ろれつ》が怪しくなったことに岩倉は気づいた。やがて、藤十の指先に異変が生じ、盃を落としそうになった時、冷ややかな口調で言った。

「江戸湾では様々な魚が獲れる。鯛や鮃《ひらめ》、鰈など白身の魚が多量に上がるのだ。だが、なんといっても旨いのは河豚《ふぐ》だ。この河豚は潮前《しょうさい》河豚と言ってな、河豚は食いたし、さりとて命は惜しい、とまで言わしめた河豚だ。わしはこの河豚が大好きでな。調理人を雇ってまで、品川沖で獲れる河豚を取り寄せている。河豚は身を食する限りは安全なのだが、内臓が触れたりすると命取りになる」

岩倉はそういうと手を三つほど叩き、家来を呼び寄せた。

すでに藤十は呼吸も荒く、息をするのもやっとの状態になっていた。

長槍を持った家来が二人部屋に入ってきても、藤十はそれに対し身構えることも出来なくなっていた。

九

藤十の遺体は、目黒《めぐろ》川の河口付近で発見された。

顔が潰され、身元がわからぬ状態であったが、町奉行所は死因を槍のような鋭利なもので突き刺された為と判断した。

死体を見に集まった野次馬が、そのむごたらしさに顔を背けて立ち去ってゆく中、源助は遺体に向かって手を合わせていた。毛皮の短羽織、脚絆《きゃはん》で搾《しぼ》り上げられた袴の様子から、源助には遺体が藤十であるとわかっていた。

——済まねえ。俺が余計なことを教えたばかりに

胸の中で幾度となく詫びた後、源助は青山にある岩倉の屋敷へと向かった。

藤十の仇《かたき》を討つ為ではない。無論、仇《あだ》を討ちたい気持ちはやまやまであったが、その前に藤十が殺された理由を甚八に話しておかねばならなかったからだ。

それゆえ、手始めに岩倉の屋敷を見張り、甚八がいないかを見届けることにした

のだ。

源助は顔に泥を塗り、特徴である赤痣を隠すと、薄汚れた手拭を頭から被った。乞食《こじき》に見せかけ、屋敷の様子を窺った。

門番らしき男が一人、時々外の様子を窺ってはいたが、屋敷の中が静まり返っていることから、源助はこの屋敷に甚八はいないと見た。ならば、いつぞや兄弟達の話に出てきた若宮村へ向かうしかない。不自由な足を引きずりながら、源助は歩き出した。

藤十が殺された以上、広尾原の家には討手が差し向けられているはずだ。そこに自分がいないと知れば、執念深い岩倉の性格からして、徹底的に捜させることは見えていた。討手に捕まる前に、何とか甚八に知らせなければならなかった。

源助はあえて八丁堀から、町屋が続く両国橋までの道筋を選んだ。人通りの多い道ならば、逆に見つかりにくいと考えたのだ。藤十を殺《あや》めた岩倉は、きっと自分を甚八に会わせないよう追っ手を繰り出し、それを阻止するはずだ。

江戸城を左に見ながら、源助は用心深く町屋に入った。まさか町屋を抜けたところに郡代屋敷があるなどとは思ってもいなかった。

路地を選びながら進んだつもりの源助は、あろうことか郡代屋敷にぶち当たってしまった。

そこでも、平然としていれば良かったものを、役人を見た源助は咄嗟に身を翻《ひるがえ》してしまった。逃げる源助を見た役人は当然のように不審に思い、後を追った。足が不自由な源助が逃げおおせるはずもなく、源助はたちまち取り押さえられた。さらに悪いことは重なった。役人に詰問されている間に、岩倉の追っ手が向こうからやって来た。

源助は役人の手を振り払うと、必死に逃げた。だが、正面から駆け寄ってきた追っ手に行く手を遮られ、抜き打ちざまの一刀を浴びた。

岩倉から口を封じるよう命じられていた武士は、尚且つ止めを刺さんと刀を振りかぶった。

人垣を掻き分け、定廻り同心の高木が割って入ったのは、まさに源助が止めの一太刀を浴びせられんとした時であった。

「何をしていやがる。町中で刀を振り回すとは何事だ」

「この者は無礼を働いたゆえ、勘定方で捜していたところだ。手出しは無用」

すんでの所で止めを刺すことができなかった武士は、目を吊り上げ高木を睨みつけた。相手は一人だ。数の上でも怯むはずと思ったようだ。

「では、おめえさん達の主《あるじ》の名を聞いておこうか」

すでに奉行から、勘定方と一戦交えるも已む無し、との指令を聞かされていただけに、高木はいささかも怯むことはなかった。

「おのれ、町方が勘定方に逆らうか」

と、いくら息巻いても高木は動じない。

「ふざけるんじゃねえぜ。ここは町奉行所の支配だ。さらには、いくら勘定方が雁首《がんくび》揃えていようが、それで引き下がったりしちゃあ、町方の面《つら》汚しだ。第一、周りで見ている町衆が承知しねえぜ。なあ、みんなそうだろう」

高木がいつの間にか集まった野次馬に向かって問いかけた。

野次馬達が一斉に「そうだ、そうだ」と囃《はや》し立てた。

忌々《いまいま》し気に野次馬を睨みつける追っ手の武士も、騒ぎを聞きつけた人々が続々と集まり、野次馬と一緒になって高木の肩を持つに至っては、引き下がらぬわけにはいかなくなった。

高木が源助の口元に耳を寄せ、何事か聞き出しているのは知りつつも、その後、源助が息を引き取ったのを見届けると、追っ手達は足早に立ち去ってしまった。

控次郎が高木から話を聞いたのは、その夜のことであった。

「双八、それでおめえは勘定方の名を訊かずに帰って来たのか」

「ちゃんと訊いてきましたよ。郡代屋敷に帰って行った男の人相を、二人ばかりしっかり覚えておきましたからね。追っ手が誰の家来であるか答えなければ、町奉行所としてはご貴殿に事情を訊かなきゃならねえって脅したら、すぐに白状しましたから」

「そいつはてえしたもんだ。で、たった一人の年寄りに追っ手を差し向けたのはどこのどいつだ」

「勘定吟味役だそうですよ。名前は岩倉正海」

「岩倉？」

「お知り合いですか」

「よせやい。そんな外道に知り合いはいねえよ。何となく聞いた気がしただけのことさ」

控次郎は惚けたが、内心では嗣正が立派な人物だと言っていたことを、しっかりと覚えていた。

——しょうがねえ兄貴だぜ。上っ面《うわつら》しか見えねえのは、昔と変わりねえ
額面通り受け取ってしまうこと自体、それはそれでいいのかもしれないが、年寄り一人に追っ手を差し向けるような人間を立派な人物と思い込む嗣正は、やはり世間知らずとしか思えなかった。

「それがですねえ。私はその年寄りから言伝《ことづて》を頼まれちまったんです。今際《いまわ》の際に、そいつが言ったんです。何でも藤十とかを殺したのは、血の繋がらねえ兄だと、甚八とかいう男に伝えてくれって」

「甚八、苗字は何だ」

「金田だそうですよ。いやだなあ、先生、この男もご存じなのですか」

高木は、今度はどう答えるかと、興味津々《きょうみしんしん》といった感じで控次郎の顔を覗き込んだ。顔つきからして明らかに知っていると思えたが、果たして控次郎の呟《つぶや》きを耳にした時には、流石に高木も面食らった。

「繋がりやがった」

「えっ」

「繋がったんだよ。双八、おめえの手柄だ。黒幕と繋がったってことだ」

控次郎が褒めていることだけはわかったが、高木にはその理由がまるでわから

なかった。

その夜、おかめに七五三之介を呼び出した控次郎は、高木と政五郎、あと一人はどうでもよかったのだが、居残ってしまった辰蔵に自分の考えを伝えた。

「では、兄上は事件を仕組んだのが、岩倉という勘定吟味役だと見て、間違いないと言うのですね」

「そうだ。双八に調べてもらったんだが、これまで勘定吟味役の手の者と見られていた死体は、一刀のもとに斬られていた。それも物凄い斬り口だそうだ。だがな、人間て奴はそう容易《たやす》く人を斬れるもんじゃねえ。誰だって、刀を振り下ろすときには、少なからず躊躇《ためら》うはずだ。余程多くの人間を斬った奴じゃねえとそうはいかねえってことだが、俺にはそんなことができる人間に心当たりがあったのさ。その一人が金田甚八だ」

控次郎がそこまで話したところで、高木が後を引き継いだ。

「その岩倉の配下に斬られた年寄りが、私にこう言い残しました。『藤十を殺したのは、血の繋がらねえ兄だということを、金田甚八という男に伝えてくれ』と。つまり金田甚八の兄が勘定吟味役の岩倉だということです。控次郎先生、この後は先生の方からお話しください」

高木は再び控次郎に事件の真相を話すよう促した。

控次郎が頷く。

「岩倉が勘定吟味役になったのは、関東郡代が罷免《ひめん》され、時の勘定吟味役と勘定組頭三名が殺害された後だ。つまり残った九名の勘定組頭の中から、岩倉が推挙されたってことだ。ところが岩倉の野望はそこで終わらなかった。野郎は、さらに上を目指していやがったんだ。……」

控次郎はそこで話を切った。これ以上話しては危険だと感じたからだ。

事件の本筋は読めた。だが、証拠として結びつけるためには、あの手練《てだれ》二人を捕えなくてはならない。杉山七海と金田甚八の二人に襲われたなら、控次郎といえども、間違いなく命は無い。そんな手練相手の戦いに、仲間を巻き込むことはできなかった。しかも七五三之介と高木は町方だ。最悪、生き証人を挙げられず、勘定吟味役を疑っただけで終わったとしたなら、それこそ取り返しのつかない事態になるからだ。

だが、

「兄上は今、私と高木さんの立場を気遣われたのではありませんか。町奉行所の者が勘定吟味役を調べたりすれば、後々厄介なことになると。ですが、兄上はお一人でもやられるはずです。悪者を見過ごすことなど出来はしませんからね。私も同じですよ。人を平気で斬るような人間を見逃すことはできません。高木さんはどうですか」

七五三之介はそう言った。おまけに、高木も大きく頷いている。

今度は控次郎も、仕方がねえなと思い直した。

仲間達の顔を一人一人見据え、その覚悟を確かめた上で、控次郎は言った。

「俺がこれからしようとすることは、とてつもなく危険な賭けだ。できることならおめえたちを巻き込みたくはなかった。だが、揃いも揃って、馬鹿ばっかり集まっちまいやがった。呆れたぜ」

控次郎は万が一示現流の遣い手に出くわしたら、とにもかくにも逃げることだと念を押した上で、いよいよとなった場合の策を授けた。周囲に向かって、

「勘定吟味役の岩倉様、命ばかりはお助けください」

そう叫べと。

その帰り道、七五三之介が刺客に襲われた。

昌平橋を渡って須田町の通りを抜け、今川橋にかかった所で、頭巾を被った武士に行く手を塞がれた。

「私を南町奉行所役人と知ってのことですか、それともただの物盗《と》りですか」

七五三之介は男の狙いを探るべく問いかけた。

頭巾から覗く口の辺りがくくっと笑うのが見えた。

「やはり町方であったか。自分の方から素性を明かしてくれるとは有難い。ついでに田宮道場の師範代との関係を話してくれれば尚更だがな」

「ただの飲み仲間です。貴方の方こそ、師範代とはどういう関係なのですか」

七五三之介がすっ惚けて訊き返した途端、刺客の眼に殺意が宿った。

「私を斬るおつもりですか。頭巾をしているので顔はわかりませんが、私は貴方とは面識がないように思われます。それでも斬ると言うのですか」

返答はなかった。代わりに男の身体がぐっと沈み込んだ。

七五三之介を見据えたまま、男は左手で右腰にさしてある刀を引き抜いた。

——仕方がない
七五三之介も刀を抜いた。正眼だが、覇気が感じられない。

できることなら、相手を傷つけたくない、という思いが構えに現れていた。

相手の構えは左八双から次第に宙高く上段へとせり上がって行った。

男の眦《まなじり》が吊り上がり、気が満ちた瞬間、

「それまでじゃ」

橋の向こうから声がかかり、橋を渡る下駄の音が聞こえた。

「示現流のようじゃな。お前さんの相手はこのわしじゃ」

身の丈五尺三寸（約百六十センチ）の長沼与兵衛が姿を現した。

さほど小さくはない。だが、頭巾をした男の体軀と比べると、華奢《きやしや》であることは否《いな》めなかった。

「七五三之介様、この相手は少々貴方様には荷が重すぎます。ここは与兵衛にお任せくださりませ」

男に向き合ったまま、与兵衛は言った。

自分より数段身体の大きな相手に、恐れ気もなく近づくと、与兵衛は音もなく刀を鞘走らせた。

下段のまま男を睨《にら》みつけると、与兵衛は距離を詰めた。

年寄りとは思えぬ眼力に、男の足が一歩退く。男は金縛りにでもあったように身体を硬直させた。

「控次郎様には伝授いたしましたが、未《いま》だ七五三之介様にはお教えしたことがありませんでしたな。示現流を迎え討つにはこういたします」

与兵衛からの誘いの言葉が、一気に男の呪縛を解き放った。

「ちぇすとー」

甲高い叫びとともに、豪剣が与兵衛めがけて振り下ろされた。合わせるように与兵衛の刀が上空に突き出され、二剣は一つになった。

男の剣はむなしく地面を叩き、それと気づいて身体を翻した時には、与兵衛の剣が男の右袖を斬り裂いていた。

右腕から血が伝《つた》い落ちるのが見えた。

「まだやるとあらば、相手をしても良いが、お前さんにも勝ち目がないのはわかったはずだ。一端《いっぱし》の技量を身に付けてはいても、心卑《いや》しき者は邪剣に終わる。さてさて惜しいことよのう」

与兵衛は憐《あわ》れむような目で男に立ち去ることを示唆《しさ》した。その姿が視界から消えるのを待って、与兵衛は懐から数枚の懐紙を取り出すと、わずかに血濡れた剣を拭った。

「与兵衛、お蔭で命拾いをした。私の腕ではあの男の打ち込みを躱《かわ》すことなどできなかった」

　七五三之介が礼を言うと、与兵衛は満足そうに笑った。

「示現流の剣士は、幅広の剛剣を用いる者が多いですからな。まともに受けては、刀を折られます。それよりご覧になられましたか、今の与兵衛の技を」

「見たとも。敵が打ち込むと同時に前へ出て、頭上で敵の剣を捕えた後、一気に地面に叩きつけたではないか」

「さようでございます。ですが、言うほどに容易くはございませんぞ。角度が浅ければ、腕を斬られ、また深すぎれば刀をへし折られます」

「そうだな。兄上はともかく、私にはとても無理だ。あれは何という技だ」

　七五三之介の称賛振りがよほど嬉しかったと見え、与兵衛は得意気な顔で技の名を告げた。

「与兵衛が若い頃に編み出した技でございましてな。上空で刀を添わせたまま地面に向かって叩きつけることから、与兵衛はこれを『無理心中滝壺落とし』と命名いたしました」

「む、無理心中……」

　七五三之介は暫し口をあんぐりと開けたまま、与兵衛の顔を見詰めた。

満足そうな表情は、到底七五三之介の理解が及ぶものではなかった。
――訊かなければ良かった
肩を落とした七五三之介の落胆ぶりがそう告げていた。

十

山中がおかめに顔を見せなくなって久しい。

七五三之介から山中の症状を聞かされていただけに、控次郎は様子が気になり、おひろの家を訪ねて山中の家を訊いた。

「ねえ、本当はあたしの顔が見たくなったんでしょう」

そう言っておひろは喜びを表すと、ついでだからと山中の家に案内してくれた。

おひろが玄関で呼びかけると、山中の細君が顔を見せ、次いで白髭の老人が顔を出した。控次郎はすぐに気づいた。珠算合戦で、偉そうに解説してくれた爺だ。

老人は覚えていないのか、おひろが控次郎を紹介しても表情を変えなかった。

「大先生、こちらは本多控次郎さんと言って、とっても強い人なのよ。お沙世ちゃんのおとっつあんなの」

　武士に向かって、おとっつあんは無い。控次郎が思わず苦笑すると、白髭の爺は、おひろをたしなめた後で、控次郎に向かって深々と頭を下げた。

「息子の秀太郎が、あんたのことを偉く気に入っておるのだ。聞けば、与力の片岡様とは兄弟だと言うではないか。だからわしはあんたが気に入ったよ」

　なんてことはない。七五三之介が気に入ったから、ついでに控次郎も気に入ったということだ。と思っていたら、爺は細君と話しているおひろに聞こえないよう、控次郎の耳元に顔を寄せて言った。

「どうやら息子は長くないようだ。それなのに幼い子供を残したまま、逝《い》ってしまうことを気に病んでいた。それが控次郎さん、あんたのお蔭で随分と気が楽になったらしい。わしに、笑顔で子供達を頼むと言いおった」

　やはり、山中の病状は思わしくないようだ。もうすぐ医者が往診に来ると言うので、折角訪ねては来たものの、控次郎は山中には会わずに、この日は帰ることにした。

長屋に帰ると、家の前に乙松がいた。

控次郎に気づいた乙松は人目も気にせず駆け寄ってきた。

普段着姿でも、乙松の立ち居振る舞いには艶やかさが伴った。

「先生、あたしの顔を立ててはくれないかしら」

乙松の頼みだ。控次郎は二つ返事で引き受けた。だが、その引き受け振りが良すぎたのか、自分から頼んだと言うのに、乙松は表情を曇らせた。

「姐さんがそんな顔をするほど、嫌な頼みなのかい」

すると乙松は、必ずしも控次郎にとって良い話とは思えないと前置きしてから頼みを口にした。

「置屋の女将さんから、何が何でも引き受けて貰えと言い付かってしまったのよ。何でもかなり身分の高い方らしく、あたしを名指ししたのも、先生に会いたがっているからなのよ。でも、あたしにはなんとなく、先生の為にならないような気がする。やっぱり断ってくるわ」

と乙松は言った。控次郎がすぐさま答える。

「姐さんに頼まれることは、俺にとっちゃあ嬉しい限りなんだぜ」

身分の高い人物に心当たりはないが、乙松の顔を潰すわけにはいかなかった。

乳飲み子の沙世を抱えた控次郎が乳貰いに走り回っていた時、男の控次郎にそんなことをさせたんじゃあ、何のために女をやっているのかわからない。そう言って、乙松は乳貰いに走り回ってくれた。

その時の恩を、控次郎は生涯をかけて返すつもりでいたのだ。

まだ夕闇が残る小舟町、控次郎はその一角にある澪木に出向いた。

乙松から聞かされていたと見え、控次郎を見るなり澪木の女将は上機嫌で出迎えてくれた。

通されたのは二階の一番奥の部屋だ。

中に向かって女将が声を掛けると、襖が開き、乙松が顔を覗かせた。

乙松は心配そうに控次郎を見た。

控次郎は同年配の武士が誘うのに任せ、座敷の中へ足を踏み入れた。

座布団が部屋の中央に敷かれていた。乙松の為にも礼を失するわけにはいかない。視線を落としたまま、席に着いた控次郎が、初めて上座に座っている人物を見た。年の頃は五十半ばと言ったところだ。

控次郎はその人物からの言葉を待った。すると、

「お主が本多控次郎か。旗本の出と聞いたが、やはり出自は争えぬ。丁稚上がりは今は大店の商人面をして吉原に通っても、閨《ねや》に入る時には申し訳なさそうに布団をめくると言うが、お主にはそんなところが微塵《みじん》もない。斯くいうわしも、今は勘定奉行をしているが、未だ町人の癖が抜けぬ」

勘定奉行と言った割には世事に長《た》けていた。声音も穏やかだ。

控次郎はわずかに頷いた。見かねた供の者が、慌てて無作法を咎めた。

「これ、こちらのお方は根岸肥前守様であらせられる。頭が高い」

「良いのだ、慎輔《しんすけ》。訊きたいことがあるから当方から呼び出したのだ。なにも頭を下げさせる為に呼んだのではない」

肥前守に言われた慎輔は、見事なまでに恐れ入ると、畳に頭をこすりつけんばかりに平伏した。

それを横目で見た控次郎が顔をしかめると、かすかに乙松の咳《せき》払いが聞こえた。乙松の目が、しょうがない人ね、と笑っていた。

「なるほど、柳橋で評判の乙松が入れ込んでいるという噂は真のようだ。うらやましいのう、控次郎」

肥前守は砕《くだ》けた物言いをしてみせた。途端に乙松が目を輝かせた。

「あら、わかります」

控次郎の身に危害が及ぶことを案じていただけに、乙松も肥前守に調子を合わせた。肥前守も声を上げて笑い、部屋の中はひとしきり笑い声で包まれた。

それまで堅苦しかった座の雰囲気が、和やかなものへと変わった。

それを待っていたらしい。肥前守は本題に入った。

「控次郎、お主は今回の事件をどのように捉えている」

肥前守はそう切り出してきた。真意のほどは定かではない。

控次郎が黙っていると、自分の言葉が足りなかったと見て取った肥前守は補足の言葉を継ぎ足した。

「わしが訊きたいのは、お主が今回の事件を、単に勘定組頭の不正によるものと捉えているかということだ」

肥前守の表情は、一見穏やかに見える。だが、その窪《くぼ》んだ目がわずかな反応すらも身逃すまいと自分を見据えていることに控次郎は気づいた。

「他にありますかな」

それゆえ、控次郎は惚けた。

「ふん、そう来たか。意外と食えぬ男だな、お主は。こちらが手の内を明かさぬ限り喋る気はないと見える。ならば言おう。此処におる木村《きむら》慎輔が、わしの手の者が殺された時の叫び声を百姓達に聞き回っている者を見たといっておる。その後、その男はお主が待つ居酒屋に入って行ったそうだ。控次郎、何故、叫び声を気にした」

肥前守は殺された者が、自分の手の者だと明かした。その上で、控次郎にも手の内を明かすよう求めた。

「示現流では、打ち込む際に猿叫と呼ばれる掛け声を発します」

控次郎が少しだけ応じた。

「なんだ、それだけか。意外とけちだな、控次郎」

「仕方がありませんな。こちらにも未だ肥前守様のお考えは見えてまいりませんからな。仮に、それを調べていたとしたなら、どうなさるおつもりですか」

「場合によっては咎めることも辞さぬ」

「何の咎でございますかな」

「今はその理由が見当たらぬ。だが、お主がこれ以上首を突っ込むとなると、当方の探索に支障をきたすと言うことで、それなりの名目を用意することはできる」

「つまりは手を引けと言うことですかな」

「それも一つの手だ。だが、お主を呼び出したのは別の手を使った方が有効ではないかと考えたからだ。すべてはお主の出方次第だ。どうだ、わしに協力してみる気にはならぬか」

「勘定奉行が、庶民から悪玉とみられていることをご存じですか」

控次郎は言い放った。あまりにも非礼だ。控えていた木村慎輔が血相を変えた。

「なんという無礼な口の利きようだ。お奉行、このような者の力など借りる必要はございませぬ」

控次郎を睨みつけるだけでは収まらず、木村は脇差《わきざし》に手を掛けていた。

それを片手で制すると、肥前守は再度控次郎に向けて言った。

「勘定奉行は悪玉、勘定吟味役は善玉だそうだな。だが、誰がそう決めた。お主とて自分の眼で確かめたわけではあるまい。わしが言うのもなんだが、本来勘定奉行と勘定吟味役は対等の立場を取らねばならぬはずだ。噂を信じて、己が目を曇らせるのは、大馬鹿者のすることではないのか」

年の割に、肥前守も熱い。言ってわからぬ控次郎に啖呵《たんか》を切った。

控次郎がすっくと立ち上がった。

「確かにな。俺も今度のことでは、勘定吟味役が善玉とは思っちゃあいねえぜ。だがな、腹の読めねえ奴に加担する気にはならねえ。どうやら話は物別れのようだから、俺は引き揚げさせて貰うぜ」

びっくり眼《まなこ》で成り行きを見守っていた乙松が止めに入った時には、控次郎は廊下に飛び出していた。

「何て奴だ。無礼にもほどがある」

部屋の中では怒り心頭に発した木村慎輔が、息巻いていた。

根岸肥前守も今は致し方ないと言った表情を見せている。

木村慎輔は、そんな肥前守を気遣った。

「お奉行、あまりお気を落としなさいますな。所詮礼儀もわきまえぬ無頼の徒、あのような者など必要ありませせぬ」

とまたしても控次郎を詰《なじ》った。乙松が立ち上がったのはまさにその直後のことだ。

「そうでしたねえ。無礼者は必要ござんせんね。ではあたしもこれで失礼しますよ。言い忘れていましたけど、あたしも結構な無礼者でござんすから」

「えっ」

呆気にとられる木村を尻目に、乙松は座敷を抜け出すと控次郎の後を追いかけた。その控次郎は料亭を出たものの、やはり気が咎めるのか、足取りが重い。

乙松はすぐに追いついた。

「先生、待ってくださいな」

乙松の呼びかけに、控次郎はばつが悪そうに振り返った。

座敷を出てからまだいくらも経っていない。なのに、乙松が追いついたということは、乙松もまた、お座敷を放り出してきたのに相違なかった。

「済まねえな、乙松。おめえの顔を潰しちまったぜ」

「なに言っているんですよ。あたしの方こそ、先生に嫌な思いをさせてしまって、お詫びの言葉もありませんよ。それにしてもあの狸爺《たぬきじじい》と腰巾着《こしぎんちゃく》、憎たらしいったらありゃしない」

「だがなあ、仮にも相手は天下の勘定奉行だ。芸者のおめえが勝手に座敷を抜け出したんじゃあ、料亭に対しても文句の一つや二つは言うだろうぜ。どうにもおいらは思慮が足りねえや」

「構やあしませんよ。女将さんに怒られたら、素直に頭を下げりゃいいことですし、まだまだあたしを贔屓にしてくれるお客は大勢いるんだから。でも、それでも駄目だったら、その時は先生、責任とってくださいな」

そう言うと、乙松は色っぽい目で控次郎を見た。

十一

この日、勘定吟味役岩倉正海が若宮村を訪れると、山中伝兵衛からの報告を受けた大柴は、昼間のうちから部下に岩倉の動向を探らせていた。

大柴にしてみれば、今の状況を打破するためにも御前と岩倉の力は必要であったが、一方で、不始末を演じた自分を、岩倉が本気で助けるだろうか、という疑念があったからだ。だが、部下からの知らせでは、岩倉は供を二人しか連れていない上、勘定方の監査を終えてから来る様子だという。大柴は、村の入り口に案内役の部下を置き、すでに家主のいない名主宅の前に篝火を焚き、岩倉を待った。

御前を真似て、頭巾で顔を隠した岩倉正海が供を連れてやってくると、大柴はかつての同僚を懐かしむように出迎えた。

「岩倉殿、わざわざのお越し、真にかたじけない。本来ならば、当方から出向かねばならぬところなれど、町方が詮議を始めたとあっては、下手に動くことも出来ず、ただ、ただご貴殿の来られるのをお待ちする他はなかった。お許し下され」

大柴が挨拶代わりの詫びを入れた。だが、

「仕方あるまい。まさか町方があのような態度に出るとは、わしですら思いもよらぬことであったからな。だが、御前は大層ご立腹だ。町方ごときに侮られるようでは、この先大事を共にするのは心もとないとの仰せでな。わしも随分なお叱りを受けた。大柴、これ以上の失態は許されぬと心得よ」

岩倉は、高飛車な態度で言った。

「申し訳ござらぬ。二度とこのような失態は犯さぬゆえ、御前には岩倉殿からよしなに御とりなしくだされ」

以前とは違い、すでに相手は上下の差を意識していた。腹立たしさを抑え、大柴は下手に出た。

「その覚悟があれば良い。お主のお蔭で、わしも御前に同じ言葉を誓わせられる羽目となったのだからな。だが、わしは御前に申し上げた。今回の不始末は却って好機だとな」

「好機？」

「わからぬか。わしらの役目は久世を勘定奉行の座から引きずりおろすことではないか。ならば、町方と軋轢《あつれき》を生じたことは、久世にとっても職務怠慢を問われる重大な過失となる。そこでだ、わしは御前にかねてからの計画を早めるよう進言した」

岩倉は、大柴の敵愾心《てきがい》など全く意に介さぬといった淡々とした口調で言った。

その完全に上位を意識した物言いは、大柴の背後で成り行きを見守っていた補佐役二名をも威圧するほどであった。

岩倉の高圧的な視線を浴びた二人は首を竦《すく》め、思わず下を向いた。それゆえ、岩倉が周囲を見渡していることも気づかなかった。

自分達がいる土間から、座敷へと広がる室内には、大柴と補佐役の支配勘定二名しかいない。岩倉は供の二人に目配せをした。

いきなり岩倉の背後にいた供が左右に散った。

大柴が何事かと、見定める暇もなかった。

室内の仄《ほの》かな灯りを受け、白刃が煌《きら》めいたと感じた途端、支配勘定二名は声を上げることもなく土間に崩れ落ちた。

「な、何をする。き、気でも狂《ふ》れたか、岩倉殿」

大柴は尻もちをつきながら後ずさると、悲鳴にも似た声で喚き散らした。

その喉元に、血濡れた刃が当てられた。

大柴は声を立てることも出来ない。大柴の耳に、岩倉の有無を言わせぬ言葉が響いた。

「安心せい。お主を殺すつもりはない。此度の騒動はいずれもこの支配勘定二人が企てたこと。それゆえ、わしが成敗した。大柴、これより暫くは我が屋敷に身を隠し、事が成就するのを待つのだ。後のことは、山中伝兵衛に任せればよい」

そう言い放つと、岩倉は屋敷の奥から現れた山中伝兵衛に指揮をとらせ、戸惑う部下達を尻目に、大柴を屋敷から連れ出してしまった。

二人の支配勘定が成敗されたことで、実質若宮村は山中伝兵衛が管理することとなった。

大柴を屋敷に軟禁した岩倉は、自身が大柴に渡した賄賂の受領証文と、大柴が残した覚書等の書類を持ち帰るよう山中伝兵衛に命じた。

——これで後顧の憂いは絶った。すべてわしの思惑通りに事が運んでいるではないか。山中と大柴のどちらを残すべきか、それもわしが決めることだ。後は文蔵に命じ、久世の所業を瓦版で流せばよい。久世は失脚し、わしに対する御前の覚えもめでたくなるというものだ

岩倉は胸の中でそう嘯《うそぶ》いていた。

すでに勘定奉行となった自分を思い描き、一人悦に入っていたのだ。

そんな岩倉の下に、用人が血相を変えて飛び込んできた。

「殿、まずいことになりましたぞ。大柴が妙なことを言い出しました」

「何じゃ、妙なこととは。申してみよ」

「はっそれが、勘定方が働いた悪事の数々を聞きだしておりましたところ、大柴めが学問吟味における問題の漏洩《ろうえい》を口にいたしました。あの者の口振りから、以前殿が山中に命じ、甥を勘定組頭に取り立てようとした一件を嗅ぎつけているのではないかと思いましたので」

「なに、あの件か。だが、そ奴なら試験に落ちた。問題を流したところで、学問吟味に受かっておらぬのだから、問題は無かろう」

「それが、殿。どうやらそ奴は白紙のまま答案を提出したようでございます。含

むところがなければ、そのような所業に出るとは思えませぬ」

「ふむ。そちには、そ奴がわしを強請《ゆす》るとでも思えるのか」

「わかりませぬが、後々の災いとなりうるものは取り除くべきかと」

岩倉は暫し思案に耽《ふけ》った。

いずれは二人とも始末するのだ。それまでの間生かしておくのなら、腹が読めぬ山中伝兵衛より、すでに誇りを失った大柴の方が操りやすいと考えた。


広尾原から戻ってきた甚八が腑に落ちぬといった表情で言った。

「おかしいな。藤十がいないのはともかくとして、源助まで家におらんのはどういうことだ」

話しかけた相手は七海だが、甚八が兄からの指令をほったらかし、しばしば若宮村を抜け出していたため、七海の機嫌はすこぶる悪い。

「源助がいないだと。そんなことを言っている場合か。俺達は村を見張るよう命じられたのだぞ。お前が久世の間者を襲い、俺が救う段取りではないか。なのにお前がいなくなっては、どうすることも出来ぬ。それに甚八、お前は今、藤十はともかくと言った。それはどういうことだ。まるで藤十が消えた理由を知っているような言い草ではないか」

「そうは言っておらぬ。俺が言いたかったのは藤十とは違い、源助はあの家の主だ。だから、いないこと自体おかしいと言ったのだ」

「ふん、源助などは何処へ行こうと構わぬ。藤十は気になる。もし無断で帰ったのであれば、親父殿のことだ。藤十の家族は無事ではいられん。甚八、お前もそうだ。兄者の命に背き、お袋や妹を悲しめてはならんぞ」

七海の言葉に、甚八は黙り込んだ。

藤十が気にしていたのも、このことなのだ。それに藤十は七海に対しても疑いを持っていた。今、こうして母や妹のことを持ち出して七海に念押しされると、甚八は藤十が言ったように、七海が何かしら兄と密約を交わしているのではないかという気になってきた。

甚八が疑念を抱いているとも知らず、七海はさらなる兄の指令を伝えた。

「そんな暇があるのなら、他の村へ行き、百姓の一人でも斬り捨てて来い。どうせ間者が動き出すのは暗くなってからだ。兄者はまだまだ手ぬるいと言われた。お前がやらぬなら俺がやるが、生憎俺も明るいうちは戻ってくるよう兄者に言われているのだ。甚八、いましばらくの間だ。兄者に従ってくれ」

甚八は力なく頷いた。

兄に逆らえば、母や妹が咎められる。その咎めがどのようなものかは知らないが、昨今の兄の仕打ちを見る限り、苛酷なものであることは間違いなかった。下手をすれば、殺されることも考えられた。

甚八の心が鉛を飲み込んだように重くなった。

――俺は兄者に命じられるがまま、またしても百姓を手に掛けるのか
三日前、手を合わせ許しを請《こ》う百姓を叩っ斬ったことが、甚八に、己に課せられた定めを呪わせることとなっていた。

世の中には、一文の得にもならぬというのに、人の世話を焼く人間もいる。

こんな時、甚八は常に乙松の顔を思い出した。赤の他人である自分を介抱し、回復するにつれ、我がことのように喜んでくれた。乙松の少しも邪気を感じさせぬ微笑《ほほえ》みは、殺戮に明けくれた甚八の荒《すさ》んだ心を癒してくれた。甚八の頭の中が、乙松の笑顔で一杯になった。だが、その笑顔も、すぐに自分に組み敷かれた時の悲しげな表情に変わって行く。

甚八は自らが犯した罪の大きさを悔い、頭を掻きむしった。

おかめに向かう為、控次郎が長屋を出たところで、こちらに向かって小走りにかけてくるおひろの姿が見えた。

近づくにつれ、その形相が徒《ただ》ならぬものであることに控次郎は気づいた。

「控次郎さん、お願い。あたしと一緒についてきて」

息を荒くしたまま、おひろは言った。聞けば、山中の細君がおひろの所へやってきて、山中が何者かに呼び出されたと告げたとのことだ。

「これが秀太郎兄さんを呼び出した手紙なの。でも、おかしいでしょう。行き先も書いてないし、第一兄さんはとっくに勘定方を辞めてしまったのよ。それがどうして勘定組頭に呼び出されなくてはならないの」

おひろの言葉を聞いている間にも、控次郎は手紙に目を凝らしていた。

「山中さんの細君は、他にも何か言っていなかったかい」

「使いに来た人が、二言三言、兄さんに何か言っていたのは覚えているって。でも、兄さんは具合が悪いのよ」

おひろは小さい頃より秀太郎を慕《した》っていた。常日頃は秀太郎兄さんと呼んでいたが、感情が激すると、兄さんと呼び方が変わった。

「どちらの方角へ向かったかわかるかい」

「わからないわ。でも、兄さんは身体の具合が思わしくないから、その歩き方を気にする人も多いと思う。だから、お願い、あたしと一緒に来て」

控次郎はおひろに急かされるまま、山中の行方を追った。

おひろの言う通りであった。

行く先々で聞き込みをすると、それらしき人を見たと言う目撃情報が続々と集まった。山中は日本橋、銀座、そして新橋を渡ったところで、掘割沿いに右へ折れていた。

だが、六丁目代地に来たところで、急に目撃情報が得られなくなった。

この辺りは町屋が多い。したがって病人が歩いていれば、誰かしら気がつくはずだ。控次郎は気が気ではいられなくなった。

――一体、山中さんはどこへ消えたのだ
控次郎が周囲を見回しながら考えていると、手分けして山中を探していたおひろが駆け戻ってきた。気さくでそこそこ可愛い顔立ちをしているおひろは、人が近づきたがらない武家屋敷の門番にも平気で話しかけることが出来た。おひろは門番から山中らしき人間が、駕籠《かご》に乗る所を見たという貴重な情報を摑んできた。

控次郎はおひろとともに、駕籠屋が通った足跡を当たった。だが、この辺りは増上寺《ぞうじょう》の近くで、駕籠屋などはそこかしこに見受けられた。

ようやく控次郎が山中を乗せたと言う戻り駕籠を見つけた時には、すでに一刻半ほどの時間を無駄にしていた。

駕籠屋は増上寺裏を抜け、渋谷川に架かる橋の袂でそれらしき客を降ろしたと言った。

夕暮れ迫る渋谷川沿いを、控次郎とおひろは捜し回った。

そしてようやく見つけた。

河原沿いの葦《あし》に隠れた見えづらい場所に、秀太郎は倒れていた。傍にはもう一つの遺体があった。

いずれも背後から、一刀のもとに斬り捨てられていた。

秀太郎の遺体に縋り、おひろは子供のように泣きじゃくった。

遺体に残された斜め左からの袈裟懸けを見ながら、控次郎は左利きの仕業だと見て取った。

おひろが涙声で言った。

「誰がこんなひどいことを。秀太郎兄さんには、まだ小さな子がいるっていうのに、あの子達になんて言えばいいの」
その思いは控次郎とて同じであった。
――山中さんは死期が近づいていることを知っていた。初めっから、叔父貴の身代わりになるつもりだったんだ。それを背後から斬りつけやがった。許さねえ。杉山七海、てめえだけは許さねえぞ
山中の思いを嘲笑うかのような背後からの斬殺、控次郎は身体が震えるほどの怒りを覚えた。

十二

辰蔵が、両国橋界隈《かいわい》に文蔵が戻っているとの情報を聞きつけ、おかめにいる控次郎の元に息せき切って駆け付けてきた。

「何い、文蔵が戻ったただと」

そう叫んだのは控次郎の隣りに座っていた定廻り同心の高木だ。

声を聞きつけ、政五郎も板場から顔を覗かせた。

控次郎は高木に外へ出るよう促すと、辰蔵共々店の裏口に回った。まだ暮れ六

つ（午後六時）を回ったばかりのおかめは、常連達がたむろしていた。ただでさえ口が軽いうえに酒が入っている。そんな連中に話を聞かれたくなかったのだ。

「先生、あっしが調べてめえりやしょうか」

すぐにでも飛びだしていきそうな政五郎を控次郎は止めた。

「いや、そうそうとっつあんに店を空けさせるわけにゃあいかねえ。文蔵を捜すくらいなら、俺と辰で大丈夫だ」

控次郎が言うと、隣で聞いていた高木が首をひねった。

「妙だなあ、文蔵の野郎、町方が行方を追っているというのに、なんだって、自分の方から現れやがったのかな」

「仕事をする為さ。多分岩倉っていう野郎に無理矢理脅されてな。さも無けりゃあ、あの腰抜けが見知った人間が多い両国橋界隈に現れるはずはねえや」

控次郎には、すでに見当がついていた。

吟味方与力の森保が、七五三之介から要請を受けたのは翌日のことであった。

「いくらなんでも無理というものだ。七五三之介、江戸に瓦版屋が何軒あると思っているのだ。しかも中には、度重なる出まかせを書き立て、営業を止められた店もある。それをすべて押さえるなど、町方を総動員しなければ無理というものだ」

「ですが、このままでは、勘定奉行久世広民様が、窮地に陥ります。町奉行所として、そのようなことは見過ごすわけにはいかないと思いますが」

「それはわかっておるが、町方を総動員させるとなると、わしの一存ではどうにもならぬのだ。大体あのお奉行がそのようなことを認めると……、待てよ」

森保は急に何かを思いついた。

そして、七五三之介を待たせたまま、自身は内与力の中田の所に向かった。

当然、中田も初めは二の足を踏んだ。だが、

「久世様は白河公より並々ならぬご信頼を得ておられるお方だとか。さらにはお奉行もまた白河公には恩義を感じておられる御様子。どうしてもご貴殿がお伝えしたくないとあらば、某《それがし》は引き下がるほかありませんが」

と森保に言われては、中田も応じるしかなくなった。

松平定信が老中を罷免された時、人目もはばからず池田筑後守が号泣したという話は、中田も聞き及んでいたからだ。

すでに町方の手が回っているとも知らず、文蔵は出来上がった原版を確認し、合わせて残りの半金を渡す為瓦版屋にやって来た。

文蔵に感づかれないよう、控次郎はあえて高木と辰蔵だけを連れ、瓦版屋から離れた物陰に身を伏せていた。

ところが、文蔵の姿があと一町（約百十メートル）ほどに見えた時、突然武士の一団が取り囲み、文蔵を取り押さえてしまった。

慌てて、駆け寄る控次郎の行く手を阻んだ男の顔には見覚えがあった。

「本多控次郎殿、この者は勘定方が追っていた者ゆえ、こちらで預かります」

つい先日、料亭「澪木」で会ったばかりの木村慎輔であった。

「随分手回しがいいじゃねえか。捕り縄まで持っているってことは、町奉行所の動きを知っていたか、さもなければ、俺を見張っていたってことかい」

控次郎が悔しさを滲ませて言った。

「お察しの通り、我々が見張っていたのはご貴殿です。こんな真似はしたくなかったのですが、ご貴殿に協力していただけない以上、こうする他はありませんのでな」

木村慎輔はぬけぬけと言ってのけたばかりか、控次郎に向かって交換条件を出してきた。

「ですが、本多殿が郡代屋敷まで御同道していただけるとあらば、話は別です。この男を引渡してもよろしいですが」

木村慎輔は、すました顔で言った。だが、自分では平静を装ったつもりでも、鼻の辺りがひくひくと動き、これでどうだ、と言った思いが見え隠れしていた。

このような顔を、控次郎が気に入るはずはなかった。

「いらねえや」

早速、臍《へそ》を曲げた。これには木村も驚いた。

「えっ、どうしてですか」

「どうしてだと。いきなり横から現れて、人の獲物をかっさらった奴が間抜けた科白《せりふ》を吐くんじゃねえや、そんな野郎、そっちにくれてやるから、煮るなり焼くなり好きにしろい」

びっくり眼の木村に向かって、威勢の良い啖呵を切った。

通常は啖呵を切ると、嫌われるものだ。だが、歯切れのよい啖呵は、浴びせられた人間の気持ちをも爽やかにする場合が稀《まれ》にある。控次郎の啖呵がまさにそれであった。

木村はさも愉快そうに笑うと、

「参りました。当方の負けです。この男はご貴殿にお渡しいたします。本多控次郎殿、その上で改めてお願い申し上げる。拙者と一緒に、郡代屋敷まで御同道いただけませぬか」

控次郎に向かって願い出た。

「行こうじゃねえか」

控次郎は木村の求めにあっさりと応じた。離れたところで成り行きを窺っていた高木と辰蔵が、呆《あき》れたような表情でその様子を見守っていた。

控次郎を見ると、根岸肥前守は年相応に窪《くぼ》んだ眼をしばたたかせた。概して機嫌は悪くないらしく、いきなり冗談を口にした。

「来たか控次郎。勘定奉行が直々に設けた座敷だというのに、勝手に立ち去ったばかりか、あまつさえ芸者まで連れ去るとは言語道断。その罪、決して軽からず。と、言いたいところだが、木村、まずはこの男に例の話を聞かせてやれ」

言われた木村は、肥前守に一礼した後、控次郎に向き直った。

「先日、ご貴殿は去り際に、今度ばかりは勘定吟味役の肩を持つことは出来ぬと申された。それが誰を指すものかは、御奉行にはわかっていたのでござる。だが、証拠がなかった。そこで、我々は証拠を摑んでいそうなご貴殿に接触したのでござるが、ご貴殿は腹を立てて帰られてしまった。まあ、そちらの方はさておいて、我らはひとまず手の者を八王子に派遣して岩倉正海の身辺を調べさせたのでござる。その結果、岩倉には示現流の遣い手である弟が三名いることが判明したのだが、同時に不可解なこともわかった。それは、岩倉と弟達の母が置かれた待遇の差でござる。岩倉の母が奥方として敬われているのに対し、弟達の母は女中同然の扱いを受けている。なのに弟達は岩倉に従っておる。控次郎殿、ご貴殿は弟達を存じておられるようだが、何かそれに関して知っていることはないか」

木村は先に自分達が仕入れた情報を伝えることで、控次郎の情報を要求した。

腹の探り合いに終始した先日とは趣《おもむき》が違う。

控次郎は応じた。

「俺の知り合いに南の定廻りがいる。そいつが偶然、殺された男から今際の際の言葉を聞いた。殺された男は、甚八という弟に岩倉正海が兄弟ではないと言い残した。しかも殺した相手はどうやら岩倉って奴の家来らしい。俺が知っているのはそれだけだ」

肥前守に対して、些《いささ》かも敬意を払うことなく言った。木村慎輔が呆れたような目で奉行と控次郎の顔を交互に見た。無礼な口の利き方をする控次郎もそうだが、それを一向に咎める気配がない奉行が、木村には信じられなかった。

「一昨日、渋谷川で斬られた男はお主の知り合いのようだが、控次郎、お主はその男を斬ったのも示現流の遣い手だと見ているのか」

肥前守が尋ねた。どうやら死体に残された斬り口から、示現流と特定したのだろうが、山中が斬られたことを知っているということは、自分達を見張っていなければ、言えることではない。またしても控次郎は腹が立ってきた。

「勘定奉行にゃあ、人を裁く権限がねえとは聞いていた。だが、人を見張るくらいなら、自分で捕えた方が楽だと思うがなあ」

根岸肥前守に向かってそう言ってしまった。傍らでは、木村慎輔が、思わず天を仰いでいた。陰で不満を漏らす分には、木村とて覚えはある。だが、面と向かって、勘定奉行にこのような暴言を吐く人間など見たことがない。木村には何もかもが信じられないことの連続だ。

「なんということだ。年寄りを労《いたわ》る気がまるでない。わしはまもなく還暦を迎える身であるぞ」

根岸肥前守の言葉も、また然りであった。

永代橋の袂にある船宿釣久《つりきゅう》に、釣りを終えた舟が続々と帰ってきた。桟橋に舟を寄せた船頭が、生け簀の中から釣った魚を網で桶に移す光景がそこかしこで見られる。

伝馬船と呼ばれる生け簀のある釣り舟を使うのは、ほとんどが裕福な商家の隠居達だ。それゆえ、半時（一時間）ほど前から、出迎えの下男や手代といった連中が桟橋近くで待ち受けていたのだが、最後に戻って来た舟の出迎えは、人数の多さもさることながら、ほとんどが武士であったため、とりわけ人目を引いた。

「御家老、お疲れ様でございました」

家来の中でも一番身分の高そうな武士が、真っ先に声を掛け、釣り人から竿や仕掛け箱を受け取った。頭巾で顔を隠した釣り人は、桟橋に降り立つや、竿を肩に担いだ武士に語り掛けた。

「瓦版の反応はいかがであった」

問われた武士は表情を曇らせた。それでも釣り人に再度問われると、答えないわけにはいかなくなった。

「まずいことになりました。瓦版屋が町奉行所の手入れを受け、原版を押さえられた模様でございます。午後になっても瓦版が出回った形跡はなく、人手を増やして確かめたところ、町奉行所が総動員して江戸中の瓦版屋の版物を検めたとのことです。さらには当家の門番に向かって、一橋《ひとつばし》御門から石を投げ入れた不届き者がおりまして、その石を包んでいた瓦版がこれでございます」

「なに」

家老と呼ばれた釣り人は、手渡されたしわくちゃの紙切れに目をやった。

「こ、これは」

その紙切れこそ、この日江戸中に撒かれるはずの瓦版であった。

「糞《くそ》、このようなものを投げ込みおって。なんという手抜かりだ。南町奉行池田筑後守が町方を総動員することも想定していなかったとは。直ちに屋敷に戻る。良いか、今後岩倉からの接触はすべて絶て。岩倉などという者は、当家とは一切関わりが無い。わかったな」

家来達に向かって怒りをぶつけた家老は、せっかく釣り上げた魚を残したまま、船宿を後にしてしまった。

十三

奉行所から下げ渡された山中の遺体が、丁寧《ていねい》に清められ布団に寝かされていた。白装束に身を包んだ山中の細君が、同じく白い衣装を身にまとった三人の娘達と座っていた。上の二人は、山中の死を理解していたが、二歳になったばかりの末の娘は、状況がわからず母や姉達の顔を交互に見ているばかりだ。

その下の娘が、急に立ち上がり山中の顔を覆う布を剝《は》がした。

「とうたん」

山中の寝顔に向かって話しかけた。

控次郎は胸が締め付けられる思いでいた。

父の死を解することもなく、父の遺体に向かって話しかけるその子の姿が、あの日の沙世を思い出させた。万年堂夫婦に引き取られ、意味もわからず、ただ控次郎の顔を見詰めていた沙世に、その子はあまりにも似ていた。

悲しみに暮れる家族を前に、控次郎は誓った。

――心残りはあるだろうぜ。こんな小さな子を人に託して逝くんだからな。でもなあ山中さん、自分がどうすることも出来ねえなら、この子を守ってくれる人間に託すしかねえんだ。幸いあんたにゃ、周作先生という親父さんがいる。そして俺にも娘を守ってくれる舅夫婦がいるんだ。俺は馬鹿だからな、己の生き様を変えることなんて出来やしねえ。山中さん、あんたの仇は俺が必ず取ってやるぜ
控次郎が唇を噛みしめ、悔しさを滲ませた。自らの命と引き換えに、叔父を助けに行ったにも拘わらず、その叔父も殺されてしまった山中の無念さがこみ上げてきたのだ。

傍らでは、周作老人が山中の遺体に向かって語りかけていた。

「秀太郎、許してくれ。すべては算学などにうつつを抜かしたわしが悪いのだ。家を空けてばかりで、幼いお前に寂しい思いをさせてしまった。弟の伝兵衛に、わしは家督を譲ることを条件にお前の面倒を見させた。だが、そんな伝兵衛でも、お前にとってはかけがえのない家族だったのだ。許してくれい」

寂しかった息子の気持ちを思い知らされた周作老人の嘆きが、控次郎の胸を抉《えぐ》った。

山中の家を辞すると、控次郎は懐かしい本多の家を訪れた。

出迎えてくれたみねに、控次郎は言った。

「先日の、母上とのお約束を果たしに参りました」

みねは控次郎の視線を受け止めると嬉しそうに笑った。

「お前なら嗣正の心を動かせると信じています」

みねの目が、そう語りかけていた。

控次郎は極力足音を立てないよう、嗣正の部屋へ向かった。

勘定役である嗣正は朝が早い。それゆえ、床に入るのも早いのだが、嗣正はまだ起きていた。

滅多に口を利いたことがない兄と弟であったが、さすがにこの日の控次郎を見た嗣正は、いつもの態度を改めずにはいられなくなった。

畳の上に正座すると、真っ直ぐに控次郎に向き直った。

控次郎はそれを正面から受け止めた。

「嗣兄い、今宵は頼みがあって、やってきた」

「そうか」

「俺が嗣兄いに頼み事をするのはこれが初めてだ。できたら聞き入れてもらいてえんだが」

「…………」

「嫁を貰わねえのは、俺がいるせいかい。もしや俺がいることで、後を任せるつもりでいるっていうんだったら、それは諦めた方がいい。俺はこんな男だ。いつ何時命を落とさねえとも限らねえ。だったら、嗣兄いが嫁を貰うほかはねえんだ。七五三《しめ》の所の百合絵さんに聞いたぜえ。雪絵さんは、嗣兄いが嫁に欲しいと言ってくれるのを今か今かと待ち侘びているそうだ。嗣兄いは時々将棋を指しに七五三の屋敷に伺っているそうじゃねえか。このままじゃあ、家の為に嫁にもいけねえあまるが可哀想だ。この辺りで覚悟を決める気にはならねえかい」

今宵の控次郎には性急とも思える言葉が目立つ。嗣正もそれを感じた。

「控次郎、お前は何をしようとしているのだ」

「俺のすることは、てめえでも時々わからなくなる。だが、そんなことはどうでもいい。嗣兄いが心を決めてくれりゃあ、俺はそれだけで十分だ」

「わかった。明日にでも片岡様の所へ行ってくる。だが、控次郎、なにをする気か知らぬが、命を粗末にしてはならぬぞ。良いな、何があろうとも死ぬではないぞ」

いつもとは違う控次郎の様子から、嗣正も不安を抑えきれなくなったのだろう。言っても聞かぬ弟に対し、自らがその頼みを受け入れることで、嗣正は少しでも控次郎の決意が和らぐことを願った。

十五日。昨日から控次郎は一歩も外には出ていなかった。木村慎輔が控次郎の家に突然やって来たのは昨晩のことであった。

木村は肥前守が差し向けた間者に、岩倉の弟杉山七海が協力を持ち掛けてきたことを告げた。

「とんだ猿芝居だぜ。肥前守様の手の者を斬り捨てたのも、おそらくは弟の一人だ。予定通り善人の皮を被り始めたってことさ」

「やはりそう思われますか。肥前守様も本多殿と同じ見方をしておりました」

「やめな、一緒にされても、ちっとも嬉しくなんかねえぜ」

「ご貴殿はそう言われるが、肥前守様は徳に秀で、知力並ぶ者無しと言われているお方です。少しぐらいは喜んでもいいと思いますよ」

「おめえみてえに、なんでも褒めてばかりいると、ああいった金も権力もある年寄りは、まともに育たねえんだよ。おめえだって、あの爺さんにゃあ腹が立つこともあるだろう」

「そりゃあ、無いと言えば嘘になりますが、肥前守様は人の痛みを我がことのように感じられるお方でもあるのです」

「人間って奴はなあ、若いうちは満たされねえと道を誤るが、年をとりゃあ、満たされるほど間違った方向に進むもんなんだ」

「はあ」

木村慎輔は、どこか控次郎の言うことに感じる所があったのか、首を傾げながら帰って行った。


いつもなら家に籠ったままの控次郎が万年堂を訪れた。といっても店の入り口からではない。裏口に回った控次郎が声を掛けると、中から姑《しゅうとめ》のおもとが顔を出した。頑固な舅長作とは違い、おもとは月に一度しか沙世に会うことができない控次郎を常々不憫と感じていた。長作には内緒で沙世を連れてきてくれた。

今日が母の月命日だと知っている沙世は、突然控次郎が訪ねてきたことに驚いたが、それでも控次郎に会えたことが嬉しかったらしく、終始笑顔を絶やさずにいた。

控次郎は、お袖との思い出深い柳原土手に沙世を誘った。

「まだ月は昇らねえなあ」

やっと陽が落ちかけた頃だというのに、控次郎は言った。

「父様、母様ともこうして柳原を歩いたのですか」

控次郎の様子から、何かを感じ取ったらしい。沙世はそう訊いてきた。

「ああ、お袖はまん丸の月が大好きでなあ。おめえが大きくなったら、三人でこの場所を歩くんだと言って、楽しみにしていたぜえ」

控次郎にしてみれば、想いが叶わなかったお袖を偲《しの》んで言っただけのことだ。

だが、沙世の表情が寂しさを伝えていた。

「いけねえなあ、俺って奴は。おめえがお袖に会いたがっていることを知っている癖《くせ》に。でもなあ、沙世。もうすぐお袖の顔を見ることができるぜ。あと少ししりゃあ、おめえが鏡を覗《のぞ》く度、お袖に会うことができるんだ。おめえはだんだんお袖に似てきたからなあ」

控次郎はそう語りかけることで、沙世の沈んだ心を癒《いや》そうとした。だが、控次郎自身が多分に感傷的になっていたようだ。沙世は自分に向けられた視線を感じ取るなり、控次郎に縋りついてきた。

控次郎も思わず沙世を抱きしめた。沙世は控次郎の腕の中で、じっとしたまま動きを止めた。こんな風に父から抱きしめられたことはなかった。身体中が暖かさに包まれるのを沙世は感じていた。

ひとしきり沙世を抱いた後、控次郎は懐から簪《かんざし》を取り出した。お袖が生前髪に挿していたものだ。

「もう少し大きくなったら、これを挿すといいぜ。お袖の形見《かたみ》だ。もう、おめえに渡してもいい頃だからなあ」

これ以上遅くなったら、おもとが長作に叱られる。控次郎は沙世に形見の簪を手渡したことで、思い残すことはないと考えていた。

だが、沙世は気づいた。

「父様、沙世だけを残して母様の所へ行っては嫌です」

黒目がちの大きな目に、涙を湛え沙世は言った。


控次郎が最後に向かったのはおひろの家だ。

おひろの姉おとよは、奉行所が亭主と舅の無実を認め、近々解き放たれるであろうことをまだ知らない。二人の身を守るため、七五三之介が牢に留めていたからだ。

控次郎がもうすぐ解き放たれることを知らせると、おとよは涙を流して喜んだ。それを見たおひろもまた、目頭を押さえていた。

それでも、控次郎が帰りがけに、

「後のことは俺の弟がすべて取り計らってくれるだろうぜ」

と言った時には、おひろは訝しげな表情になった。

控次郎が去ってゆくのと、入れ替わるように与兵衛が顔を出すと、おひろは与兵衛に感じたままを伝えた。

「わかっておる。わしは先程から様子を見ておったからな。どうやら控次郎様は、一人で敵陣に乗り込むつもりらしい。それにあのお方は少々ひねくれておるでな。わしがついて行くと言えば、いきなり走り出して年寄りを置き去りにするに決まっている。だが、そうはいかぬわい。みすみす控次郎様を死なせでもしたなら、わしは殿にお詫びのしようも無くなるというものじゃからのう」

与兵衛は自分が控次郎を守るつもりで言った。対するおひろは信用していないのか、「ふん」と鼻で笑った。与兵衛のことをただの助平爺としか見ていないのだ。

控次郎の後ろ姿が小さく見えるだけの距離を取ると、与兵衛は後を尾けだした。いつの間に、おひろが追い縋ってきた。

「何じゃ、ついてくる気か」

「よぼよぼのお爺さんだけを行かせる訳にはいかないでしょう。あたしだって秀太郎兄さんの仇《かたき》を討ちたいんだから。それに、あたしなら控次郎さんの手助けになるわ」

「胸もでかいが、言うこともでかい女じゃて」


その頃、おかめでは辰蔵が女将に控次郎の所在を訊いていた。

「今日は十五夜だよ。先生が家にいないってことは、早めに柳原土手へ向かったってことじゃないの」

女将がわかり切ったことを訊くんじゃないよと言った顔で答えた。

「それが、どうもおかしいんで。夕方、先生がお沙世ちゃんと柳原土手を歩いていたと教えてくれた人がいたんですよ」

納得のいかない辰蔵が訝《いぶか》し気な顔つきで答えると、板場から政五郎が顔を覗かせた。

「辰、柳原へは行ってみたのか」

「行きやしたよ。柳原土手にいねえから、こちらに伺ったんでござんす」

辰蔵の言葉を聞いた政五郎は、暫くの間考え込んでいたが、急に何かに気がついたと見え、板場をお夕に任せると店を飛び出した。

「とっつあん、どうしたというんです」

辰蔵がその後を追いかけながら、政五郎に訳を訊いた。

「うるせえ。黙って付いてきやがれ」

「どこへ向かう気なんでござんすよお」

「ひとまず、増上寺の辺りだ。もたもたしているんじゃねえぞ」

政五郎が叫んだ途端、ようやく事態を飲み込んだ辰蔵が、ものすごい勢いで追い越して行った。

「待ちやがれ、この野郎」

今度は政五郎が辰蔵の後を追う形となった。

十四

増上寺の南側を流れる渋谷川。山中が殺された場所に控次郎はやってきた。

大名屋敷や大身旗本ならともかく、勘定吟味役程度の屋敷では、絵地図を見たところで場所を特定することはできない。唯一岩倉の屋敷に辿り着く手掛かりとなるのは、木村慎輔の言葉だけだ。夕闇が降り始めた河原に立った控次郎は、周囲に向かって声を張り上げた。

「木村慎輔、聞こえるか。さもなくばお仲間の方、お頼み申す」

木村の言葉が真なら、自分は常に見張られているはずであった。控次郎はそれに賭けた。

眼は周囲の些細な変化を、耳は川の音以外に伝え来るどのような異音も聞き逃すまいと、五感を研ぎ澄ました。

控次郎の聴覚が反応した。静まり返った景色の中から葦を掻き分けるかすかな物音をしっかりと捉えた。

葦の切れ間から見知らぬ男が顔を覗かせた。男は身体を低くしたまま、控次郎に向かって囁いた。

「本多控次郎殿ですな。木村から聞いております」

「ならば話が早い。勘定吟味役岩倉正海の屋敷まで案内してはくれぬか」

「承知」

男は百姓の身形をしていた。周囲の様子を確認した後で、男は河原から川沿いの道へ駆けあがると、控次郎と一定の距離を保ちながら先導した。

男は川沿いの道を抜けると、一旦六本木《ろっぽんぎ》町まで北上し、そこからは西へと進路を変えた。男が立ち止まったのは、まもなく大山道に差し掛かろうとする場所であった。

「あの道が大山道です。大山道を申《さる》の方角に進み、六本目の路地を左に折れれば、最初の屋敷が勘定吟味役岩倉正海の屋敷です。これより先は、案内することを許されておりません。木村は、たとえ案内をしなくても、お手前は必ず岩倉の屋敷を突き止める、そして当方の言うことなど聞かない男だとも申しておりました。本多殿、木村からお手前への言伝を預かっております。好きになされよ、と木村は申しておりました」

男は最後まで被り物をしたまま、小声で控次郎に言った。

「木村慎輔に伝えてくれ。次からは爺様とは言わず、肥前守様とお呼びするとな。おめえさんにも手間を取らせちまったな。ありがとうよ」

控次郎は男にも礼を言うと、着流しの裾をたくし上げ帯に挟んだ。

足が開きやすいように、着物の片裾だけを挟み込んだ出で立ちは、何処までも粋であった。

控次郎が大山道を下りはじめ、路地を数えた。

六本目の路地に差し掛かった時、立派な門構えの屋敷が待ち受けていた。

控次郎はそこで歩みを止めた。

戦うには不向きな場所と言えた。隣は武家屋敷、通りの反対側は町屋だ。騒ぎを起こせば、たちまち人が飛び出してくる。下手をすれば、こちらを狼藉《ろうぜき》者と見て、敵に加勢することも考えられた。

圧倒的に不利な状況下、控次郎は天を仰ぎ、息を整えた。

まん丸の月が、中空に輝いていた。その月に向かって、控次郎は語りかけた。

「お袖、俺が見えるかい。こんな場所でも俺に気づいたなら、思いっきり辺りを照らしちゃあくれねえか。今日ばかりは、死ぬわけにゃあいかねえんだよ。沙世を泣かしちまったからなあ」

控次郎はそっと目を閉じると、胸の中で十を数えた。

大きく息を吐きだし、そして吠えた。

「杉山七海、俺の声が聞こえたなら出てきやがれい」

控次郎の声に応えて、門が音を立てながら八の字に開いた。

屋敷の中から、頭に鉢巻を巻いた襷《たすき》姿の武士が十数人、門の両側を固めるように広がった。そして、その中を杉山七海と金田甚八の二人が割って出た。

どうやら襲撃に対する備えは万全であったようだ。

控次郎が甚八に向かって言い放つ。

「金田甚八、ある男からおめえへの言伝を頼まれた。その男は百姓の身形で、勘定方の役人に殺された。そこにいる家臣共にな。そいつが息を引き取る間際に言い残した言葉だ。よく聞くがいい。藤十って男がおめえらの兄貴に殺された。血の繋がらねえ兄貴にな」

甚八と七海が顔を見合わせた。明らかに驚いている様子だが、とりわけ甚八の動揺は大きかった。甚八は集団の中から抜け出して控次郎の近くまで駆け寄ってきた。

「本多控次郎、その百姓の年の頃は如何ほどだ」

「年の頃は六十前後、特徴は額の赤い痣だ」

「その男は藤十が殺されたとも言ったのだな。しかも血の繋がらぬ兄に殺されたと」

甚八は重ねて問いかけてきた。それを後方にいる七海の声が遮《さえぎ》った。

「騙されるな、甚八。こいつは我らと兄者を仲違《たが》いさせようとしているのだ。こ奴の魂胆など、見え透いておる」

七海は自身の迷いを断ち切るべく声を張り上げた。だが、甚八の中にある積り積もった疑惑を消し去る力はなかった。

「違う。この男は嘘など言わん。俺はこの男と立ち合ったことがある。だからわかるのだ。藤十は兄者を信じてはいなかった。俺も、今にして思う。俺達は親父と兄だと思っていた男達に利用されていただけなのだと」

「何を言う。こんな素浪人の言うことを信じ、兄者を裏切ると言うのか。ならば、お前などあてにはせぬ。俺がこ奴を斬る」

七海が叫び、控次郎に挑みかかろうとした時だ。屋敷の中から、主と思《おぼ》しき小柄な人物が現れると、家来と七海の双方に向かって喚き立てた。

「何をしておるのだ。相手は一人だ。直ちに首を刎《は》ねよ」

その傲慢《ごうまん》な口振りが、控次郎にこの男こそ勘定吟味役岩倉正海であると知らしめた。

「兄弟にしちゃあ、おめえだけ身体が小さすぎやあしねえかい」

控次郎の言葉が、岩倉の激高をより煽《あお》ることとなった。

「殺せ、こ奴を殺してしまえ」

岩倉の甲高い声が夜空に響き渡った。

声を聞きつけ、両隣の屋敷からも、反対側の町屋からも人が集まってきた。

そんな中、一人の老人と異様に背の高い娘が人垣を割って控次郎の元に駆け寄った。

「おいおい、女だぜ。それにもう一人は爺さんじゃねえか」

これを機に、控次郎の予測を裏切り、野次馬達はおひろと与兵衛の肩を持ち始めた。

そこへ、着物の前をめくり、白々とした太腿も露わにおひろが十手を取り出した。夜とはいえ、空には皓々と月が輝いている。あられもないおひろの姿は、野次馬の目を引いた。それは控次郎と与兵衛にしても同じだ。不思議な動きをし始めたおひろが着物の前をめくろうとした所で、それと気づいた控次郎は目を逸らした。だが、与兵衛は覗き込むようにしてしっかりと見ていた。

「あんたが見て、どうするのよ」

おひろが与兵衛に非難の声を上げた時、武士達が一斉に襲い掛かってきた。

七海が控次郎を求めて駆け寄る中、甚八だけが動きを止めていた。

「甚八、何をしている。あ奴らを斬るのだ」

一人その場に立ち尽くしたまま、戦いの場に駆け付けぬ甚八に、岩倉が檄を飛ばした。だが、その檄は、生気の失せた甚八を蘇らせ、自らを窮地に追い込むこととなった。刀を引き抜いた甚八が、鬼の形相で正海に詰め寄った。

「言え、藤十を手に掛けたのか」

「知らぬ。わしではない。あ奴が嘘を申しておるのだ」

正海は必死で言い逃れようとした。だが、甚八の刀は正海の首にあてられていた。逃げようにも腰が抜け、足が言うことを聞かない。かろうじて動くのは口ばかりだが、その口も、岩倉の背後に付き従う用人を脅す甚八の声によって掻き消された。

「貴様が答えろ。藤十を殺したのは、この男か」

目を吊り上げ、今にも斬りつけてきそうな甚八に、用人は抗う気力も失せた。

無言のまま首を縦に振った。

「おのれ、偽りを申すか」

悲鳴にも似た絶叫が、岩倉の最期を告げた。

甚八の刃が月光を受け煌いた。岩倉の小さな身体が、もんどりうって、大地に投げ出された。首筋から立ち上る血煙だけがいつまでも漂っていた。

家臣達も、すでにあらかたの者が地に臥《ふ》していた。

控次郎も縦横無尽に動き回り、次々と敵を屠《ほふ》ってはいたが、それ以上に野次馬達から声援を送られたのはおひろであった。十手で敵の刀を受け止めたおひろが、長い脚で蹴り上げるたびに、喝采《かっさい》が起きた。

わずか三人、それも女を交えながら十数名の武士団に戦いを挑んでいるのだ。ただでさえ判官贔屓《ほうがんびいき》の野次馬は、一様に控次郎達の肩を持った。

それでも、野次馬達には見えていない。

今にも斬られそうな年寄りが、すんでの所で相手の刀を躱《かわ》し、一見よろけたように見える体勢で、相手の腕や足の力を次々と削いでいたことなど、知る由もなかった。

与兵衛は控次郎と入れ替わった際、七海の左肘にも手傷を負わせていた。

それゆえ、控次郎に向かって振り下ろした七海の剣に威力はなく、やすやすと控次郎に討ち取られることとなった。

野次馬達は口々に褒《ほ》め称《たた》えた。

与兵衛とおひろが引き揚げてくると、町屋から集まった野次馬も武家屋敷から出てきた者達も、一緒になって二人を取り囲んだ。

「凄いじゃねえか、爺さん」

「ちょいと姐さん、あんた背丈はどのくらいだい」

命がけの死闘を終えたばかりだと言うのに、野次馬達は興奮が収まらずにいた。そのうちの一人が、未だ戦いの場から戻ることなく、屋敷内に視線を送り続ける控次郎に気づいた。

「あれっ」

その声につられ、控次郎の視線の先を見た野次馬達は、一様に息を呑むこととなった。

血刀を提げ、毛皮の短羽織を身にまとった金田甚八が、ゆっくりと控次郎に向かって歩を進めていた。控次郎までの距離が三間（約五・四メートル）に迫った所で、甚八は歩みを止め、そして言った。

「本多控次郎殿、今一度、勝負を所望したい。幼い頃より一緒に育った兄弟もすでにこの世にはおらぬ。それに生きながらえたところで、俺に生きる資格はないのだ。兄と信じた男によって、何の恨みもない人間をこの手に掛けた。せめてこの世の名残《なごり》に、武芸者としてお主と立ち合いたいのだ」

甚八の悲しみ、心の虚《むな》しさが控次郎に伝わった。

「金田甚八殿。謹《つつし》んでその立ち合い、お受け仕《つかまつ》る」

控次郎はそう言い放つや、剣先を地面すれすれに置いた。

対する甚八は斜め八双に構えた。

二人の距離は依然三間を保ったままだ。

甚八が左へと回り始めた。月を背中に受けたところで、甚八の刀が天に向かって突き出された。

――まずい
与兵衛が思わず呟いた時、

「ちぇすとー」

一気に距離を詰めた甚八が裂帛《れっぱく》の気合いもろとも打ちかかった。

迎え撃つように前へ出た控次郎が甚八の刀に自らの刀を合わせようとした。

控次郎の眼に、まん丸の月が飛び込んだ。甚八の白刃が見えない。

控次郎の眼が極限まで見開かれた。

刹那《せつな》、皓々《こうこう》と輝く月明りが輝きを弱めた、と控次郎は感じた。

甚八の太刀筋がおぼろげながら読め、剣を滑り落ちるかすかな手ごたえを感じた。控次郎のいた場所に甚八の刀は刺さり、甚八が打ち込んだ場所には控次郎が入れ替わっていた。控次郎がふうっと息を吐きだした時、背後で甚八の倒れる音がした。

控次郎が甚八に駆け寄ると、甚八は口から溢れ出る血に、喉《のど》を詰まらせながら語りかけてきた。

「また負けた。だが、お主には、ぐっ」

血が気管に入った。控次郎は甚八の背中を強く擦りながら、甚八の身体を横向きにした。

「お主には感謝している。これで藤十と七海の元へ行ける」

「俺が勝ったのではない。死んだ妻が加勢してくれたのだ。甚八、他に言い残すことはないか」

「亡き妻か。お主はとことん女から慕われるように出来ている。そして、最後の最後までいい奴だ。今際の際まで俺に夢を与えてくれる。俺もお主の女房殿のように、あの世で惚れた女を待つことにする。今死ねば、俺は若いままだ。惚れた女も婆さんになってやってくれれば、俺を受け入れてくれるかも……」

最後は言葉が聴き取れなくなった。それでも甚八の顔が笑顔を湛《たた》えたままであることが控次郎の救いとなった。

政五郎と辰蔵がようやく駆け付けた頃、木村慎輔もまた手勢を引き連れてやって来た。根岸肥前守の命を受け、この日は百人組屋敷に勘定方の手勢を駐屯させていたのだと言う。

「よくそんなことができたもんだ」

感心する控次郎に、木村はいたずらっぽく笑った。

「あの爺さんは金を持っていますからねえ。賄賂など日常茶飯事です」


控次郎が生死をかけて戦っていた頃、片岡家では、久しぶりに顔を見せた嗣正を相手に、玄七が駒を並べていた。

「確か前回はわしの負けであったな。では、わしが先手ということになる」

高が歩を一つ前に出すだけだと言うのに、玄七は駒音高く打ち込んだ。

さて、どう来ると様子を見守っていると、嗣正はなかなか手を指さない。

茶を飲み、盤面に目を移してもまだ指さない嗣正に玄七が痺れを切らした。

「どうしたと言うのだ。一手も指さぬうちに負けを認めると言うことか」

玄七が珍しく冗談を言うと、嗣正は座布団から滑り降り、畳に両手をついた。

「お頼みいたします。御当家の雪絵殿を是非とも身共の妻に頂戴したく、これこの通りお願い申し上げます。必ず、必ず大切にいたします」

大切などという言葉は、通常武士は口にしないものだ。だが、娘に甘い玄七は、その言葉が大層気に入った。しかも襖の向こうから、思わず喜び合う雪絵と文絵の様子が伝わってきた。

「相わかった。わしもご貴殿が真面目な好人物であることは重々承知しておる。たとえ娘がなんと言おうと、嫁に出すことを約束する」


この日は事件解決を祝って、七五三之介もおかめにやってきていた。

「七五三《しめ》、根岸肥前守様から知らせが届いたぜ。岩倉正海の親父が、倅の悪事に関わっていた罪で捕えられたそうだ。甚八の母や妹も晴れて自由の身になったってな。何だか知らねえが、おめえにもよろしくって言ってたぜ」

「そうですか、やはりあのお方は庶民を大切にされるようですね」

「だったら、おめえんとこのお奉行もそうじゃねえかい。今回若宮村の名主と息子が罪に問われなかったのも、南のお奉行が勘定方に対して一歩も引かなかったからじゃねえか。俺もちいっとばかりあの奉行を見直したぜい」

「お奉行は近々大目付に出世なさるようです」

「なんだって、じゃあ、おめえは」

「それについてもお奉行が取り計らってくださいました。私は吟味方になることが決まりました」

七五三之介が言うと、高木が横から口を挟んだ。

「あたりまえですよ。今回も勘定吟味方・岩倉正海の悪事を暴いた七五三之介殿の大手柄ですからね。しかし、いつもいつもなんで私だけが除け者なんでしょうかね。最後の大捕り物は必ず手伝うつもりでいたのに」

すると、辰蔵が小癪《こしゃく》な口を利いた。

「でも、先生が岩倉の屋敷に乗り込むなんてことは、誰も知らなかったことですよ。みんな何となく予感がして駆け付けたってことですよ。それくらい先生の身を案じているってことじゃねえんですかい。思いの差って奴ですよ」

高木が不快気な顔をしたところで、政五郎が素早く顔を立てた。

「高木の旦那、みんなわかっていやすよ。なんたって、今回の一番手柄は旦那だあ。旦那が並み居る勘定方の方々を睨みつけ、此処は町方の支配だと見栄を切ったのは、この辺じゃあ子供まで知っていまさあ」

政五郎の言葉をきくと、高木は満更でもないと言った顔になった。

高木だけではなかった。どの顔にも喜びが溢れていた。

七五三之介が何気なく控次郎に尋ねた。

「ところで、兄上は『無理心中滝壺落とし』を、いつ頃身につけられたのですか」

「なんだい、そりゃあ」

控次郎には何のことだかわからない。だが、名称から受ける感じは艶《つや》っぽくもあり、不気味でもある。控次郎のみならず、全員の眼が七五三之介に注がれた。

「えっ、ご存じではなかったのですか。示現流の打ち込みを躱す技だと与兵衛は言っておりましたが」

「げっ」

控次郎が、まるで汚いものでも飲み込んだような顔になった。

「あの技には、そんなふざけた名がつけられていたのか。俺が習得にどれだけの時を費やしたと思っていやがるんだ。糞爺め」

七五三之介以外は、誰もその技を見た者はいない。だが、その命名のひどさだけはわかった。政五郎がいくら何でももと言いたげな顔で言った。

「無理心中ですか。お会いしたことはねえですが、そのご用人さんちょっとばかり変わっておりやすねえ」

「ちょっとじゃねえけどな」

控次郎が答えると、おかめの娘達も嬉しそうに笑った。

「厭あね、無理心中なんて」

「ただの滝壺落としだけでいいじゃないの」

解説――温かな人間関係が、気持ちいいのである

文芸評論家　細谷正充《ほそやまさみつ》

「鳶《とび》が鷹《たか》を生む」という諺《ことわざ》がある。平凡な親が優れた子供を生むことの譬《たと》えである。タカ目タカ科の猛禽類《もうきんるい》でありながら、ピーヒョロという長閑《のどか》な鳴き声や、狩猟だけでなく残飯漁《あさ》りなども平気でやるところから、鳶は鷹と似ているがそれよりも下という印象を持たれたため、このような諺ができたのだろう。そういえば、童謡の「とんび」や、三橋美智也《みはしみちや》が歌う「夕焼けとんび」に出てくる鳶も、どこかのんびりして、優しいイメージである。

だが、実際に鳶の狩猟を見たことのある人なら、このようなイメージは一変するはずだ。獲物を見つけたときの急降下と、鋭い爪を突き立てる姿は、鷹と遜《そん》色《しょく》なし。「鳶が鷹を生む」どころか、「鳶が鷹になる」と、いいたくなってしまう

のである。そして〝浮かれ鳶《とんび》〟と呼ばれる本書の主人公も、いざというときには鷹になる、魅力的なヒーローなのだ。

　本書は、二〇一五年十二月に祥伝社より、文庫書下ろしで刊行された『浮かれ鳶の事件帖』に続く、シリーズ第二弾だ。作者は原田孔平《はらだこうへい》。二〇一〇年、第十六回歴史群像大賞優秀賞を受賞した『元禄三春日和　春の館』でデビューした俊英である。この受賞作の帯に、各選考委員の評が載せられているので、ちょっと引用させていただこう。

「読み応え充分に、元禄の世を堪能」（川又千秋《かわまたちあき》）
「謎解きも展開もスリリング！」（桐野作人《きりのさくじん》）
「館の住人たちとの交流に情感が漂っている」（工藤章興《くどうしょうこう》）

　どれも的を射た評だが、とりわけ工藤章興の言葉が、作者の本質を突いたものといえる。人々の交流から生まれる情感こそが、原田作品の大きな読みどころになっているのだ。その点を踏まえながら、本書の内容に触れていこう。

　主人公は、二百石の旗本・本多《ほんだ》家の次男の控次郎《こうじろう》。直心影流《じきしんかげ》皆伝の腕前で、田《た》宮《みや》道場の師範代をしながら、市井《しせい》で暮らしている。役者のようにいい男で、べらんめえ口調の気さくな性格。おまけに困った人がいれば、助けずにはいられない。巷《ちまた》の快男児である。だから当然というべきか。たくさんの女性にモテている。しかし控次郎は、二年の夫婦生活で死んでしまった妻のことが忘れられない。また、妻の実家に引き取られた娘の沙世《さよ》とも、月一回しか会えないと決められている。悲しみを胸に秘め、日々を陽気に生きているのだ。

そんな控次郎だが、弟の七五三之介《しめのすけ》が、八丁堀《はっちょうぼり》与力の片岡《かたおか》家の三女・佐奈絵《さなえ》の婿《むこ》になり、養生所見廻り与力になったことから、捕物とかかわるようになる。前作で阿片《アヘン》絡みの事件に関係した控次郎、今回は、勘定方の役人を巡る大騒動の渦中に飛び込むことになるのだった。

序章で、勘定吟味役の役人が殺され、さらには遺体を運ぶ人たちも襲撃される。いったい何が起こっているのか。作者はかなり早い段階で、犯人側の視点を入れ、事件の構図を晒《さら》してしまう。ミステリーの謎を期待していた読者は、ちょっと肩透かしを喰らうだろう。でも、本書を読んでいると、そんなことは気にならない。面白い。控次郎と、その周囲の人々の交流から生まれる人間ドラマが、とにかく面白いのだ。

七五三之介と佐奈絵が夫婦になったことで親戚関係になった本多家と片岡家。その本多家の長男で、勘定役に昇進した嗣正《つぐまさ》と、片岡家の長女の雪絵《ゆきえ》が、互いを憎からず思うようになった。片岡家の次女の百合絵《ゆりえ》は、控次郎のことが気になっているが、芸者の乙松《おとまつ》など、ライバルは多い。その乙松の弟の辰蔵《たつぞう》は、算法道場の先生をしている、おひろという女性に惚《ほ》れている。これが縁になり、別の算法道場の塾長をしている山中秀太郎《やまなかひでたろう》と知り合ったりと、控次郎の周囲は賑《にぎ》やかだ。どんどん広がり、かつ密になっていく、温かな人間関係が、気持ちいいのである。

その一方で、メインの事件も進行。示現流《じげん》を使う三兄弟が暗躍し、犯人側の目的も明らかになる。先にミステリーの謎を求めると肩透かしを喰らうと書いたが、それとは別の意外性が随所に盛り込まれている。三兄弟が控次郎と絡むのは当然として、そのうちのひとりが乙松と出会ったことには驚いた。秀太郎の過去や、おひろの姉の夫と義父が、事件にかかわってくる展開も、リーダビリティーを掻《か》き立てる。読ませる力は抜群だ。

さらに終盤になると、文庫書下ろし時代小説ファンにはお馴染《なじ》みの、ある実在人物が登場。ここで、この人物を持ってくるのかと、大いに感心した。控次郎のキャラクターに負けない、魅力的な存在感を示し、物語世界をより濃厚なものにしているのだ。実在人物を巧みに起用した時代小説は面白いという、個人的に信じている法則があるが、本書もそれを証明したといっていい。

そしてラストの斬り込みシーン。控次郎と仲間たち（本多家の用人の長沼与兵衛《ながぬまよへ》《え》が、いい味出してる）が、悪の巣窟《そうくつ》に突入。大チャンバラを繰り広げる。まさか、ここまで派手にやってくれるとは思っていなかったので、チャンバラ好きとしては大満足。しかもラストの控次郎と敵との対決場面に、心憎い趣向が盛り込まれているのだ。痛快なのに、切なくなる。このようなチャンバラ・シーンを創出した作者の才能に脱帽だ。

この他、控次郎と七五三之介が、素人《しろうと》探偵と刑事のコンビを思わせることや、沙世も参加した珠算合戦の部分には、珠算塾を経営していた作者の体験が生かされているのではないかなど、言及したいところは多い。控次郎を、娘の命の恩人と感謝している、居酒屋「おかめ」の主人夫婦や、店に出入りしている八丁堀同心・高木《たかぎ》双八《そうはち》との、やりとりも楽しい。いろいろな要素が楽しめる作品なのだ。

ところで〝鳶〟を使った諺には、「鳶に油揚げをさらわれる」というものもある。自分のものになると思っていたものを、思いがけず横合いから奪われ、呆然とする様を意味する。これを捩っていうならば、本書を読んだ人は「鳶に心をさらわれた」のではなかろうか。陽性だが翳《かげ》もある。強くて恰好よくて、おまけに優しい。作中である人物に、下手だが一所懸命な羽織の縫い目を、みっともないといわれたとき、

「俺には羽織の縫い目を恥ずかしく思うよりも、繕《つくろ》ってくれた人の気持ちを裏切ることの方が恥ずかしく思えるぜ」

と、言い切ってしまう控次郎。そんなセリフをさらっと吐かれたら、男も女も惚れてしまうではないか。だからなのだ。浮かれ鳶に心をさらわれ、本を閉じた途端に、シリーズ第三巻の刊行を熱望することになったのである。

月の剣

一〇〇字書評

切・り・取・り・線

購買動機（新聞、雑誌名を記入するか、あるいは○をつけてください）

□（　　　　　　　　　　）の広告を見て	
□（　　　　　　　　　　）の書評を見て	
□ 知人のすすめで	□ タイトルに惹かれて
□ カバーが良かったから	□ 内容が面白そうだから
□ 好きな作家だから	□ 好きな分野の本だから

・最近、最も感銘を受けた作品名をお書き下さい

・あなたのお好きな作家名をお書き下さい

・その他、ご要望がありましたらお書き下さい

住所	〒				
氏名		職業		年齢	
Eメール	※携帯には配信できません		新刊情報等のメール配信を 希望する・しない		

この本の感想を、編集部までお寄せいただけたらありがたく存じます。今後の企画の参考にさせていただきます。Eメールでも結構です。

いただいた「一〇〇字書評」は、新聞・雑誌等に紹介させていただくことがあります。その場合はお礼として特製図書カードを差し上げます。

前ページの原稿用紙に書評をお書きの上、切り取り、左記までお送り下さい。宛先の住所は不要です。

なお、ご記入いただいたお名前、ご住所等は、書評紹介の事前了解、謝礼のお届けのためだけに利用し、そのほかの目的のために利用することはありません。

〒一〇一－八七〇一
祥伝社文庫編集長　坂口芳和
電話　〇三（三二六五）二〇八〇

祥伝社ホームページの「ブックレビュー」からも、書き込めます。

http://www.shodensha.co.jp/bookreview/

祥伝社文庫

月《つき》の剣《けん》　浮《う》かれ鳶《とんび》の事件帖《じけんちょう》

平成28年10月20日　初版第1刷発行

著　者　原田孔平《はらだこうへい》
発行者　辻　浩明
発行所　祥伝社《しょうでんしゃ》
東京都千代田区神田神保町3-3
〒101-8701
電話　03（3265）2081（販売部）
電話　03（3265）2080（編集部）
電話　03（3265）3622（業務部）
http://www.shodensha.co.jp/

印刷所　堀内印刷
製本所　ナショナル製本
カバーフォーマットデザイン　中原達治

Printed in Japan ©2016, Kouhei Harada　ISBN978-4-396-34258-6 C0193

祥伝社文庫の好評既刊

原田孔平　浮かれ鳶《とんび》の事件帖

「浮かれ鳶」と綽名される男前の兄・控次郎は、冷静沈着な弟・七五三之介《しめのすけ》を相棒に、連続不審死の真相を探る。

岡本さとる　茶漬け一膳　取次屋栄三⑤

この男が動くたび、絆《きずな》の花がひとつ咲く！　人と人とを取りもつ〝取次屋〟の活躍を描く、心はずませる人情物語。

岡本さとる　妻恋日記　取次屋栄三⑥

亡き妻は幸せだったのか？　日記に遺された若き日の妻の秘密。老侍が辿《たど》る追憶の道。想いを掬《すく》う取次の行方は。

岡本さとる　浮かぶ瀬　取次屋栄三⑦

神様も頬《ほお》ゆるめる人たらし。栄三の笑顔が縁をつなぐ！　取次屋の心にくい〝仕掛け〟に、不良少年が選んだ道とは？

岡本さとる　海より深し　取次屋栄三⑧

「キミなら三回は泣くよと薦められ、それ以上、うるうるしてしまいました」女子アナ中野佳也子《なかのかやこ》さん、栄三に惚れる！

岡本さとる　大山まいり　取次屋栄三⑨

ほろっと来て、笑える！　極上の人生劇場。涙と笑いは紙一重。栄三が魅せる〝取次〟の極意！

祥伝社文庫の好評既刊

岡本さとる　一番手柄　取次屋栄三⑩

どうせなら、楽しみ見つけて生きなはれ。じんと来て、泣ける！〈取次屋〉誕生秘話を描く初の長編作品！

岡本さとる　情けの糸　取次屋栄三⑪

断絶した母子の闇を、栄三の取次が明るく照らす！　どこから読んでも面白い。これぞ読み切りシリーズの醍醐味。

岡本さとる　手習い師匠　取次屋栄三⑫

栄三が教えりゃ子供が笑う、まっすぐ育つ！　剣客にして取次屋、表の顔は手習い師匠の心温まる人生指南とは？

岡本さとる　深川慕情　取次屋栄三⑬

破落戸と行き違った栄三郎。男は居酒屋〝そめじ〟の女将お染と話していた相手だったことから……。

岡本さとる　合縁奇縁　取次屋栄三⑭

凄腕《すごうで》女剣士の一途《いちず》な気持ちに、どう応える？　剣に生きるか、恋慕をとるか。ここに栄三、思案のしどころ！

岡本さとる　三十石船　取次屋栄三⑮

大坂の野鍛冶の家に生まれ武士に憧れた栄三郎少年が、いかにして気楽流剣客となったか。笑いと涙の浪花人情旅。